Lady Sherlock

福爾摩斯小姐

02

A Conspiracy in Belgravia

莫里亞提密碼

Sherry Thomas

雪麗・湯瑪斯 ——— 著 楊佳蓉 ——— 譯

福爾摩斯小姐■書評推薦

「湯瑪斯對於文字的運用、以逆轉性別來埋哏、複雜的情節設計，使得我每次重讀《貝克街的淑女偵探》，都會發現更多細節。」

——NPR（全國公共廣播電台）

「在福爾摩斯小姐系列的開頭中，精巧的歷史背景以及精采的推理情節將贏得讀者的喜愛。歷史懸疑小說書迷必讀。」

——《圖書館雜誌》（*The Library Journal*）星級書評

「將經典偵探做出嶄新、高明的重製……能與全盛期的柯南・道爾爵士比肩。」

——《書單》雜誌（*Booklist*）

「登場角色個個別有特色，劇情發展很精采。這是福爾摩斯小姐系列的第一本作品，相信夏洛特和她未來的冒險都將令人興奮不已。」

——《懸疑雜誌》（*Suspense Magazine*）

「本書是雪麗・湯瑪斯的超人之舉，她創造出令人雀躍的夏洛克・福爾摩斯嶄新版本。從仔細安排的轉折到優雅的文句，《福爾摩斯小姐》是福爾摩斯世界的閃耀新星。本書滿足了我所有期望，已經等不及看到下一場冒險了！」

——紐約時報暢銷作家 狄安娜・雷本（Deanna Raybourn）

「雪麗・湯瑪斯是這一行的翹楚。」

——紐約時報暢銷作家、《僞造眞愛》作者 塔莎・亞歷山大（Tasha Alexander）

「讀者將會屏息期待湯瑪斯以何種妙招，將福爾摩斯的經典架構帶入書中的各個層面，一頁接著一頁地探索謎團將如何解開。」

——暢銷作家安娜・李・修柏（Anna Lee Huber）

福爾摩斯小姐2

莫里亞提密碼

目次

序章……09
第一章……11
第二章……29
第三章……49
第四章……59
第五章……71
第六章……85
第七章……107
第八章……119
第九章……149
第十章……161

第十一章 175
第十二章 185
第十三章 209
第十四章 221
第十五章 229
第十六章 247
第十七章 255
第十八章 281
第十九章 291
第二十章 307
第二十一章 317
第二十二章 321
致謝 337
本書提及之美食中英文對照表 339

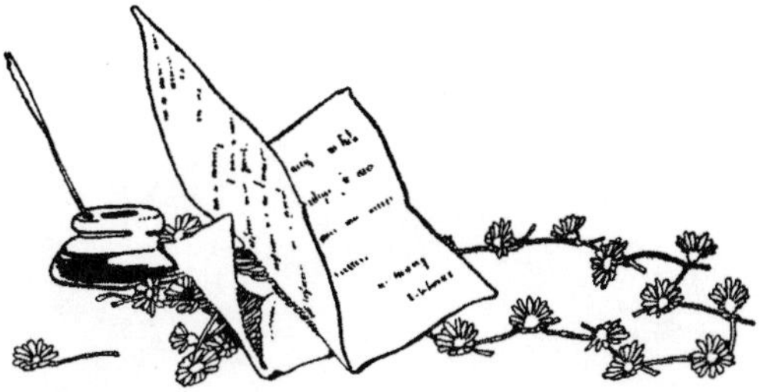

獻給Kerry，妳是這些作品眞正的守護者

序章

謝天謝地，這可是一樁清楚明白的謀殺案。

崔德斯探長當然沒把這句話說出口——太不尊重死者了。不過當他帶著麥唐諾警長前往尋獲屍體的屋子時，心中確實是這麼想的。

經歷超乎常理、勞心勞力的薩克維一案，普普通通的謀殺案能幫助他安定心神、恢復精力。他滿心期待能夠收集線索、盤問證人、整理出如山鐵證。

他期待親手掌握案情的每一個面向，不用向任何人求助。

這一區平淡無奇，街景毫無特色，屋舍乏味到了極點。崔德斯探長對這個案子越來越中意，即便心底傳來陣陣低語：你只有這點用處，只辦得了最平凡的案件。這個案子只需要沉悶的反覆探查。

他掃開紛亂的念頭，把它們留到午夜夢迴之時。現在他的時間與心神全都奉獻給犯罪調查部。他要讓上級見識到無論夏洛克．福爾摩斯是否出手相助，他都是能幹的警官、警界的重要資產。

「就在前面了。」麥唐諾警長說道。

兩人所處的街道與倫敦市郊任何一處毫無兩樣——碎石子小徑，兩、三層樓高的棕色磚房，報攤和酒吧各據街道一頭。有名警員駐守在案發住宅正門外。當他們接近時，周圍屋舍的窗簾紛紛翻動。

一輛出租馬車停到屋前，一名男子下了車。

「那是……」麥唐諾警長低語。

是的。來人正是英古蘭爵爺，崔德斯探長極度敬重的朋友——或許近日得知他與「夏洛克・福爾摩斯」的關係之後，爵爺在崔德斯探長心目中的評價稍稍下滑了些。

英古蘭爵爺站在車旁，扶著一名淑女下車。不，那人不是淑女，而是墮落的女子，然而她似乎不對自己的過去或是現在感到羞慚。

他們見到崔德斯，彼此互看一眼，走上前來。

「探長、警長，眞是意外。」英古蘭爵爺說道。「這一帶出了什麼事嗎？」

崔德斯注意到這名友人的招呼不如以往熱絡。他是看出了在夏洛特・福爾摩斯小姐面前，崔德斯緊繃的下頷肌肉，而推論出崔德斯的不安嗎？身爲兩人的共同朋友，或許他覺得有點尷尬，但崔德斯不由得心裡有些受傷，深深覺得英古蘭爵爺把福爾摩斯小姐看得比他還重。

「恐怕我不方便談論警方事務。」他恨自己語氣如此僵硬。

臉色紅潤的高大男子從屋裡冒出來。扯著嗓門說道：「啊，崔德斯探長，你來了。屍體在裡頭，狀態不是很好。」

「別讓我妨礙了你的工作。」英古蘭爵爺點點頭。「探長、警探，祝你們一切順利。」

他和福爾摩斯小姐回到車上，離開現場。崔德斯探長凝視著車尾。不知道那兩人究竟是從何處得知這案件——他也是不到一小時前才接獲通知——但他有預感，那兩人與此案的瓜葛現在僅是開端。

他不喜歡這個預感。

第一章

星期日

六天前……

在此記載夏洛克．福爾摩斯這位卓越人物的事蹟。

不對，錯了，這個開頭太不出色了。莉薇亞．福爾摩斯小姐畫掉這行字。

請容我詳述這個悲傷與復仇的故事。

似乎好一些，至少更吸引人了。

故事源自數十年前的暴力與背叛。各位請讓思緒越過波濤洶湧的大西洋，來到廣闊的新世界。越過東岸的一座座城市，越過內陸和平區域的農莊與牲口。現在各位來到拓荒地的邊緣，再往前是殘酷的荒野，生機渺茫。但你已經走得太遠，除了繼續往前，別無選擇。

莉薇亞以筆桿末端輕點下唇。從她的角度來看，這個開頭還算不錯。背景明確，語句陽剛。她唸出整段文字，發現它符合優秀故事的特質，察覺到令人愉悅的音節韻律。

她真的做得到嗎？真的能從妹妹夏洛特的事蹟獲得靈感，寫出引人入勝的故事嗎？

前一天，夏洛特向她打包票，說她絕對能完成這個重責大任。莉薇亞整晚無法闔眼，盯著黑漆漆的天花板，故事就這樣閃入她腦海。險惡不毛的荒野間，一處山嶺圍繞的青翠綠洲；篷車隊載著滿懷希望的疲憊家族前往加州；猶他領地中心地帶的民兵恐懼迫害、憎恨外地人，殺機在他們心中醞釀。

如果她真能孕育出這個故事，或許就有可能讓它登上讀者眾多的正派刊物。若是能從社交界某戶人家的客廳角落，聽見從不多看她兩眼的賓客討論自己的作品，並且讚嘆不已，會是多麼愉快的體驗啊。

莉薇亞想像那股溫暖的滿足感，令她通體舒暢、持久不衰的幸福感。

她咬了一口培根，查閱從租書店借來的旅遊手冊。她得給予筆下的猶他領地正確的描述。要是在夏洛克．福爾摩斯系列中出現這種錯誤，將會影響讀者對這位偉大偵探的評價，她絕對不能讓這種事發生。

問題在於她也無法描繪出完整景象，旅遊手冊只提供了片面資訊。她得要含糊帶過故事發生的地點——花一、兩個段落鋪陳就好——接著迅速聚焦到角色的行爲上。

只是她還不確定角色會是什麼人。受害者是年輕女孩——這點毋庸置疑。可是隱忍了數十年，終於出手懲罰惡人的復仇者會是誰?是男,還是女?反派又是誰?

馬克·吐溫先生曾經記敘的高原血案始末,給予她這個復仇故事的靈感。在那場慘案之後,九人遭到起訴,但只有一人出庭受審。那些逃避法律制裁的傢伙自然就是復仇者的良好目標。不過八個目標太多了——兩、三人左右比較合理。

也就是說她得將屠殺的規模縮小,好配合較少的凶手人數?或者就只提到說有更多人受到法律制裁?根據紀錄,只有七歲以下的孩童得以倖免,讓附近的家庭收養。如果她的復仇者是其中一個孩子,整個故事又能增添一層複雜性了。或是換作是比較大的孩子,也許是青少年,他趁夜爬出現場,逃離魔爪?

莉薇亞揉揉太陽穴。她終於想起以前的故事爲何怎麼寫都只能持續幾頁:有太多要決定的事情。她常希望自己的人生沒有受到那麼多箝制,可以自己做出更多的決定,然而盯著眼前接近空白的紙張,她才發覺想要自己做決定的人是夏洛特。至於莉薇亞本人呢,只希望這個世界盛裝在大盤子上,切成剛好能入口的大小,並添上合她胃口的調味。

家務女僕踏入晨間起居室,莉薇亞用力闔上筆記本,但女僕只是往桌上放下熨燙好的報紙便默默離去。

莉薇亞悄聲咒罵。自己怎麼總是這樣神經質?爲什麼不能冷靜又穩重?

她伸手拿報紙——更準確地說是爲了最後一頁的一則則告示。她特別愛看那些寫成密碼的留言,那是不敢公開表達愛意的戀人們傳遞訊息的途徑。

他們使用的密碼往往是簡單的字母代換，頂多把整個字的字母往後移一位。有些人想出更多花招，比如說從幾天前開始刊登的一連串告示，是將已代換的字母依照順序再轉換成相對應的數字。

那一串訊息令人格外喪氣：遭到拋棄的戀人心灰意冷，卻又執拗地想獲得絕情戀人的回應。至少這是莉薇亞的解讀。她不認爲留言者能得到期望中的回應，但仍忍不住每天早上翻閱告示，確認這段單向的通訊是否尚未結束。

她幾乎漏看了報紙上妹妹的化名，不過她的注意力還是被方才跳過的新聞欄位給拉回。

閣樓傳來怪聲？夏洛克・福爾摩斯爲您效勞

今年六月，可敬的哈林頓・薩克維之死使得倫敦警察廳的私人顧問夏洛克・福爾摩斯先生聲名大噪。案件眞相大白之後，福爾摩斯先生亦向社會大眾提供服務，此舉引來相當合理的疑問：他究竟爲升斗小民做了什麼？又或者該問，他爲深居簡出的夫人們做了什麼？

一位S先生極度感激福爾摩斯先生協助他解開戀人設下的謎題，猜出她想要的生日禮物。另一位O太太則是宣稱福爾摩斯先生找到了她遺失的戒指。三位相依爲命的年長姊妹說他厲害極了，沒一會就破解了她們家閣樓的神祕聲響，讓她們安心下來——原來不是幽靈的摩斯密碼，而是每天啃咬木頭的蟲子。

說到福爾摩斯先生傑出的私人顧問成就，蘇格蘭警場的一名警官答道：「夏洛克・福爾摩斯選擇如何度日並非倫敦警察廳的管轄範圍。」針對蘇格蘭警場未來是否還會尋求福爾摩斯先生協助，該名警官拒絕發表評論，只提到並不是每一件案子都需要他的建議。

令人血脈賁張的精彩案件結束後，萬眾矚目的夏洛克．福爾摩斯是否已經一頭埋進枯燥的居家疑難雜症了呢？聳人聽聞的謀殺案也敵不過破解蛀蟲的作息？

唯有時間能證明一切。

□

「一派胡言！」潘妮洛．里梅涅唸完報導內容後，高聲抗議。

「我有同感。」她的阿姨，同時也是此處屋主的約翰．華生太太答腔。

兩人一同望向餐桌旁的第三名成員──二十五歲上下的年輕女子。她身穿灰粉紅色日裝，領口是上漿後抓縐的白色細針蕾絲，與她閃亮的金色鬈髮、大大的藍眼、豐盈的唇瓣搭配得天衣無縫。同樣花色的蕾絲在她的袖口繞了三圈，尾端垂到桌布上。她忙著往剛出爐的瑪芬塗奶油。

她專心極了──華生太太從一開始就看出夏洛特．福爾摩斯小姐對食物是極度認眞。從她討喜的圓潤身形到若隱若現的雙下巴──她的五官相當可愛，但沒有人會讚美她臉部輪廓分明──旁人會輕易判定福爾摩斯小姐腦中只想著每一餐的菜色。

福爾摩斯小姐咬了一口瑪芬，喜悅寫滿整張臉。不過她開口吐出的是冷靜而自制的嗓音。「我喜歡這篇報導。刊登的時機很恰當——我們接下來兩個禮拜不用付廣告費了。老實說，這位作家的抨擊對我們的利益毫無影響。居家疑難雜症是這一行的主要業務。想必有不少升斗小民——以及深居簡出的太太——因爲只知道他是蘇格蘭警場的謀殺案顧問，而沒想過要尋求夏洛克·福爾摩斯的建議。現在他們了解福爾摩斯很樂於協助家裡的大小事，一定會有更多人來找我們。」

她垂眼盯著瑪芬，似乎是在天人交戰，思考該不該多點奶油。「有礙觀瞻的臉型」這個詞跳入華生太太的腦海——這是兩人第一次同桌進餐時，福爾摩斯小姐提出對自己食量的評估標準，依此判斷她是否能夠盡情大吃，還是被迫悲慘地限制胃口。

福爾摩斯小姐放下奶油刀，惋惜之情溢於言表。「此外，我完全不會看輕居家疑難雜症。這些委託酬勞不錯，又不會危害到任何人。」

「說得好！」潘妮洛興高采烈地叫好。

華生太太抿起嘴唇。「我還是不喜歡文章裡冷嘲熱諷的語氣。」

「那妳應該要慶幸作家沒有察覺到夏洛克·福爾摩斯的眞實性別，瓊阿姨。」潘妮洛彈了彈那張惹人不悅的報紙。「顯然他是在暗示夏洛克·福爾摩斯的才能浪費在倫敦市民的日常煩惱上，有損他的男性雄風。假如他得知夏洛克·福爾摩斯不過是個四處安慰老太太的女人，反應一定很精彩。喔，他一定會撤回『才能』這個詞。」

福爾摩斯小姐咬了一小口瑪芬，換作是其他年輕小姐，此舉八成會被解讀成秀氣的表現，但華生太太猜想福爾摩斯小姐只是希望能延長品味這顆瑪芬的時間，畢竟她沒有享受第二顆瑪芬的餘地。

「別擔心。」她說：「即便我站在特拉法加廣場中央，當場解決大家的問題，還是會有很多人相信我是透過祕密手法獲得解答——想當然爾是來自男性的解答。」

「妳不希望大家承認妳的能耐嗎？」潘妮洛問道。

福爾摩斯小姐又咬了一小口。「我只想運用我的能力——同時獲得相應的酬勞。」

以一個近日遭逢重大打擊的人來說，她的沉著會被視為值得讚賞的成熟風範，不過福爾摩斯小姐本身就欠缺一般人與生俱來，或是習慣壓抑的激烈情緒。

事實上，華生太太有時會感覺福爾摩斯小姐衡量局勢的眼光，有如裁縫替顧客量身一般；接著她再思考要做出何種反應，彷彿裁縫從成堆絲綢絨布間挑出最合適的組合。

但又不到精心思量的地步……華生太太心中最貼切的比喻，是過了幼年時期才學習英文的外國人。靠著毅力及大量練習，外國人可以掌握構成語言的句法、文法、字彙。然而實際對話是最大的難關，那些靈活運用的成語、雙關話等考驗著非母語使用者。

「福爾摩斯小姐。」潘妮洛急切地湊了過去。「既然接下來會有更多客戶，妳願意在今年夏季暫時雇用我嗎？我很樂意帶人們到上貝克街的二樓客廳、為你們端茶。我也一樣，絕對不會看不起居家煩惱、日常謎題。」

華生太太倒抽一口氣，要是潘妮洛直接提出這個問題前，先問過她就好了。更重要的是，夏洛克·福爾摩斯的業務內容不是只有居家煩惱和日常謎題，比如說近期的馬伯頓太太一案便足以證明她們要面對的不只是受到閣樓怪聲困擾的老太太。

「當然了，我眞正的目標是扮演夏洛克·福爾摩斯的妹妹。」潘妮洛繼續道：「或許我沒有專業的表演能力，不過我阿姨可以作證，我在幼年時期曾把朱麗葉這個角色演得活靈活現——馬克白夫人表現得更棒。」

福爾摩斯小姐瞥向華生太太。「華生太太負責一切的安排，要是上貝克街需要助手，相信她一定會讓妳知道。」

「啊哈，被妳看穿我的詭計了。我想繞過阿姨那一關。」潘妮洛對華生太太燦笑。「不過現在我領悟了，這就像是手中只有湯杓，卻想爬上高山。幸好我的個性就是這樣不屈不撓，連海克利斯都要甘拜下風。」

沒等華生太太回話，她逕自起身。「我該去換上外出服了，我們得要快點準備出門散步啦，不然又要下雨了。」

福爾摩斯小姐坐在原位小口啃食，華生太太捧著茶。華生太太有些坐立難安，今早她收到英古蘭爵爺的便箋，內容提及福爾摩斯小姐已經看穿他們的僞裝——華生太太並非碰巧遇上窮途末路的福爾摩斯小姐，而是應了英古蘭爵爺的要求，協助這位年輕女士。

然而福爾摩斯小姐絲毫沒有提起這件事，英古蘭爵爺也不認爲她會多說什麼。*我想她不會生我們的氣——她絕對不會氣妳。*他如此寫道。*但我感受到她的失望。她能避開最惡劣的結果，是受到往日舊識的協助，而非人生變得比她想像的還要輕鬆。*

華生太太不像英古蘭爵爺那樣認識福爾摩斯小姐多年——她沒從她身上感覺到半點憤怒或是失

望，這使得她焦慮極了。她極度看重福爾摩斯小姐，不希望被疏遠，即便只是無心之舉。

可是要如何把這個話題端上檯面呢？要如何向福爾摩斯小姐保證她的親愛與友誼全是發自眞心，卻又不會顯得像是在狡辯？

福爾摩斯小姐啃完她的瑪芬——以及盤子上的一切食物。「夫人，恕我無禮。」她的態度一樣沉穩。「我也該去換衣服準備出門散步了。」

□

「你有沒有看到那篇夏洛克．福爾摩斯的報導？」崔德斯探長的妻子一邊幫他打領帶，一邊發問。

當然看過了。「沒有，我一定是漏看了。裡面寫了什麼？」

愛麗絲抿唇。「沒什麼好看的，眞的。作者瞧不起他那些平凡的客戶——無論男女——以及他們平凡無奇的困擾。那些戲劇化的犯罪沒有天天上演，對社會大眾來說不是很好嗎？」

她拍了拍打好的領帶結，仰頭看他，榛子色雙眸中的綠色壓過了棕色。「那位受訪警官的評論也沒有好到哪裡去，蘇格蘭警場應該要更有風度一點。」

接受訪問的警官就是他本人，完全蒙在鼓裡的她讓這句批評聽起來更加痛切。

「蘇格蘭警場的人除了清楚明瞭的事實，還能說什麼呢？」

這話像是在辯解嗎？是不是超出了應有的分寸？

她的眼神帶著好奇、困惑，以及——是眞的嗎？那雙眼中是不是帶著一絲淡淡的狐疑？「我要寫信給福爾摩斯小姐，和她說我認爲那篇報導全是胡說八道。」

不行，妳不能寫信給她。

他吞下這句話。

會面即將結束時，我知道自己再也無法小看她——這是他初次見到福爾摩斯小姐後，對妻子說的話。但他從未向愛麗絲透露實情——根本沒有什麼夏洛克．福爾摩斯，只有一個絕頂聰明的年輕女子。

無法見容於上流社交界的女子。

何必如此殘酷呢？爲什麼不讓愛麗絲開心地想像那位偉大的私家偵探在病榻上施展推理神力，身旁圍繞著一群叨叨絮絮的女人？

她雙手捧著他的臉龐。「有什麼問題嗎？」

幾個禮拜前，他還以爲自己是全世界最幸運的男人。有上司的器重、下屬的尊敬，以及最完美的女人的愛。甚至還有直接與夏洛克．福爾摩斯接洽的機會——這是身在警界最大的恩惠。

沒錯，上帝尚未賜給他們孩子，但他已經滿心感激自己得到的一切。沒想到夏洛克．福爾摩斯竟然是個不知羞恥、道德淪喪的女人。還有愛麗絲，她向他透露自己其實渴望繼承考辛營造商，那是她父親的終身志業，偉大的營造公司。

崔德斯作夢也想不到這件事。她很聰明，受過良好教育，既能幹又條理分明。可是雄心壯志？遠遠超出她命運的雄心壯志？

當然了，她毫無接管考辛營造商的機會——她坦言她父親拒絕將她列爲公司繼承人。無論如何，公司現在落入了她哥哥手中。

然而她的坦白帶給他一連串的震驚、憤怒、哀傷。妳爲什麼想要我無法給妳的事物？妳爲什麼如此渴求權力及不屬於女人的成就？我最後會不會發現妳其實不是我心目中那個深愛、尊敬的妻子？

「當然沒有。」他頓了一秒，或許有點太久。「怎麼這樣問？」

她下唇一扯，似乎是在思考該說些什麼。「你最近有點心不在焉。」

「有時候下班後有點累。」

她又細細打量他一會，微微一笑，親吻他的臉頰。「這樣的話，就讓這次的安息日成爲眞正的休息日吧。」

他不確定她是否眞的相信了——或者只是選擇先別計較。

她走向化妝檯，戴上禮拜用的帽子，上頭精緻的裝飾如同哥德式教堂一般繁複。「喔，我差點忘了，你洗澡的時候，我收到艾琳諾的短信。巴納比不太舒服，她問我們可不可以把週日聚餐延到下禮拜。」

考辛營造商現任老闆巴納比・考辛和他的妻子艾琳諾是崔德斯最不喜歡的兩個人，而這並不是單方面的反感。在他可敬的岳父莫頓・考辛生前，全家人上教堂之後都會一起用餐。在他過世後，週日聚餐的間隔越來越長，從兩週、一個月，到現在的兩個月。

「所以要改成三個月聚一次嗎？」崔德斯並不介意少見他們幾次，但還是忍不住挖苦。

愛麗絲將一根長髮夾插進帽頂，兩人的視線在鏡中相交。「我一開始也是這麼想的。可是以前他們想迴避週日聚餐時都是用艾琳諾身體不適當成藉口，巴納比第一次扮演這個角色，我有些懷疑他是不是真的病了。」

崔德斯套上大衣。「妳不會拖著我去拜訪他吧？」

「不會，但我傍晚可能會自己去一趟。」她又對他笑了笑。「你就蹺腳享受這個假日吧，探長大人。」

□

夏洛特・福爾摩斯站在房間窗前，眺望對街綠意盎然的攝政公園。軟綿綿的霧氣飄浮在湖面上，隔著一排大樹隱約可見，其中雨水和葉片拉扯著枝幹。

她喜愛冬季的大雨，卻也享受夏季的驟雨——前提是頭頂上有一片牢固的屋頂，同時不需要擔憂隨時會失去它。

現在不是念著這件事的時機，她目前暫住的市區宅邸比以往住過的屋子都還要豪華。

她父親亨利・福爾摩斯爵士曾在倫敦擁有自己的宅邸，不過早在夏洛特開始參加社交季前就賣掉了。每年夏洛特的母親福爾摩斯夫人總會為此長吁短嘆一回。喔，能夠住進自己的屋子該有多好，比起租來的房子要好太多了。

他們租的屋子地段比華生太太家還要高級，也因此所費不貲——而且永遠無法滿足福爾摩斯夫人的胃口。讓十六人同時用餐的餐廳就不用說了，要舉辦正式舞會簡直是白日夢。想跳舞的話，他們還得推開客廳所有家具，祈禱敢跳華爾滋的男士們技術高超，不會把舞伴甩到其他客人身上。

那些屋子沒有裝設最新的水管，當然也沒有電，這點她還沒完全適應。她父母請的廚子永遠比不上葛斯寇夫人，僕役長也不如麥斯先生手腳俐落。她連自己的房間都沒有。

夏洛特心神不寧，覺得自己配不上如此好運——或者是她賺的錢付不起這裡的房租。她也不知道要如何接受這份好運全是英古蘭爵爺施加在自己身上的事實，即便是在最絕望的時刻，她也從未向他求助，因為她一點都不想欠他人情。

但現在她不得不吞下這份人情，永遠欠他一筆。

她們一回到家，雨又下了起來。在散步期間，面對華生太太的抗拒，潘妮洛．里梅涅小姐的好心情絲毫不減，即使她最後還是無法完全說服華生太太。夏洛特輕輕鬆鬆地維持她一貫的中立。

華生太太總算被里梅涅小姐磨到妥協，換得一時耳根清靜，兩人一起去教堂了。自從離家後，夏洛特就沒上過教堂。上帝應該不會介意她踏入祂的殿堂——耶穌曾自願祖護名節受損的女性——但祂的追隨者似乎沒有如此雅量。

更何況她事先約了人，不過她沒向華生太太提到這場約定。

她撐傘走向上貝克街十八號。這屋子是在華生太太名下，先前多半出租給房客，但最近被改造成虛構的夏洛克．福爾摩斯居所，據傳他身染奇病，無法下床，更遑論見客。遇到上門請求他提供洞見的客戶，只得靠著妹妹居中轉述。

通常是由夏洛特扮演妹妹的角色，不過華生太太偶爾也會出面擔任福爾摩斯先生的姊姊。

上貝克街十八號的客廳寬敞，舒服的椅子圍繞著壁爐擺放。空氣裡飄散著淡淡的威士忌與菸草味，營造出男性住處的氣息，卻又不會濃到帶給人酒吧的印象。同時還有病人休養的氣味，樟腦搭配亞麻籽油。在各種氣味中隱約有股花朵的芬芳，來源是拱形窗窗台上時時更換的鮮花。

十一點整，門鈴響了——班克羅夫特爵爺與他弟弟一樣極度守時，這是兩人少數的共通處之一。

「福爾摩斯小姐，妳看起來真是容光煥發。」他一邊說著，坐進她指示的位置，語氣有些訝異。

夏洛特已經算好時間，用酒精燈燒開一壺水。現在她用熱水暖壺，舀了兩匙頂級錫蘭茶葉。「謝謝您，爵爺。」

從某些角度來看，他與自家弟弟可說是完全相反。英古蘭爵爺渾身散發健美的魅力，班克羅夫特爵爺卻欠缺個人特質。但這並不代表他給人的印象不深，在社交場合上他周遭的人看起來都像是存在薄弱的陰影。

他的「溫和」包含了不友善的態度、頑固的社交韌性，以及強烈的疑神疑鬼。莉薇亞曾陪他出席餐會，被迫回答了好幾個小時問題，從福爾摩斯家四姊妹沒有特別受教育的現況，到他們家鎮上議會選舉的大小瑣事，以及她們父親出仕失利的始末。班克羅夫特爵爺仔細詢問了每一件事的起源、質疑她的一切意見，同時和她唱反調，問她爲什麼不是抱持著完全相反的想法。

原本就欠缺自信的莉薇亞哭著回家，深信自己是全世界最愚蠢、最無知的生物。

他的社交舉止毫無惡意，但秉持著一項信念：不能讓餐桌上陷入沉默，同時話題要照著他的心意進行。然而他對大部分事物興趣缺缺，沒有任何嗜好，也不想透露任何能從書本或報紙上獲得的情報——當然他更不可能向社交界新人說出自己私底下爲國家做了什麼勾當。

於是他向來往的男男女女提問。夏洛特曾聽到幾名男士在和他交手後罵了許多難聽話，因爲他盤問他們是如何管理自己的產業、友誼、馬匹，散場後他們就像莉薇亞一樣，覺得自己既幼稚又無能。

夏洛特倒是和班克羅夫特爵爺處得不錯。她能舉出各種事實的情報來源，也不怎麼固執己見——意見本來就是會變動的東西。她毫無討好對方、引人注目的欲望，有問必答，等到他無話可問，她便愉快地靜靜用餐。

正如同現在，她小口小口啃咬美味的磅蛋糕，而班克羅夫特爵爺忙著東張西望。

「很舒適的環境。」過了一會，他終於開口。「這個磅蛋糕也相當不錯。」

「謝謝。」她說。

她觀察到許多人，特別是女性，對於讚美的反應是解釋他們做出了——或者是根本沒做——的貢獻。不過在班克羅夫特爵爺面前，最好給出簡單明瞭的答案，除非你準備好證明這張椅子的來源，提出過世多年的木匠與家具商的證詞——或是乖乖承認這些椅子不過是里茲工廠的便宜貨。

不過今天她有點想爲磅蛋糕說幾句話，這道甜點值得全世界的讚美。她摸摸茶壺側壁，估測茶水的溫度。「爵爺，您是為了什麼事來見夏洛克．福爾摩斯呢？」

「我的信上是這樣寫的嗎？不，我是來見妳的，福爾摩斯小姐。」前一天晚上，英古蘭爵爺替班克羅夫特爵爺送信時，半開玩笑地說道：我就怕這一天的到來，班克羅夫特終於看透妳的腦袋有多厲害。夏洛特可沒這麼樂觀。班克羅夫特爵爺習慣解決自己的問題，他手邊的資源遠遠超越崔德斯探長，況且他對女性的評價八成不會超越她們的生理機能。

他的語氣中混雜了催促及猶豫，更是引起她的疑心。但她只是將雙手在膝上交疊。「喔？」

「當妳離家時，我們都慌了。」他開口道：「得知妳一切平安，實在是莫大的安慰。」

他凝視著她；她替他倒了杯茶。「如果我沒記錯，您喝茶不加糖奶。」

「是的。」

她幫自己的熱茶加入奶精和糖，以習慣的面無表情直視他，一般人通常會誤解這是甜美樂觀的面容。

他啜飲茶水。「當然了，目前的情況還是不太穩定。」

她保持沉默，攪拌熱茶。

「艾許和我說妳去過波特曼廣場附近的屋子。」

艾許是英古蘭爵爺的暱稱。前陣子，上貝克街十八號遭到不明人士闖入，她和英古蘭爵爺曾經見面，跟著崔德斯探長去了趟班克羅夫特爵爺提到的宅邸。

「是的。」

「他也說妳對那處頗爲喜愛。」

那間屋子裡擺滿了她前所未見的豪華家飾，結合了色盲，以及隨興的品味——若是能抽掉三四個橘藍配色的軟墊，或許她就能欣然接受。「屋內裝潢相當值得讚賞。」

那是場俗艷的嘉年華，正是她的心頭好。

「我曾希望我們能以夫妻的身分住在那裡。」

又來了。現在他要提議兩人以男人和情婦的身分住在那裡。

「我依然抱持著同樣的希望。」他說。

她的茶杯停頓在半空中，緩緩放下。她有沒有聽錯？「爵爺，我已經不是您合適的對象了。」

「妳不再受到社交界歡迎，不過只要妳心意堅貞，教會沒有理由認定妳不適合婚姻。」

婚姻。夏洛特一向處變不驚，但班克羅夫特爵爺幾乎要惹得她花容失色。「您人眞好，可是我仍然不適合結婚。」

「但妳並沒有不適合我。這樣我就不用受邀出席任何活動——妳會是很好的藉口。我很樂意再也不用與人寒暄——相信妳也有同感。而且我很忙，常常不在家——大部分新娘不會接受這種新郎，但這對妳來說絕對是加分。」

無論他有多少缺點，班克羅夫特爵爺是個聰明又誠實的男人。

「我沒什麼錢，不過至少可以讓妻子過得舒服自在。只要嫁給我，就算無法完全恢復妳的名聲，至少家人能夠重新接納妳。妳應該還是在乎這點吧。」

她不認為應該要感激向自己求婚的男士——男人的誓言總是不安好心。即便如此，她發現自己竟然認真思考與班克羅夫特爵爺結親，而且是感性的層面超過理性的考量。

她輕輕搖頭，把自己拉回現實。「爵爺，您的垂青令我倍感榮幸。但我想您會要求我放棄與華生太太的友誼，以及我扮演夏洛克·福爾摩斯進行的生意？」

「不用與華生太太絕交。她是我父親的舊識，艾許和她處得很好，就連我也偶爾會與她見面。我認為她是位通情達理的女性，不會踏著別人往上爬。我想沒有理由禁止妳們互相拜訪，只要妳們夠謹慎就好。」

「至於夏洛克·福爾摩斯的生意嘛，我知道華生太太投資了不少。假如妳認為她還沒回本，我很樂意照價補償，作為我們的結婚條件。」

換句話說，她不能繼續扮演私家偵探夏洛克·福爾摩斯。「爵爺，萬分感激您的——」

他豎起手指，早已猜測到她即將說出的「不了，多謝」。「不過呢，既然運用心智能帶給妳愉悅，我也很樂意提供必要的機會。畢竟那是我的家常便飯。」

他打開隨身的皮革公文夾，抽出薄薄的卷宗，放在她面前。「這些是碰巧出現在我辦公桌上的小玩意兒，妳有空就看看吧。」

說完，他起身自行從前門離開。

第二章

夏洛特和莉薇亞的人生觀可說是南轅北轍。

莉薇亞透過複雜化的濾鏡看待一切事物，無論是事實還是假想。比如說茶會上的座位，或是如果她的餐具裡少了一根湯匙，該如何向女主人反應。她悲觀又豐富的想像力總能構成種種情境，幻想自己犯下致命錯誤，摧毀了快樂安穩生活的機會。對她而言，每一次決定都是無盡的痛苦掙扎，每一天都在流沙和沼澤中度過。

夏洛特極少運用想像力——觀察能帶來更好的結果。既然這個世界是由無數變因組成，她想不出生命中的抉擇究竟有何複雜之處，更何況大部分決定都是一翻兩瞪眼：是否往瑪芬上多塗一點奶油、要不要離家出走、該不該接受某位男士的求婚。

不一定容易，但很單純。

然而班克羅夫特爵爺的求婚……她覺得自己像是在數學課堂上首度面對非歐幾里得幾何難題的學生。

她的婚姻對家族有極大的裨益。或許她的雙親有種種缺陷，無法過著滿足的生活，但是她近來遭到社交界驅逐的身分一定增加了他們的不幸，無論是目前，還是遙遠的未來。他們拚命想保住自己的面子和優越感——面子這種膚淺的概念對他們而言比起真面目曝光要好上許多：兩個一事無成的中年人綁在毫無愛情的婚姻裡，經濟狀況一塌糊塗，沒有半個能依靠、求援的孩子。

福爾摩斯家的長女漢莉葉塔還沒度完蜜月就和娘家畫清界線。次女貝娜蒂連自己都顧不好。莉薇亞瞧不起自己的雙親，夏洛特則是使出了下下策，以最聳動、最淫猥的方式毀了自己的清白。

若是夏洛特扳回一點顏面，就算無法完全恢復，她的雙親又能抬頭挺胸過日子了——至少不用揹負過度的羞恥感。

不只是自己父母，夏洛特的惡名連帶地影響到莉薇亞的婚姻行情。莉薇亞對這個想法嗤之以鼻，宣稱她是自己結婚之路上最大的阻礙，可是夏洛特沒有那麼樂觀。

除此之外，要是她嫁給班克羅夫特爵爺，就能夠給予莉薇亞庇護，讓莉薇亞不用再受到雙親時時刻刻的輕視。可以的話，她想連貝娜蒂一起照顧——她不認爲家裡的氣氛對貝娜蒂有好處。

從另一個角度來看，和班克羅夫特爵爺結婚的話，她就成了英古蘭爵爺的嫂子，如此匪夷所思的情境，就連莉薇亞的想像力也無法匹敵。再加上他挑明了要她放棄剛上軌道的事業——她很依賴這筆收入。

她咬下第二片磅蛋糕，每當遇上棘手的兩難抉擇，她對於充滿奶油香味甜食的胃口就大幅增加。要是說服班克羅夫特爵爺每年給她五百鎊……她就有了獨立收入——足以照顧莉薇亞和貝娜蒂，且還是能與華生太太見面。要是他能提供源源不斷的刺激、有趣的案件……

她拾起爵爺留下的卷宗。

裡頭放了六個信封，她拆開第一個，抽出一張紙。

在一八某某年，W先生的妻子難產過世，這名年輕鰥夫到印度的馬德拉斯省加入軍隊。到任後幾個禮拜，他參加一場下午茶會。儘管雨季已至，天氣比先前涼快許多，他仍舊熱得坐在陽台上閤眼打盹。

茶會結束後，主人一家換上晚餐的正式服裝，這時一名僕人告知女主人，說還有一名大爺睡在陽台上。女主人前去叫醒他，卻震驚地發現他已經死了。

W先生與權勢、聲望、財富毫無牽連。就算少了他——或是有他的配合——也不會帶給任何人顯著的益處。至於私生活，旁人認定他個性膽小怕事，也沒有犯罪傾向或是輕率的拈花惹草。

W先生的死因究竟爲何？

印度。雨季。答案幾乎就明擺在眼前。

夏洛特從信封內找到一張摺起的紙條，外頭寫著線索，以及一個標示答案的小信封。

線索寫道：當局宣稱W先生是意外身亡。

這倒是沒錯。她拆開裝著答案的信封。

替W先生驗屍的醫師在他手腕找到刺穿的痕跡。到了雨季，當地的印度環蛇會躲進民宅找乾燥處躲藏。W先生不是第一個，也不是最後一個在睡夢中遭到蛇咬、再也沒有醒來的人。

正如她的預想，蛇咬。她細細打量這幾張紙和出自打字機的文字。這案子或許有段時日，不過是最近才寫成謎題的格式，而且編排得相當縝密。

顯然不是班克羅夫特的大作——他太忙了。那就是他的跟班，能夠接觸到舊檔案的人士。班克羅夫特下了什麼指令？隨便抽出幾份紀錄？

她搖搖頭。這個想法太刻薄了。班克羅夫特忙著處理現實的事務，而現實事務很少會自動構成引人入勝的謎題。況且這道謎題的結構已經達到藝術境界，沒有相關經歷——也沒有見過夏洛特．福爾摩斯——的跟班，很可能會認定W先生的案子是頂級難題。

她拆開下一個信封。

一八某某年一月的最後一個星期日，S一家沒有出門參加禮拜。S先生是工人，S太太忙著持家，也會帶洗衣的活回家做。雖然窮困，一家人相當虔誠。鄰居從教堂回來後敲門關切，心想他們可能是生病了。無人應門。

等到鄰居終於進入屋內，他們發現一家五口——包括三個小孩——全都死在床上。

請問死因爲何？

Ｓ一家究竟住在哪裡？如果是英格蘭，夏洛特可要多猶豫一會，但若是住在歐陸……

這個案子也附上了線索，上頭寫著Ｓ一家住在德國明登。

她願意拿一堅尼金幣來賭這家人死於一氧化碳中毒。

意外發生在整排屋舍尾端的小屋裡，地底下正好是廢棄礦坑。一家五口加上兩隻貓，以及一隻關在籠裡的鳥兒，全都在一夜之間死去。這排屋舍另一端的人家也病了，同樣失去了家中的寵物，幸好人類沒有大礙。

根據推論，礦坑裡的有害氣體穿透地窖的泥土地面往上滲出。地窖皆設有通往屋外的門，然而兩端的人家在案發前幾週一直關著門，當時正值冬季，他們不希望冷風直接灌進屋裡。鄰居接受訪談時，回想起這兩戶的成員都曾抱怨頭痛與反胃持續了好一陣子。看來純粹是運氣問題，同樣的狀況，同樣的風險。一戶慘遭滅門，另一戶僥倖存活。

夏洛特以爲單純是火爐通風不足——歐陸的煤炭成分在密閉環境中，更容易釋放出一氧化碳。好吧……稍微有點意思了，但還不到吊人胃口的地步。

下一個信封已經握在手中，她逼自己放下。總共只有六個信封，沒有必要一口氣全部看完。

於是她走到拱形窗旁，拾起放在窗台座位上的書冊。《羅馬遺跡之夏》——英古蘭爵爺在書中記敘了那些年少輕狂的日子，他在叔叔土地上探索羅馬建築遺跡的時光。裡頭隱晦地提到兩人的第一次親吻，但那並不是她唯一的戲分。

比如說還有以下幾段：

某日，我挖出了一件石器，直徑近三呎，厚達十吋，除去看起來像是把手的突起（可是又太短了），是完美的圓形。

清理掉包覆表面的沙土後，發現圓盤周圍刻了一道淺溝，並直接貫穿突起物的中央。看來不是我猜測的磨石。

我猜不透這項物件的功能，直到某位更用功的人士帶來比德的《英吉利教會史》，指出書中提到古時候的葡萄園：這是用來碾壓葡萄的器具，葡萄汁會從突起物的孔洞流入承接的器皿。

葡萄園？當年的他皺起眉頭。這裡？

她翻開歷史學家聖比德描述葡萄在英國境內生長的段落，請他閱讀。

那些葡萄園後來怎麼了？

可能是因爲氣候或土質改變，可能是瘟疫害死了會種葡萄的人。也可能是因爲法國的葡萄酒品質更好、更便宜，於是他們鏟掉葡萄園，改種其他更有利益的作物。

他沉默半晌。我爺爺在波爾多有幾片葡萄園，我曾經去過，很難想像這裡以前也是同樣的景象。

你去法國的時候光顧過任何甜點店嗎？

應該沒有——我不愛甜食。他瞥了她一眼。妳喜歡法國甜點？

我喜歡別人描述甜點，可是我從沒吃過牛角麵包、千層酥或是奶油泡芙。

就算我逛遍巴黎的甜點店，妳還是嚐不到半塊糕點。

至少你可以說給我聽。

我吃過牛角麵包，還可以，但算不上值得回味。

她輕輕嘆息，重新捧起書。

不過兩天後，她踏進自己的房間，看到滿滿一盒的牛角麵包、千層酥、奶油泡芙。

兩人從沒提起那些點心，但下一段是這麼寫的：

以往我對書籍興趣缺缺，偏好運動，以及勞動肢體的考古挖掘。然而那一刻我才領悟到無知於我無益——若是我想繼續鑽研考古學，除了古人留下的文物實證之外，還得研讀整間書房的藏書。

她輕輕闔上書。

不，她從沒想過要嫁給他——她一點都不適合走入婚姻——但她確實期盼他沒有與旁人結親。

她期盼他沒有娶愛莉珊卓．葛瑞維。

門鈴又響起，夏洛特抬起頭。華生太太和里梅涅小姐還沒從教堂回來，班克羅夫特爵爺沒忘了什麼東西，她今天也沒安排與客戶見面。會是誰呢？

門口是捧著信封的跑腿信差，他恭恭敬敬地點頭致意。「有一封給夏洛克・福爾摩斯先生的信。」

「我會拿給他。」

信差輕拉帽緣行禮，轉身離開。

信封的重量和材質相當熟悉，薄而堅韌的亞麻紙。夏洛特也認得打出名字與住址的打字機——用過一陣子的打字機所打印出的文字幾乎與手寫字跡一樣獨特。

英古蘭爵爺。他們前一晚才當面說過話，怎麼才沒多久他又特別派信差上門？

親愛的福爾摩斯先生，

抱歉打擾您的休息日，我急需協助。

請在今天下午四點與我見面。

芬奇太太

信中的字跡不屬於英古蘭爵爺，也不是他偽造出的任何一種字跡。他是優秀的書法家，夏洛特對於字跡所知的一切皆來自他。

她的脊椎陣陣發麻。寫信的人能夠堂堂正正地使用英古蘭爵爺書房裡的打字機，也拿得到倫敦頂尖文具商特製的信封。

是他的妻子。

□

「爸爸，你有沒有跳過整夜的舞？」英古蘭爵爺的女兒露西姮問道。

英古蘭爵爺被她的疑問逗笑了。「沒有。我只有跳過半個晚上，沒有跳過一整夜。」

他們從教堂回到家，待在育幼室裡，準備要一起吃星期日大餐。他的幼子卡利索正專心把玩整箱的木頭積木。露西姮和弟弟一樣喜歡積木，不過現在她忙著觀察她的盆栽。

陶土花盆擠滿了育幼室的三片窗台，種植了十多種幼苗。過去一個禮拜，露西姮一直盯著它們瞧，測量高度、計算葉子數量、在筆記本裡畫圖，幫助自己辨識不同生長階段的植物。

她寫下一株向日葵幼苗的葉片數量。「你為什麼不跳一整晚的舞？」

「因為舞會通常沒開那麼久。到了凌晨三點，大多數人都想睡了，就連熱愛跳舞的人也一樣。」

露西姮又數了數另一株向日葵的葉片，完成今日的觀察。「我想要試試看。亞摩斯小姐說等我結婚了就可以——她說等我結婚了什麼事情都能做——可是媽媽說她在亂講。」

英古蘭爵爺已經好久沒有向妻子問起她對婚姻的看法，無論是廣義還是特定的對象。「等妳長大一點，不管有沒有結婚，都可以做更多想做的事情。」

「亞摩斯小姐說我十六歲就可以結婚。媽媽說她不會答應，她說她要和亞摩斯小姐談談。」露西妲抬起頭，一臉擔憂。「她會不會開除亞摩斯小姐？」

英古蘭爵爺替最後一盆植物澆水——這是他身為「首席助手」該做的事。「我想應該不會。可是亞摩斯小姐對結婚的想法……我還沒見過哪個人會把結婚當成毫無限制的自由。」

「媽媽說我可能會討厭結婚，然後又不能離婚。」

英古蘭夫婦之間，究竟是哪一方比較畏懼他們的婚姻狀況？過去英古蘭爵爺一直無法得出答案。現在他知道是他的妻子，稍微搶在他前頭。

「解除婚姻確實不容易。」

這項舉動會害他的孩子成為私生子，就算他站得住腳，離婚過程也將會引發滿天謠言，以及強大的破壞力。

莉西妲闔上筆記本。「媽媽和亞摩斯小姐對於同一件事的想法為什麼差那麼多呢？」

「就和蘆筍一樣。妳恨不得每餐都吃，而卡利索幾乎不敢碰。沒有一件事能讓大家滿意。」

「那你呢？你怎麼想？」

他早就料到會有這個問題——這是這段對話無可避免的發展。但他還是心裡一緊。

他放下水壺，單膝跪下，雙手按住女兒的肩膀。「我覺得這是我做過最好的事情。妳知道為什麼嗎？」

她搖搖頭。

「因爲它讓妳——還有妳弟弟——來到我身邊。」他親親她的額頭。「去吃飯吧，聽說今天又有蘆筍了。」

□

「有件事情要和妳們說。」福爾摩斯小姐說著，從餐桌中央裝盛查弗蛋糕的大碗舀了一大份。

她們正在聊潘妮洛在醫學院的朋友即將抵達倫敦。潘妮洛執意規畫一趟蘇格蘭高地之旅。華生太太聽著她天馬行空的想法，思考該不該更動屋裡共用空間的裝潢。現在的配色太沉鬱了，全是深藍色和悶悶不樂的棕色。從現實面來想也沒錯——倫敦的煤灰遲早會把一切染得又暗又髒。不過或許可以重貼壁紙，用石頭色調搭配樹葉圖案作爲折衷？

福爾摩斯小姐的話將她拉出充滿色彩圖案的愉快白日夢。「怎麼了？」

福爾摩斯小姐將一顆包著奶霜的藍莓送進嘴裡。「下午四點會有一位新客戶來訪，她認識我。我猜她或許和華生太太有過一面之緣，只是從未正式引見過。所以呢，若是里梅涅小姐能夠保密，妳就能扮演夏洛克．福爾摩斯的妹妹。」

潘妮洛的甜點匙在自己那份查弗蛋糕上空頓住。她瞄向華生太太。關於潘妮洛是否該出現在夏洛克．福爾摩斯身旁，她們陷入僵局。福爾摩斯小姐的請求切斷了這個死結。

華生太太心中警鈴大作——福爾摩斯小姐不輕易放棄中立立場，一定是極度特別的狀況。「我以爲今天沒有約。那位客戶是誰？」

「英古蘭夫人。」福爾摩斯小姐說道。

她的語氣波瀾不興。

華生太太又與潘妮洛互看一眼，嚇得合不攏嘴。

三年前的薩伏伊劇院，在中場休息時段，英古蘭爵爺到華生太太的包廂致意。正當他要離開時，她的視線碰巧落向觀眾席上準備回座的福爾摩斯小姐。

喔，看看那位身穿薔薇色絲綢禮服的小姐，華生太太低喊。她一定是今晚劇院裡最可愛的女孩子。

英古蘭爵爺往下看去。那是夏洛特．福爾摩斯，今晚劇院裡最古怪的女孩子。

華生太太難以置信。那個甜美的小東西？爵爺，你確定嗎？

她的朋友微微勾起嘴角。夫人，我可以打包票。

劇院燈光暗下，下一幕即將開演。英古蘭爵爺離開包廂，但華生太太還記得他的笑容，裡頭藏著層層隱情。那些隱情絕對都是愉快的好事，然而華生太太那天晚上感受到奇特的沮喪。

隔天她終於參透自己爲何深受影響：那個表情是受到悔恨啃蝕的渴望。

華生太太沒再提起夏洛特．福爾摩斯小姐。英古蘭爵爺也絕口不提，直到福爾摩斯小姐發生不幸「事故」的那一晚，他才上門拜訪請她協助。

於是她知道當年的直覺沒錯，也毫不懷疑福爾摩斯小姐對英古蘭爵爺並不是毫無感情：只要這兩個年輕人單獨待在同一個房間裡，儘管他們行為拘謹——或許正因為拘謹——那股氣氛實在是太明顯了。華生太太原本坐在隔壁房間裡假裝照顧不存在的夏洛克・福爾摩斯，忍不住匆忙離開，那兩人祕而不宣的情慾燙得她滿臉通紅。

福爾摩斯小姐現在怎麼能如此輕易，幾乎是漫不經心地說出英古蘭夫人這幾個字？華生太太自認心胸不算狹窄，但就連她也無法毫無敵意地提起，甚至是想到那個女人。

不過她並沒有提出這個疑問。「英古蘭夫人沒有發覺妳就是夏洛克・福爾摩斯？」

「看來是如此。」

「她信中有提到會面原因嗎？」

福爾摩斯小姐從越來越淺的蛋糕碗裡撈出半顆草莓。「沒有，只說她急需面談。」

「她把信送到上貝克街？她怎麼會知道住址？」

「我猜是透過蕭伯里先生。聽說自從他母親的死亡疑雲破解後，他在某些圈子裡透露自己曾經拜訪過夏洛克・福爾摩斯。英古蘭夫人要隱瞞自己的目的，並從他口中打聽出這個住址一點都不難。」

餐桌一陣沉默。潘妮洛緩緩眨眼，似乎是無法相信自己聽到了什麼。福爾摩斯小姐一本正經地進食，活像是生平第一次吃到這道廣為人知的甜點。華生太太小口啜飲，試著說服自己應該要相信福爾摩斯小姐做好的決定。

畢竟她那顆出類拔萃的腦袋多半能轉出不錯的主意，以及實際的思維。

「我覺得我們不該接待英古蘭夫人。」她聽見自己刻意強調。「我們彼此認識，至少福爾摩斯小姐認識她。要是她希望福爾摩斯小姐知道自己的煩惱，大可直接告訴她。但她卻選擇信任非親非故的陌生人，這代表她重視自己在此一事務中的隱私。」

「如果她的煩惱與英古蘭爵爺有關呢？我們對她的保密義務會不會超越與爵爺的友誼？要是我們知道了他想知道，甚至是他應當知道的事情，該怎麼辦？在更糟的情況下，假使他妻子透露的隱情對爵爺不利，我們還要繼續瞞著他嗎？」

福爾摩斯小姐不改沉著的神色，潘妮洛凝視華生太太的雙眼中更添一絲關切。華生太太這才發覺自己的音調高了八度。她無法冷靜理智地否決，只能任由一時的義憤沖昏頭。

有片刻，三人忙著吃掉眼前的食物。接著福爾摩斯小姐放下湯匙。

「光是提出見夏洛克·福爾摩斯的請求，英古蘭夫人已經在無意間傳達了她需要協助的處境。根據我對她的了解，我大致能掌握那是什麼樣的麻煩事，可以推測與英古蘭爵爺無關，不過既然他們是夫婦，她的問題多少會牽連到他。」

「此外，英古蘭夫人將希望寄託在夏洛克·福爾摩斯身上，這代表她沒有其他求援管道。就目前來說沒有，就問題的性質來說也沒有。要是我們袖手旁觀，誰也不會幫她。單就人道的立場來看，拒絕她很殘酷。」

「至於我們對英古蘭爵爺的義務，反正她的問題與他沒有直接關聯，替她保密不至於害我們陷入道德困境。」福爾摩斯小姐稍稍垂眼。「英古蘭爵爺是我的朋友，也有恩於我，我只希望他一生順遂幸福。與朋友貌合神離的妻子不是我的敵人。倘若她是陌生人，來到上貝克街敲門，在這個緊要關頭，我們能拒絕她嗎？」

可惜英古蘭夫人不是陌生人。接下她的委託，她們之間已經不太愉快的關係勢必會更緊繃。華生太太佩服福爾摩斯小姐不願捨棄深陷困境的人，只是她無法想像接下這個委託的結果會是利大於弊。

她不知道除了仗著權勢嚴詞命令，要如何改變福爾摩斯小姐的心意：我是這個計畫的金主，我說了算。她不能接受自己使出專制手段，特別是在這位小姐得知華生太太會幫助自己，起初是出自英古蘭爵爺的授意後。華生太太一心只想鞏固兩人的合夥——以及友誼——的信心，希望福爾摩斯小姐相信自己的舉動是出自尊敬與親愛。

華生太太嘆息。

福爾摩斯小姐一定是察覺到她決定投降了。她拿起湯匙，鏟起碗裡最後一點查弗蛋糕，吃得津津有味、意猶未盡。

接著她對潘妮洛開口道：「我相信華生太太的口風。里梅涅小姐，我也可以信任妳不會在我們三人之外的人士面前提起此事嗎？」

潘妮洛沒有立刻回答。她想了一會。「我想我以前沒有做過這種承諾，不過我開始領悟到瓊阿姨爲什麼不希望我太深入夏洛克・福爾摩斯的生意——就算沒有實際的危險，參與上貝克街的事件可能會挑戰道德倫理。」

她又想了一會。「不過看來今天我註定要參與這件事，我答應妳，無論知道什麼，我都不會透露給這房間以外的人。」

「謝謝妳，里梅涅小姐。」福爾摩斯小姐說：「那麼我們已經準備好接待英古蘭夫人了。」

□

「小姐，抱歉打擾了，這是妳的東西嗎？」

莉薇亞抬起頭。一名年輕男子站在她面前，手中拿著一本書。雨停了好一陣，陰沉厚實的雲層早已散開。男子背後是經過雨水洗刷的樹木和藍天，他看起來就和任何一個夏日午後一般爽朗。

莉薇亞對於爽朗的人沒有意見，只要他們別來逗她開心就好，然而往往事與願違。要是她沒有趁此時機打開心門，他們會認爲她不好相處、不知感恩。

她垂眼打量他遞出的書。《白衣女郎》（*The Woman in White*）。眞怪，她兩天前從流通圖書館租來這本書，還特別帶來公園，就怕另一本帶在身上的書不怎麼引人入勝。她的書還好好地放在手提袋裡，是吧？

她拍拍手提袋，裡面並非空空如也，但也摸不到厚厚的小說。

「啊——是的，我想這是我的書，只是我不知道爲什麼會弄掉。」

書應該一直都在提袋裡——其他隨身物品看來一件不少。

「小事一樁，小姐。」年輕男子將書遞給她。「恕我多嘴，妳這本書選得眞好。」

莉薇亞完全把《白衣女郎》離奇失蹤一事拋到腦後。「先生，你這樣認爲嗎？」

她一生中拿得定主意的事情不多，其中一件就是自己喜愛的書籍類型，哎，全是些沒有建設性的讀物。至少夏洛特還可以說自己是在吸收知識；而莉薇亞只想稍微遠離自己的人生，但她身旁沒有人支持她的逃避。

這本書選得眞好，她從沒聽人對自己說過這句話，沒有人提過她的閱讀品味。

「喔，是的。」他咧嘴一笑，隔著整片絡腮鬍實在難以判斷他的年紀——大概是二十二到三十二歲之間吧。眼角帶了點紋路，不過臉頰光滑。「我前陣子看過，一坐下來就看個沒完。」

「聽起來很值得期待。」

「和妳說，我是晚間九點翻開這本書，只打算在睡前看一會，可是等我意識到時間，天已經亮了，差不多是我要起床準備的時刻！」

「喔，天啊！」

「我知道，但我一點都不後悔。最愉快的體驗莫過於讓一本書揪著你的領子，直到全書完才放你走。上帝只給我們一次人生，但有了這些好書，我們可以活過一百次，甚至一千次。」

莉薇亞很少有這種感覺，可是她能夠因爲這名男子生動表達的情感而親吻他。

「那這本呢？」她急切地豎起放在膝上、才剛開始看的小說。「是同一位作者寫的。」

「《月光石》（*The Moonstone*）？我也喜歡這本，不過還不到要熬夜看完的地步。」她一定是露出失望的表情，因爲他豎起手指繼續道：「可是我有個好朋友對《月光石》的評價比《白衣女郎》還高。」

「喔，你眞是幸運，能認識閱讀品味類似的同好。家父只看歷史書，舍妹只愛傳遞知識的書籍。我曾纏著要她看看《簡愛》，她最後看了，只是我想她不怎麼中意那本書。」

夏洛特對小說沒多少興趣；若非必要，她一點也不想與人相處，無論是現實還是虛構。莉薇亞則是熱愛書中角色更勝現實世界的友人——湯姆．索耶永遠朝氣蓬勃，薇歐拉總是勇敢率直，達西先生絕對不會變成讓人不願同床共枕的僞君子。

「嗯，我認爲《簡愛》是傑作。」男子說道：「簡愛小姐的堅毅令人折服，而且她最後總能化險爲夷。」

「沒錯，我和舍妹說她得要感激世界上存在著這本書。許許多多以女性爲主角的小說總把女人寫成笨蛋，做出愚蠢的決定，等到事態不可收拾就自盡，或者是讓善良女子遭逢厄運，最後雪上加霜地寫到她們憔悴而死。」

他笑出聲來。他的眉毛令表情生動萬分，深棕色雙眼散發暖意。「天啊，我還沒想到這一層呢，不過妳說得很對。」

莉薇亞只能慶幸自己從一開始就是坐著——不然她恐怕會軟腳摔倒。沒有人，從來沒有人說她「說得很對」。

不管是在哪方面。

這股激情傳往她的每一條神經末端，她彷彿首次有了形體，眞實存在於這個世界；彷彿她一直是虛影，在陰暗處飄盪，是陽光下的模糊霧氣。

坐在長椅另一端的母親哼了幾聲。

福爾摩斯夫人隨莉薇亞一起來到公園。自從夏洛特的醜聞爆發後，福爾摩斯夫人對鴉片酊的依賴更加嚴重，她很快就張著嘴陷入沉眠，臉頰鬆垮，洋傘大幅斜向右側，宛如即將翻覆船隻的風帆。

別醒。別醒！

福爾摩斯夫人又哼了幾聲，急急吸了幾口氣，身軀歪得更斜向右側。莉薇亞鬆了一口氣，幸好能逃過她母親的疑心，也不會因爲她的不悅嚇跑眼前男子。

「小姐，我已經打擾太久了。」他點頭致意。「希望妳喜歡柯林斯先生的兩本作品。祝妳有個愉快的午後。」

第三章

華生太太覺得自己不夠磊落。

她和英古蘭夫人從未被正式引見，不過華生太太與福爾摩斯小姐一樣，懷疑英古蘭夫人早就知道自己的存在，認得出自己長相。因此，在英古蘭夫人來訪期間，她沒有理由接近上貝克街十八號。

況且她已經主張她們不該介入英古蘭夫人的煩惱。

但儘管與這回的委託毫無瓜葛，她還是來了。她重新排好架上的書，拍鬆已經夠蓬鬆的軟墊，福爾摩斯小姐則是忙著確認用來投影的暗箱。

暗箱通常是在大箱子的一端開個小洞，讓光線進入，投射出上下左右顛倒的影像。只要讓箱子裡的影像落在感光物體上，萬歲，照片誕生了。

「夏洛克」的房間就是一個暗箱，正對著門的牆面塗上層層白漆，除了窗簾，窗上還裝設了兩組黑色遮罩，擋住所有外來光源。錢幣大小的小洞開在圓形相框中央，用來鑲照片的區域直徑只有一吋半，但是相框本身至少有六吋寬，布滿突起的裝飾花紋，不會有人注意到它原本的用途。

這是一組六個的相框，更能降低被人識破的機會，不過福爾摩斯小姐也沒有特別擔心。她說得中肯：反正客戶早就知道隔壁房間有人在觀察他們，也不太會抗議這個用來窺視的裝置。

潘妮洛還在家裡準備。華生太太反覆思忖，心想該不該趁機提出幾個問題。

福爾摩斯小姐回到客廳，戳破她心中的掙扎。「華生太太，妳不確定我對英古蘭夫人抱持著善意，是眞心要幫助她。」

華生太太提供女伴的職位給福爾摩斯小姐的那晚，福爾摩斯小姐很震驚在赤裸裸地揭露深埋心底的祕密之後，華生太太還願意與自己相處。福爾摩斯小姐原本深信不會有人想待在能把他們徹底看透的人身旁。

過了一陣子，華生太太才發覺福爾摩斯小姐克制自己在她身上施展推理的特技。直到此刻。

「或許更準確地說，我不確定自己是否對英古蘭夫人抱持任何出自博愛的善意。」

福爾摩斯小姐將安排給英古蘭夫人的椅子推離小洞幾呎。「我對她沒有任何敵意。」

可是她擋在妳和妳愛的男人中間，擋在妳與幸福中間。「我很難像妳這樣平靜。她是我喜愛、敬佩的年輕人的妻子——而她沒有讓他快樂。」

「也可以說他沒有讓她快樂。」福爾摩斯小姐把「夏洛克」妹妹的椅子移動到相對應的距離。

華生太太眨眨眼。有人品行良善，有人既良善又高尙，然而福爾摩斯小姐替英古蘭夫人的辯護遠遠超越了那些境界，傳達出似是而非的平等概念。「她是爲了錢才嫁給他。」

「對於被當成裝飾品養育的女人而言，婚姻是她唯一的活路。要是英古蘭夫人不是爲了金錢結婚，那她就是個傻子。」

華生太太直盯著福爾摩斯小姐，後者微微一笑。「抱歉，夫人。家姊莉薇亞說過好幾次了，每當她想抱怨某人，我總是不會附和她的情緒，而是從不同的觀點分析情勢。」

兩人一同移動茶几。「所以妳眞的不會瞧不起英古蘭夫人？」

華生太太依然難以相信這件事。還是說福爾摩斯小姐因爲現在她是英古蘭爵爺示愛的目標，而對英古蘭夫人感到愧疚？

「因爲她爲自己做出理性的選擇？不，我不會瞧不起她。雖然我不贊同她的行爲，但是嫁給最有錢的追求者並不需要受到譴責。」

「就算——」

一樓前門開了，潘妮洛抵達現場，即將扮演夏洛克．福爾摩斯的妹妹。

「就算她理性的選擇並未帶給英古蘭爵爺幸福的婚姻？」福爾摩斯小姐道出華生太太的疑問，潘妮洛正蹦蹦跳跳地上樓。「請別忘了他在這件事裡不是毫無瑕疵。」

華生太太還來不及替英古蘭爵爺辯護，說他的行爲一向完美無缺，潘妮洛已經悠閒地踏進客廳。

□

英古蘭夫人比福爾摩斯小姐年紀略大一些。

華生太太很清楚這個女人的歲數，因爲她丈夫曾替她舉辦奢華的慶生舞會。

這個慣例一直沒變：英古蘭爵爺不會公然冷落妻子，無論是某些刻意的舉止，或是刻意忽略的舉止。

今年的舞會近在眼前，是社交季最後一場盛事。可是華生太太已經不再送匿名的慶賀花束，也不再向英古蘭爵爺問起他是否還會送妻子一份慷慨大禮。

英古蘭夫人的容貌依舊美艷出眾，華生太太還記得她以往的傾城風華，皮膚光滑耀眼，大眼睛，嘴角的美人痣位置恰到好處，以及楚楚可憐的微笑——猶如純真少女發現世界殘酷面之後的悲傷。

很少有人懷疑英古蘭爵爺沒有瘋狂愛上她。保護弱者是他的天性，而她激發了他所有的保護本能。

她沒有老很多——再過幾個禮拜就要滿二十六歲的她幾乎沒受到歲月摧折。不過她面容變了：雙唇更加單薄，五官蒼白，下頷線條更僵硬、明顯。與過往的她相比，她更像是相貌略嫌平凡的姊妹。

至少上下顛倒的她看起來是如此。

她反轉的影像印在牆上，尺寸與本人相近，移動、說話——華生太太覺得自己身處奇異的夢境。客廳裡的潘妮洛熱情洋溢——這女孩的演技比華生太太預想的還要好。英古蘭夫人僵硬地坐進安排好的位置，生下第二個孩子時影響到她的柔軟度，背痛一直好不了。

「芬奇太太，要不要來點磅蛋糕？」潘妮洛以英古蘭夫人的假名相稱。「相當不錯呢。」

「謝謝，福爾摩斯小姐，不用了。」她們的訪客應道。

她的嗓音至少還和以往一樣可愛，甜美的低音中參雜一絲沙啞。

兩人聊了幾句天氣，接著潘妮洛放下茶杯，雙手在膝上交疊。她的身影也是顛倒的，部分裙襬與深色的木頭床架融合在一起。「芬奇太太，妳直接送信到這個住址，我們能假設妳已經和夏洛克過去的客戶談過了嗎？」

「是的。」

「我可以假設妳知道家兄的健康狀況嗎？」

「沒錯。」

「妳需要確認他的心智能力沒有受到病魔摧殘嗎？」

她們的訪客遲疑了。

潘妮洛沒有等待回應。「那就是需要了。」

躲在臥室裡的兩人匆忙拉起窗戶遮罩，移走堵在門板下擋光的毯子。潘妮洛敲敲門，等華生太太裝出粗啞的約克郡口音應道「進來」，她鑽進房裡，收下筆記本，回到客廳。

她坐回原本位置，花了幾分鐘熟讀寫在筆記本上的字句，給華生太太和福爾摩斯小姐足夠時間擋住房裡的光源。牆上漸漸浮現潘妮洛專注閱讀、英古蘭夫人不安喝茶的身影。

「家兄要我感謝妳的信任。」潘妮洛終於開口。「妳是為了極度敏感的事務前來，芬奇太太，他向妳保證，妳在這裡說的每一句話都將嚴格保密。」

英古蘭夫人神情慌亂。「謝謝。」

「家兄認定妳出身良好，可是家世不一定伴隨著穩定收入。事實上，他猜測妳的雙親常常陷入財務危機，不過妳嫁入豪門，從此過著安逸平穩的生活。」

上下顛倒的英古蘭夫人猛然站起，腦袋滑過牆壁底端的飾板。「福爾摩斯先生知道我是誰嗎？」

「一般人遇上夏洛克的推理能力，會有這種反應很正常。」潘妮洛答得冷靜。「他能從妳的儀態觀察出許多背景。妳的外出服購自沃斯時裝，做工無懈可擊。已婚女性能穿著沃斯先生的作品，假如不是她自己財力雄厚，那就是她的丈夫出手闊綽了。」

「這是兩季前的服裝，之後配合時尚風潮做出些許修改。不過妳的帽子是克勞黛夫人的當季產品，那也是頂級商家。因此我們知道妳並不是經濟狀況走下坡，只是還留著娘家的節儉習慣，與其在季末拋售，不如添加流行要素。」

英古蘭夫人緩緩坐下。「原來如此。」

「既然是妳個人習慣節省，我們推測妳來見夏洛克不是爲了金錢問題。若是與孩子或是持家有關，妳也不會寄來沒有回郵地址的信件。顯然妳不希望任何風聲傳回家裡，這代表妳的問題若是廣爲人知，可能會造成尷尬的局面，或者是更糟。」

「於是只剩下兩個可能性。妳若不是對丈夫感到不安，那就是爲了不是妳丈夫的男人而來。」

華生太太的手指扣住椅子邊緣。福爾摩斯小姐稍早提到這事與英古蘭爵爺無關，也就是說……

英古蘭夫人咬咬下唇。「我很訝異福爾摩斯先生竟然沒有直接說破我來此的原因。」

「夏洛克只希望妳對他的能力有信心，芬奇太太，而不是告訴妳爲了什麼事情來見他。」

若是換成華生太太來接待英古蘭夫人，要她說出同樣的台詞，應該會無法掩飾批判的語氣。儘管潘妮洛同樣仰慕英古蘭爵爺，但她努力維持可靠、理智的聲調。

「很好。」英古蘭夫人深呼吸的聲音清晰可聞。「我是來向福爾摩斯先生諮詢一名男子的事情，而他不是我的丈夫。」

華生太太身旁的福爾摩斯小姐拿起一片水果蛋糕，咬了一口。華生太太盯著她看。英古蘭夫人很可能會透露讓英古蘭爵爺有藉口離婚的情報，只要他恢復自由身，就可以娶福爾摩斯小姐了。然而她對蛋糕的興致似乎比較大。

「正如福爾摩斯先生的推論，我嫁進了好人家。」英古蘭夫人說：「這段婚姻沒有違背我們雙方的意願，我也毫不反對這個安排。家世、財富、外表——我丈夫一樣都不缺。」

「可是……或許該從我小時候開始講起。福爾摩斯先生又說中了：我的父母財務狀況岌岌可危，我們什麼都買不起，但因爲我們的名聲，因爲我們是某個顯赫家族的旁系，得要時時保住面子。」

「我有兩個弟弟，打從我有記憶開始，就一直揹負著嫁入好人家的責任，好讓他們擺脫同樣的貧困枷鎖。但我總希望奇蹟降臨，某天突然成爲哪個從未聽說過的遠房親戚的受益人，獲得優渥的財產。我並非抱持著浪漫的幻想，也不鄙視爲了金錢結婚，眞正的原因是我已經心有所屬了。」

華生太太倒抽一口氣。福爾摩斯小姐繼續啃食水果蛋糕，彷彿坐在客廳裡的只是個找不到最喜歡便鞋的小老太婆。

「他很窮——甚至還是私生子。」英古蘭夫人的語氣放得更柔，像是陷入幻想。「可是他心地善良、性情和藹開朗，對於人生中的任何好運都無比珍惜。我們認識時，他是簿記學徒，懷抱著在倫敦當會計師的雄心壯志，賺到足夠的錢讓妻兒過得舒舒服服。」

「他只希望生活簡單平順，這對我來說是莫大的吸引力。我自己的人生中與僞裝無關的事物少之又少。設宴待客代表這一整個月我們要靠麵包與清湯過活。家母得要把珠寶換成贗品，才能幫家父買新大衣。有一年我們窮到得把屋子出租、住進破爛小屋，卻要和大家說我們去南法及義大利渡假。」

「我渴求他心目中眞誠、簡單的生活。能夠以自己的眞面目、徹徹底底的無名小卒過活，只要能夠互相扶持，這是最美好不過的事情了。我的雙親自然是氣得火冒三丈。家父說要是外人知道他女兒嫁給一個雜種，他這輩子就再也抬不起頭了。家母震驚萬分，說我既然能替弟弟們張羅更好的未來，怎麼能如此自私，任由他們受苦。」

「我心裡好苦。我深愛的那個人……他向我道歉，說他一直都知道這是個註定沒有結果的夢想，無論有多麼渺茫，都不該給自己希望。」

華生太太忍不住深感同情。曾經登台演出的她絕對不是主流婚姻的標準對象，不過她丈夫的家族只剩下他一人。若是他的雙親還在世，他們會怎麼想？會不會對於他的選擇感到苦惱？若是他還有手足，瞧不起他把這種女人娶進家門，她該怎麼辦？這都會使得他們的婚姻成爲痛苦的決定——況且他還是擁有獨立收入的男人，而不是生來就學著要順從家族意志的女孩。

英古蘭夫人沉默半晌。「總之，六個月後我來到倫敦參加第一次社交季，又過了幾個月，我嫁人了。在婚禮前，我們達成協議，在我成爲別人的妻子後，我們就不該見面或是書信往來。我也告訴他我不會打聽他的消息，這種行爲實在是……我不認爲我丈夫會樂見我時時留意往日情人的動向。」

「不過我們也做了另一個約定。每年，在他生日前的星期日下午三點，我們兩人會經過艾伯特紀念廣場，藉此得知彼此是否還在人世、還有辦法四處走動。」

華生太太滿心期盼英古蘭夫人能提供讓她丈夫離婚的契機。倘若英古蘭夫人和這個「往日情人」只有這點接觸，那麼頂多只算得上是道德上略有瑕疵，還不到承受責難的程度。

「我們嚴密遵守協定。每年在紀念廣場擦身而過，點頭示意。」英古蘭夫人十指交纏，喉管上下滑動。「今年他沒有赴約。」

華生太太按住自己的喉嚨。福爾摩斯小姐又啃了一小口蛋糕。

「如果無法到場，我們說好了要在《泰晤士日報》上刊登告示。每年的約定之日前幾週，我總是仔細翻閱告示版，留著報紙，怕會漏掉蛛絲馬跡。那天我回到家，又把每天的報紙翻閱一遍，什麼都沒有。」

「我不知道該怎麼辦。我們已經超過六年沒有交談了，我不知道他住在哪裡、靠什麼維生。不知道他是否仍舊單身，還是已經結婚生子。我刊登了告示，沒有得到任何消息，可怕的想像在心中蔓延，生怕他是不是……不在人世了。但我又無法鼓起勇氣，到註冊總局查死亡證明。」

「當然了，最有可能的解釋是他擺脫了年少輕狂的盲目迷戀——老實說我過去幾年很訝異還能見到他。不過他應該不會怕我責怪他忘記舊情，再也不想見我。如果他有別的對象，這是非常自然的發展。」

「他音訊全無讓妳擔憂。」潘妮洛說道。

「如此唐突毀約的行爲完全不符合他的個性。」英古蘭夫人摸摸領口的貝殼浮雕別針，彷彿想從中汲取力量。「這時我在報紙上看到福爾摩斯先生的報導。過去我以爲他只接受窮凶極惡的罪案諮詢，可是那篇報導明白指出他也願意幫助我們這些沒什麼聳動困擾的老百姓。」

「困擾就是困擾。家兄不會因爲客戶的困擾達不到窮凶極惡或是聳動的門檻而回絕。」英古蘭夫人乖乖接下潘妮洛遞出的盤裝蛋糕。「如果我沒有理解錯誤，妳希望我們追查那位失蹤的男士。」

「是的。我已經做好最壞的打算，無論你們查到什麼，我都不會大驚小怪。我只是想確認他究竟是意外身亡、娶妻後不想繼續與我來往、犯罪入獄、流放海外，諸如此類。」

「如此一來，得請妳透露妳對他所知的一切。」潘妮洛斷然說道。「從他的名字開始。他最後已知的落腳處、雇主、房東、朋友。別漏掉半點資訊。」

英古蘭夫人閉眼幾秒。「他名叫馬隆·芬奇。」

這名字聽在華生太太耳朵不痛不癢，但福爾摩斯小姐僵住了，一片水果蛋糕停滯在她嘴唇前。換作是其他女性，華生太太壓根不會在意這樣的舉止，可是對福爾摩斯小姐來說，這很不得了——甚至可說是天搖地動——的反應。

客廳裡的英古蘭夫人說出一連串馬隆·芬奇多年前的相關資料。臥室裡的華生太太在紙片上寫道，福爾摩斯小姐，妳認識這個男人。他是誰？

福爾摩斯小姐盯著那張紙條，陷入沉思。華生太太以爲她想把這個問題推到一旁去，沒想到她打開鋼筆筆蓋，寫下回覆。

芬奇先生是我哥哥。

第四章

「我不太喜歡她。」里梅涅小姐說：「但現在我為她感到遺憾。」

英古蘭夫人告辭了，只留下一抹橙花與梔子的香氣。

華生太太嘆息。「她的雙親不該要求她放棄愛情，為了金錢結婚。」

她們都太容易心軟。而夏洛特的同情與譴責一樣遲鈍。夏洛特不會因為英古蘭夫人的擇偶標準而瞧不起她，也不會聽了她的哀傷悲嘆就對她改觀。畢竟這些都無法改變她做過的一切。

「我相信她父母期望她能夠愛情與金錢兼得。」她在窗邊看英古蘭夫人的出租馬車遠去。「如果退而求其次，金錢遠比愛情還可靠。金錢不會轉化成倦怠與悔恨，而浪漫情懷往往是如此。」

「妳的意思是妳不怪她的父母？」里梅涅小姐問道。

「既然婚姻是她獲得更多財富與名聲的唯一途徑，他們的行為也是相當符合邏輯的。假如他們不顧常理，鼓勵她追求愛情，那麼他們就要承擔每一個人的指責，包括英古蘭夫人——如果她嫁給芬奇先生後過得不太順遂。」

就算她嫁給芬奇先生，對英古蘭爵爺有任何差別嗎？

自從他得知自己不是已故的威克里夫公爵家四男，而是公爵夫人與某位顯赫銀行家的私生子，他花了好幾年拚命證明自己的地位。他還是會娶某個人——妻兒是男人最有價值的勳章。

到頭來，對夏洛特來說還是沒有任何差別。

「福爾摩斯小姐，我沒見過像妳這樣不浪漫的人——我很喜歡。」里梅涅小姐說完後，立刻跳起來。「喔，天啊，看看現在都幾點了。我們要去見布盧瓦家的兩位女士，而我現在連她們送我在回倫敦路上解悶的書都還沒翻開來呢。還是隨意瀏覽一下吧——不然晚上被問到內容的話可就慘了。」

她小跑步離開，華生太太和夏洛特緩緩跟在後頭踏出上貝克街十八號。她們穿的不是外出散步的服裝，但是當華生夫人直接略過自家門口——離夏洛克・福爾摩斯的事務所只有幾步之遙——朝對街的攝政公園走去時，她沒有抗議。

來到湖畔的高大楊柳下，華生太太才開口發問：「福爾摩斯小姐，以前妳提過妳父親在外頭有個私生子。就是那一位芬奇先生嗎？」

夏洛特伸手撫摸垂落的枝條。陽光已經露臉一陣子了，鋸齒狀的細緻葉片還沾著方才的雨水。

「倫敦不太可能還有另一個名叫馬隆・芬奇的私生子正以會計爲業。」

「妳從未說過陷入困境時爲什麼選擇不去向他求助。」

微風在湖面上吹起一片漣漪，柳枝隨風搖曳，葉片婀娜生姿，猶如在情人面前甩動髮絲的女子。

「首先，我不想從一個男人手中落入另一個男人手中。更何況……我相信他一定會直接去找我父親，告訴他我的下落。」

「他們父子親近嗎？」

「應該不親近。不過我們來倫敦參加社交季後隔沒多久，曾經收到他的信。」

亨利爵士那天恰好不在家。莉薇亞和夏洛特只要逮到空檔，就會翻過他的書房，翻閱所有的信件。亨利爵士和福爾摩斯夫人通常選擇不向孩子或是彼此透露任何眞話。爲了不被蒙在鼓裡，家裡最小的兩個女兒養成了四處打探的習慣。

「芬奇先生在信中感激我父親多年來的支援，他先提到自己正在倫敦，以會計爲生，住在符合身分的體面地段，未來前景看好。他沒有套交情，也沒透露半點想要來訪或是希望我父親拜訪的意圖。不過光是他會寄信過來已經是極大的震撼，對姊姊而言更是如此，她認爲此舉既不愼重也不妥當。」

「我個人的感覺是芬奇先生並不排斥與我父親維持誠摯的關係。因此我沒去找他，不想帶給他負擔，也不想招惹這個說不定會熱心過了頭的哥哥。」

華生太太的眉頭皺起又鬆開。夏洛特勾起嘴角。華生太太可不希望多長半條皺紋，即便她丈夫早已過世，不再需要煩惱自己在小了十一歲的男人身旁看起來太過蒼老。

「妳擔心令兄嗎？」

夏洛特一時語塞。她擔心嗎？她沒抱著這種心思，但這個疑問格外沉重。

「如同英古蘭夫人所說，他很有可能只是不想繼續見她，而不是遇上不幸的事故。所以我不會爲他擔心，只是我開始好奇了，非常好奇。」

□

兩位布盧瓦女士是潘妮洛在醫學院認識的學生。年長的布盧瓦夫人自二十一歲起便寡居至今，她沒打算再婚，決定接受教育。布盧瓦小姐則是夫人先夫的堂妹，受到她的感召，追隨她進入醫學院。

兩人儀態優雅、堅持己見，是很典型的法國人。華生太太與她們處得很開心，但顯然年輕女孩有更多知心話要聊。布盧瓦夫人答應會負起監督的責任，在最合適的時刻讓潘妮洛回家；華生太太和福爾摩斯小姐向她們道了晚安，離開飯店。

華生太太正要爬進等在路旁的馬車，福爾摩斯小姐開口了：「我知道附近有間可愛的茶館，上回來到這一區時我還付不起那間店的茶資。」

華生太太訝異地看著她，不過現在才六點半，太陽高掛空中，她們也沒其他要緊事。「那就過去坐坐吧。」

她和福爾摩斯小姐第一次光顧的茶館位於郵政總局附近，不是高檔的店家，是個讓疲憊上班族在回家前囫圇吞下整盤炒蛋的地方。這間聖詹姆士茶館的裝潢高了好幾個檔次，勾起華生太太去年秋天到巴黎拜訪潘妮洛的記憶，兩人坐在牆上鑲滿鏡子的時髦甜點店裡，享用咖啡歐蕾與切片蘋果塔。

這間店一定請了法國糕點師父，陳列方式和巴黎差不多，將糕點放在玻璃罩子裡。華生太太點了小小的梨子塔，福爾摩斯小姐則是選擇整盤琳瑯滿目的迷你甜點綜合拼盤。

「英古蘭爵爺的教父以前雇了糕點師父到家裡做點心。」華生太太說：「可以想像那是多麼奢侈的享受。」

「喔，夫人，我已經想像過好幾次了。」

福爾摩斯小姐只點了一壺紅茶——或許是爲了調和甜食的滋味。又或者是爲了這些巴黎美食只好放棄額外的糖與奶精，心裡才不會有罪惡感。

「總之呢，芬奇先生住在這條街上的長住型旅館。」

華生太太嚇了一跳，這才想起儘管福爾摩斯小姐有時會把飲食列爲優先事項，但絕對不能假設她腦中只顧著自己的肚皮。

「剛才我們有經過嗎？」

這一區有不少舒適的住處，適合收入不錯的單身漢落腳。其中幾棟緊貼著適合一家人小住的旅館，比如說傑明街上兩位布盧瓦女士投宿的住處。其他則是位於更安靜的區域，乍看之下與私人住宅毫無差異。

「沒有，在街道的另一頭。黑色門板，白色窗框，外牆是白色的石頭與油漆——和左鄰右舍一模一樣。離開時我指給妳看。」

女侍送上茶水，以及誘人的甜點。「夫人、小姐，兩位還需要什麼嗎？」

「感謝妳迅速的服務。」福爾摩斯小姐不動聲色地往女侍手中塞了一枚硬幣。「可以借用妳一點時間嗎？」

「當然了，小姐。」

「我們來自達特茅斯，對倫敦認識不深，可是我哥哥是建築師，說要走這一行只能來倫敦發展。所以我們來幫他找個好地方，希望附近都是老實的居民，不讓他被惡劣的環境帶壞。」

「啊，那妳一定會喜歡伍茲太太那邊。」女侍說：「就在這條街上，我是沒有進去過啦，不過伍茲太太很照顧房客，對住在她那兒的男士們讚不絕口。維克里醫生偶爾會來這裡吃點東西，那位老先生人很好，自從他太太過世後，已經在那棟旅館的二樓住了好幾年。旅館會煮點簡單的菜色，幫你洗衣服，對男人來說輕鬆多了。」

「妳說就在這條街上？」

「往北走出去，倒數第二間。但妳們一定不會多加注意那棟屋子，這是它的厲害之處。」

「喔，聽起來很棒。我們要怎麼訂房呢？有辦法和伍茲太太談談，親眼看看屋子的狀況？」

「小姐，這我就不知道了。我只知道租那裡的房間需要運氣，伍茲太太不常有空房。她曾說自己的房客只會在結婚或過世後離開——而且他們對這兩件事似乎沒有多大興趣！」

她們笑出聲來。「真可惜。那個地方聽起來太適合我哥哥了。」

「喔，別擔心，這一帶還有很多好地方，只是伍茲太太那裡最可靠，真的。」

「妳知道兩個房間的房型要多少錢嗎？」

「要看狀況耶，每一組的格局都不一樣。維克里醫生就有三個房間與專用浴室，我從伍茲太太的女兒那邊聽說他每週付兩鎊十一先令。妳哥哥說不定可以用一半的房租住到二樓的兩個房間。」

「聽起來很符合行情，最近那邊有空房嗎？」

像伍茲太太這種房東通常是每週收租，如果馬隆・芬奇上週日開始下落不明——如同英古蘭夫人的猜測——現在伍茲太太一定會猜想他搬出去了。

「喔，我想她最近應該沒有空房。」

這代表他沒有失蹤嗎？還是說伍茲太太沒有大張旗鼓打廣告？「頂級」的客戶對於他們的住處比較低調，希望維持一般大眾無法觸及的形象。

女侍離開桌邊，去別處服務。華生太太給福爾摩斯小姐整整兩分鐘，讓她享用迷你閃電泡芙，接著才提議道：「妳可以直接去拜訪啊，畢竟妳是他妹妹。」

「我不太想讓外界知道我涉入這件事。很有可能即將發生出乎眾人意料的事情，等到情勢改變，芬奇先生又能與英古蘭夫人聯繫，他們的互動或許會比過去多年來還要親近。我不希望英古蘭夫人發現她拜訪過夏洛克・福爾摩斯之後沒多久，夏洛特・福爾摩斯就找上馬隆・芬奇。如此一來，她可以輕易推測出內情。」

「那我們該怎麼做？」

福爾摩斯小姐盯著填滿光滑深色慕斯的船型塔皮，她的盤中只剩這項甜點了。「妳想麥斯先生已經回家了嗎？」

□

華生太太家的僕役星期日休假——總之從教堂回來後就能解散。如果沒有特別的事務，有些雇員喜好外出活動。華生太太讓僕役選擇自由外出、享受城市設施，或是坐在自己的床上看書、與其他人在僕役的公共空間社交。

華生太太還在戲院演出時，便認識了僕役長麥斯先生，他同時也是劇團成員，多半負責幕後工作。

到家時，麥斯先生確實已從肯辛頓花園回來，他下午在人工湖噴水池旁寫生，度過愉快的時光。她們決定讓他扮演亨利爵士的律師吉雷斯比先生，去拜訪芬奇先生，詢問對方是否知曉同父異母的妹妹身在何方。經過短暫而密集的排練，戴上金邊眼鏡的麥斯先生頂著一身演技前往目的地，知道這件事必須嚴格保密。

客廳陷入寂靜。華生太太有些難爲情。過去，她在爐架、展示架上放了幾張自己身穿各種戲服的照片，都是在她察覺福爾摩斯小姐即將找到她的住處時擺出來的——她認爲應該要讓屋內擺設符合她向福爾摩斯小姐扯過的謊言：前來應徵女伴的小姐們看到那些舞台照片就逃之夭夭，使得她找不到適當人選。

當然了，她在潘妮洛返家期間又把照片收起來。這女孩幾乎沒看過那些照片——年輕人往往對長輩的人生興趣缺缺，期待他們就像屋子的牆壁一般，撐住屋頂、遮風避雨，除此之外不必在乎他們。

少了那些照片，更加突顯她沒向福爾摩斯小姐說眞話、從一開始兩人就不是偶然相遇的事實。她還沒吐露一切，不過福爾摩斯小姐肯定早就推理出所有細節。

她是不是在氣英古蘭爵爺？所以才決定幫他的妻子？華生太太從沒把惡意與福爾摩斯小姐相互連結，然而有時候未曾察覺的憤怒，會在做決定時悄悄發生影響力。所有的決定。

「福爾摩斯小姐，我出一便士買妳現在的想法。」她聽到自己這麼說。

在窗邊眺望公園的福爾摩斯小姐稍稍轉頭。「我在思考街頭小販的地盤制度——他們是如何分割站點、租金多寡、攤位接替的規則。」

那些沿街叫賣的小販？公園入口附近總有五、六個人在販賣糖果、生薑啤酒。「我指的是妳認爲麥斯先生有多少勝算。」

「他一定會得知某些情報。」

「足以回應英古蘭夫人的疑問？」

「我們很快就能知道了。」

「如果這個案子無法迅速解決呢？」華生太太道出眞正的恐懼。「如果我們在調查期間不得不面對英古蘭爵爺的話，該怎麼辦？說不定他會代替妻子來找我們，問起那名害他婚姻不幸的男子下落？」

「他婚姻不幸福的起因是他倉促行事，缺乏自知之明。」福爾摩斯小姐低聲說：「得知親生父母的身分後，他陷入自我否定的深淵。可是他沒有面對現實，而選擇結婚生子，相信這樣就能解決他的心結——任何在這種錯誤猜測之下成立的婚姻都很難有美滿的結果。」

沒有多少人會質疑過去的英古蘭爵爺爲何沒有追求福爾摩斯小姐。老實說華生太太也不確定現在的英古蘭爵爺有辦法直挺挺地承受她的裁決。

「不過我知道妳的顧慮，夫人。」福爾摩斯小姐繼續說下去：「儘管替她保密感覺像是背叛了英古蘭爵爺，但我們不能辜負英古蘭夫人的信任。請妳一定要了解，這件委託不會改變檯面上的現狀。就算他知道一切也不會有任何變化。他無法改變過去，無法阻止英古蘭夫人掛記著芬奇先生，也無法要求芬奇先生離他老婆遠一點，而芬奇先生目前確實是這麼做，無論是否出自他自己的意願。」

她轉向窗戶。「我們最好和以往一樣，別管英古蘭爵爺，繼續調查。」

□

親愛的夏洛特：

妳一定看過那篇關於夏洛克．福爾摩斯的可惡報導了。天啊。薩克維的案子才剛解決——多虧了妳的洞見及勇氣——他們竟然能往夏洛克．福爾摩斯的好名聲潑髒水，就因爲他敢幫助老百姓解決困擾他們的問題？

要是壁爐有火，我一定會撕碎報紙，丟進去燒了。現在我決定要把妳的化身寫成當代英雄，擁有天神一般無人能敵的超凡機智，不讓任何人膽敢再刊出對他不敬的言論。

問題在於知易行難。我還不確定要給我的大作怎樣的開頭，於是我讀起其他人的著作，比如說威利．柯林斯先生的小說，結果遇上了最奇異的事情。

媽媽和我去公園裡透透氣，她睡著了，我翻開其中一本書，這時一位男士將另一本書交還給我，那本書原本應該是好好放在我的手提袋裡。

這不重要。他已經看過這兩本書了，我們稍微聊了一下書籍與閱讀，時間雖短，卻讓我心滿意足。

當然了，這只是偶然，即使終於遇上想要進一步認識的男士，之後大概再也見不到他了吧。眞希望妳當時也在場，這樣妳就能告訴我他的名字、住址、族譜了。然後我就會對他失望透頂。

隨便啦。

希望妳度過平靜的週日。

愛妳的

莉薇亞

莉薇亞將筆尖插回墨水瓶，望向同在房裡的另一人。貝娜蒂背對著莉薇亞，幾乎貼在房間另一端的牆角，默默地旋轉用縫衣線吊著的木製圓筒。

不用懷疑貝娜蒂是否做得到這件事，也不用懷疑當莉薇亞踏進房間時，她是否已經坐在那個位置，絲毫不變。

貝娜蒂幾乎到了十八歲才學會用湯匙，而且她的姿勢與準確度連兩歲小孩都不如，只是在切成小塊的食物上揮舞餐具。不過對貝娜蒂來說，這已經是天大的進步了。

夏洛特離家後過了三天，貝娜蒂不再自己吃東西，恢復以往要人拿湯匙餵食的狀態。莉薇亞以為自己早就放棄貝娜蒂了，卻還是為此狠狠哭泣，無法控制，她心中所有的絕望濃縮成一小團悲苦。

夏洛特近日過得順利多了，然而貝娜蒂還有漫漫長路要走。

莉薇亞望向貝娜蒂身旁凳子上沒被碰過的碗，又望向貝娜蒂，看她坐在地上，凝視眼前兩呎遠的牆面交接處。她心中湧現灼熱的欲望，想要跑到全英國最荒涼、最杳無人煙的地方。

這將是個漫長的夜晚。

第五章

華生太太忍不住猛搖頭。

福爾摩斯小姐從地下室的儲藏室取來前一週的報紙，這是居家萬用的法寶，不會有人隨意亂丟。沒多久她就找到且解讀出英古蘭夫人寫給芬奇先生的訊息。

M，你還好嗎？你的沉默比起缺席還要令人掛記。祈禱你健康平安。A

M，我只需要隻字片語。只要讓我知道你平安無事就好。A

M，我吃不下也睡不著。請不要一直瞞著我。A

M，我心裡的希望之火越來越微弱。A

M，我再也得不到你的消息了嗎？A

「這些是全部的告示嗎？」華生太太還在搖頭。

福爾摩斯小姐點點頭。「第一則在星期三刊出，最後一則登在今天的報紙上。」

每天的訊息越來越短，宛如節節攀升的絕望，如同受到歲月碾壓的老婦人。

「不知道她是如何忍受得知眞相的欲望。」華生太太低喃：「也許一旦放棄忍受，就無法阻止想得知眞相的衝動。他沉默越久，她就越渴求他的回應。」

近年來，英古蘭夫人總是給人極端自制的印象，彷彿她不是血肉之軀，而是由某種堅不可摧的物質構成。然而告示中的痛苦與絕望，讓華生太太想起那名眼中藏著一絲哀傷的社交界新人。

愛情能摧毀一切防備。

有人輕敲房門，是麥斯先生。華生太太心一沉。她想得知眞相的急切令她羞愧，同時她深感震驚，原來她很想向英古蘭夫人報告芬奇先生其實只是斷了腿、服用了鴉片酊，躺在床上昏睡。「麥斯先生，請進。你帶回了什麼消息？」

麥斯先生已經摘下金邊眼鏡，梳掉扮演律師角色時使用的髮油，恢復成華生太太最早認識的機靈年輕人模樣。當年她還生嫩得很，深深受到倫敦的紛擾和冷漠衝擊。

「我向房東介紹自己是芬奇先生父親的律師。她不疑有他，對芬奇先生讚譽有加，認爲他是個正派的年輕人，彬彬有禮、風度翩翩，從未惹出任何麻煩。不過據她所知，他去渡假了，兩天前動身，應該要到下週日才會回來。」

「渡假？去哪？」不可能啊。「他不是臥病在床？」

「從伍茲太太的言詞來判斷，他出發時身心都健康極了。她不認爲自己能夠擅自透露他確切的目的地，不過有提到他答應會替她帶紀念品回來。」

「那他的帳單呢？」福爾摩斯小姐雙手十指在下頷前方相抵。

「他已經全額付清──當然打了點折扣，畢竟在他外出期間不需要三餐、洗衣等等服務。」

福爾摩斯小姐眉頭一擰，擰出幾乎看不到的紋路。華生太太又問了幾個問題，但她得到的答案核心概念不變：伍茲太太絲毫不覺得有必要擔憂芬奇先生的安危。

麥斯先生退下，回頭享受他的週日閒暇。華生太太在房裡來回踱步，困惑溢於言表。如果伍茲太太說的沒錯──她也沒有理由造假──這就代表馬隆・芬奇上週日很有可能人在倫敦，所以他可以途經艾伯特紀念廣場，與往日摯愛擦肩而過。之後他繼續過了幾天普通日子，又悠閒地外出渡假，顯然不受自己破壞這個持續數年的傳統影響。

「福爾摩斯小姐，妳曾說無須擔心，我想妳說的很對，只是我完全沒料到這樣的發展。」

福爾摩斯小姐沒有立刻答腔，華生太太難爲情地輕笑幾聲。「或許妳會說期待是怪東西，最好別放在心上。」

福爾摩斯小姐雙掌夾著鉛筆，來回滾動。她豐潤的手掌看起來柔軟極了。「我試著不去期待旁人符合我內心的想像、背離他們的本質。可是呢，夫人，妳口中的期待屬於或然率。我完全不反對。少了這種期待，我們很難從平凡無奇的事物中挑出重點。」

「所以妳認同這件事並非平凡無奇？」

鉛筆在福爾摩斯小姐的指間輕快旋轉，她的表情卻是無比凝重，與華生太太平日在鏡中看到自己臉上的困惑不同，那是接近不安的陰沉神色。

潘妮洛說起話來總是眉飛色舞，雙唇扯成各式誇大又不失優雅的形狀。相較下，福爾摩斯小姐的面容就和蒙娜麗莎一般波瀾不興、無法捉摸。不過華生太太越來越掌握得到其中細微的差異。

稍早，福爾摩斯小姐一點都不擔心自己的哥哥。英古蘭夫人與芬奇先生的瓜葛確實出乎她的意料，但她也只是把芬奇先生失約之事視為正常的變數，只要有個簡單解釋便能將之排除。

然而現在她的想法變了。

「或許我們得要質疑某些假設。」她說。

華生太太花了好一會工夫，才想到自己有哪些先入為主的看法，不由得瞪大雙眼。「既然英古蘭夫人的心思全放在這個年輕人身上，我們猜測他必定也是同樣愛她。或許他每年露面的動力是憐憫，而非激情。或許他是希望英古蘭夫人能想通，中止這項約定——如此一來，他就能維持從未辜負過她的形象。可是經過這麼久，負擔越來越重。他沒有事先告知不想繼續赴約，而是使出致命一擊。」

福爾摩斯小姐沉思一會。「確實這個假設有其破綻，不過我還在思考我們是不是誤以為某個要素是理所當然存在。」

「老天爺啊，妳覺得我們應該要質疑他有沒有愛過她？她說她的家族把面子看得比什麼都重要，或許他也只是想藉著婚姻提高地位，卻沒有發覺她家的財務狀況危如累卵。或許他守著一年一度的擦肩而過之約，只是期盼她不再嚴守婚姻的界線，和他來個婚外情或是介紹他踏進更好的環境，能找到更多肥美的目標。」

想到愛莉珊卓．葛瑞維可能會踏上何種錯誤的道路，她不由得心痛不已。對任何一個女人而言，沒有一條道路能保證她安穩無憂。

「夫人，妳認爲麥斯先生的報告足以說服英古蘭夫人嗎？」

福爾摩斯小姐似乎對英古蘭夫人毫無憐憫之情，華生太太不知道是該困惑還是安心。「我就直說了，英古蘭夫人不會聽信這番說詞。就連我這個認識麥斯先生三十年的人也難以接受。」

福爾摩斯小姐只是稍微動了幾條臉部肌肉，不過華生太太感覺得到這位偵探鬆了一口氣，因爲這個案子尚未了結。「那我們就等到芬奇先生回來，看看他的心情是否愉快輕鬆，符合他的舉動。」

「對於等待戀人音訊的女性而言，一個禮拜和永恆沒有兩樣。」

華生太太腦海中浮現第二次阿富汗戰爭的邁萬德之役結束後，自己站在拉瓦爾品第的小屋露台上的身影。那天很熱，一波波暑氣與濕氣瘋狂襲來，但她卻分分秒秒逐漸冷卻。

福爾摩斯小姐細細打量她，彷彿也看到同樣的景象。接著她走向餐具櫃，倒了一杯威士忌，端給華生太太。「我看看這段時間內能查出什麼端倪。」

□

莉薇亞口中喃喃咒罵，從後門溜出屋外。

現在她後悔莫及，怨恨自己爲什麼要在信中寫出公園的邂逅。她只希望自己沒有興高采烈地把信藏在約定好的處所，讓馬夫莫特隔天出外辦事時拿去投遞。她怎麼沒有及早察覺提到那名男子實在是愚蠢至極，而且還是白紙黑字、清楚寫出她還想再見他一面？這和想再碰到十歲那年落在她鼻尖，把她逗笑的雨滴有什麼兩樣？

兩件事的成功率大概也不相上下。

至少現在天黑了，不會有人看見她；福爾摩斯夫人已經上床睡覺，亨利爵士又出門了。後院小塊小塊的花圃中央有一條小徑，通往一排排停放附近住戶牲口和馬車的馬房。空氣裡充滿馬兒、稻草、馬糞的氣味，再添上一絲鄰居家開得猖狂的忍冬花甜香。

她敲敲福爾摩斯家馬房的門，期盼不需要用力撞門才能讓莫特聽見。沒想到門馬上就開了。

「莉薇亞小姐，屋裡沒事吧？」莫特問。

他大約三十歲上下，深棕色頭髮，身高中等，體格結實。夏洛特曾提到她覺得他有些近視，不過他至今尚未駕車撞上街燈。

莉薇亞擠過他身旁，她不能待在門外——屋內溢出的光線把她照得清清楚楚。「莫特，我要收回我的信。還在你手上嗎？」

莫特一臉糊塗，關上門。「是的，小姐，我這就去拿。」

他爬上充當臥室的閣樓，梯子隨著他的腳步吱嘎作響。

馬房裡飄著皮革拋光劑、車輪潤滑油、阿摩尼亞的味道。莉薇亞東張西望。自從夏洛特離家出走後，她只來過幾次，請莫特幫忙寄信收信。馬房裡還是一樣整齊，一輛高檔馬車——爲了社交季租來的高級品——占據一側空間。另一側隔出四格馬位，其中只有兩匹毛躁的栗色馬兒，也都是社交季期間租用的交通工具。馬鐙、繩索掛在木釘上，看起來不太穩固的架子上則是擺了大小各異的刷子、刮刀、自製漿糊。

莫特爬下梯子，嘴裡叼著她的信。

「謝謝。」她收下他遞來的信，接著，不抱任何希望地又問：「你曾經和我父親談過繼續在我們家做事嗎？」

莫特和馬車及馬兒一樣，是爲了社交季雇用的——這是面子問題，同時也要有人駕車載福爾摩斯夫人和她的女兒四處兜轉。在鄉間住處，他們自己駕車，和住最近的鄰居合資雇用一名園丁兼馬夫。

通常莉薇亞不會過問家中僕役的續聘事宜，她的雙親不是特別好相處，僕人來來去去也是家常便飯。可是今年夏季，莫特眞的幫了她們大忙。

而且他似乎不討厭她，這讓他更顯獨特，畢竟大多數人都覺得她太緊繃內向。要求他找亨利爵士談社交季後的工作機會，其實是她的垂死掙扎，現在他是她唯一的盟友，她不希望在鄉下的九個月間，沒有半個人可以依靠。

「老爺最近心情不太好。」莫特說。

莉薇亞無法反駁他的觀察。

與過去的未婚妻大吵一架後，對方突然過世，能夠洗刷這份罪名，外人看來她父親理當是喜出望外。況且從結果來看，被艾梅莉亞．德魯蒙夫人甩掉算他走運，薩克維的醜聞顯示她的人格及判斷力相當可疑。

可是呢，亨利爵士卻是怒氣難消。

根據夏洛特的說法，他是在氣那個道德淪喪的女人竟敢拒絕他。而現在她早已入土爲安，他永遠失去了狠狠責難的機會。

因此，現下不是找亨利爵士談話的好時機。

在社交季結束前恐怕是等不到那個時機了。

「好吧，別放棄希望。」莉薇亞這句話更像是在激勵自己。

莫特替她開門。「是的，莉薇亞小姐。」

□

英古蘭爵爺與妻子在樓梯上巧遇——他正要上樓去育幼室向孩子道晚安，而她正從育幼室出來。

「夫人。」他努力壓抑音調的起伏。

她冷淡地點頭。「爵爺大人。」

幾年下來，他們已經安排好作息，盡可能降低與彼此的接觸，同時又不破壞夫妻同住的假象。他們分別用餐，這點倒是不難，她坐在床上喝可可亞，他則是到俱樂部吃大餐。到了社交季，要在晚餐時段迴避對方更是容易：無論他們在外吃飯，或是在家舉行餐會，社交界不成文的規定使得他們不用和另一半閒聊，只要陪其他人社交就好。

至於孩子們也是一樣，兩人心照不宣地規畫好行程。他在平日陪兒女吃早餐，星期日下午帶他們出門；她負責兩人平日的午餐，星期日晚間待在育幼室裡。

現在是她哄孩子睡覺的時段——要是她照著以往的時間，提早五分鐘完成這項任務，兩人不會打照面。仔細想想，今天下午她回家的時間有些遲。他並不介意多陪孩子一會，只是她一向無比準時。

她掠過他身旁，步伐帶著不安。

「對了，妳有沒有用過書房的打字機？」

他沒有說「我的打字機」或是「我的書房」，不過顯然她朝這個方向解讀了。她轉過身。「您希望我以後別再使用嗎？」

「屋裡的任何物品妳都可以隨意取用。我只是好奇——妳通常不用打字機的。」

「有時候我希望以打字的方式寫信。」她的語氣有禮又疏遠。

他其實不太確定爲什麼會開口詢問。最近妻子有些異樣，換作是夏洛特·福爾摩斯，肯定能說出造成這份變化的原由；他缺少夏洛克式的觀察力，只能仰賴直覺，也許無法釐清來龍去脈，但他知道應該要多加留意。

她是不是有了外遇？他尚未背叛結婚誓言，也不認爲她做了對不起他的事。此外，他總覺得浪漫愛情是她最不需要的事物。

不過他是不是該盯得更緊，別錯過她的破綻、離婚的機會？他眞的有辦法利用這份機會嗎？硬是讓孩子離開母親，會不會太過冷血無情？儘管不是個完美妻子，她總是對孩子疼愛有加。

要是他永遠不會提離婚，那麼查出她是否外遇，對他有什麼好處？

「英古蘭夫人，晚安。」

□

夏洛特進房關門，靠上門板，一手掩面。

今天好漫長，好奇異。從班克羅夫特爵爺的求婚到芬奇先生捉摸不定的行蹤。現在想來，二十四小時前她才吻過英古蘭爵爺，只是一瞬間的事情，但那是十多年來第一次將她吞噬的激情烈焰。事情好解決，情緒反應就沒那麼容易了。不乾不脆、模模糊糊、變數橫生，塡滿每一吋意識，不留半點空間。

不留半點正常思考的餘地。

芬奇先生的行爲前後矛盾，絕非正常狀態。可是在英古蘭夫人的苦悶、華生太太的悲傷、她接受英古蘭夫人當客戶的不安之間，夏洛特無法精確挑出令她心煩意亂的眞正源頭。

感覺就像是聽著某人在冰雹之中，怯怯地往窗上敲出摩斯密碼。

她撐著門站直。班克羅夫特爵爺帶來的卷宗擱在她床上，她抽出下一個信封。

一組暗號，滿滿一整頁毫不間斷的大寫字母。

線索指出這是維吉尼爾密碼。這種流傳數百年的密碼直到數十年前才找到破解法。克服這個難題的查爾斯・包貝吉先生並沒有將他的成果公諸於世。不過夏洛特秉持著好奇心及用不完的時間，要求莉薇亞編寫幾段維吉尼爾密碼，讓她自己想辦法解密。

當時她學到，破解維吉尼爾密碼的經驗和被發狂的騾子猛踹腦袋不相上下。而且還是踹了無數次——這不只是讓人腦漿沸騰的難關，更是筋疲力盡的漫長過程，沒有任何捷徑可走。

班克羅夫特爵爺相信這種心智折磨能逗她開心？

老實說在她參透破解維吉尼爾密碼的手法前，她也是這麼想的。

至少現在她知道是班克羅夫特爵爺指示部下挑出困難的案子——這幾乎可以算是他的好意。

□

凱薩密碼只是名字好聽，其實簡單得很，每個字母都以特定的規律取代，在字母表上往前或往後移動幾格。比如說往右移動兩格的凱薩密碼代表Ａ換成Ｃ，Ｂ換成Ｄ，以此類推。

維吉尼爾密碼活用了凱薩密碼的原則。首先，夏洛特畫出二十六乘二十六的表格，列出所有字母替換的模式。

如果由她來編寫密碼，就從這個表格內挑選字母。

	A	B	C	D	E	F	G	H	I	J	K	L	M	N	O	P	Q	R	S	T	U	V	W	X	Y	Z
A	A	B	C	D	E	F	G	H	I	J	K	L	M	N	O	P	Q	R	S	T	U	V	W	X	Y	Z
B	B	C	D	E	F	G	H	I	J	K	L	M	N	O	P	Q	R	S	T	U	V	W	X	Y	Z	A
C	C	D	E	F	G	H	I	J	K	L	M	N	O	P	Q	R	S	T	U	V	W	X	Y	Z	A	B
D	D	E	F	G	H	I	J	K	L	M	N	O	P	Q	R	S	T	U	V	W	X	Y	Z	A	B	C
E	E	F	G	H	I	J	K	L	M	N	O	P	Q	R	S	T	U	V	W	X	Y	Z	A	B	C	D
F	F	G	H	I	J	K	L	M	N	O	P	Q	R	S	T	U	V	W	X	Y	Z	A	B	C	D	E
G	G	H	I	J	K	L	M	N	O	P	Q	R	S	T	U	V	W	X	Y	Z	A	B	C	D	E	F
H	H	I	J	K	L	M	N	O	P	Q	R	S	T	U	V	W	X	Y	Z	A	B	C	D	E	F	G
I	I	J	K	L	M	N	O	P	Q	R	S	T	U	V	W	X	Y	Z	A	B	C	D	E	F	G	H
J	J	K	L	M	N	O	P	Q	R	S	T	U	V	W	X	Y	Z	A	B	C	D	E	F	G	H	I
K	K	L	M	N	O	P	Q	R	S	T	U	V	W	X	Y	Z	A	B	C	D	E	F	G	H	I	J
L	L	M	N	O	P	Q	R	S	T	U	V	W	X	Y	Z	A	B	C	D	E	F	G	H	I	J	K
M	M	N	O	P	Q	R	S	T	U	V	W	X	Y	Z	A	B	C	D	E	F	G	H	I	J	K	L
N	N	O	P	Q	R	S	T	U	V	W	X	Y	Z	A	B	C	D	E	F	G	H	I	J	K	L	M
O	O	P	Q	R	S	T	U	V	W	X	Y	Z	A	B	C	D	E	F	G	H	I	J	K	L	M	N
P	P	Q	R	S	T	U	V	W	X	Y	Z	A	B	C	D	E	F	G	H	I	J	K	L	M	N	O
Q	Q	R	S	T	U	V	W	X	Y	Z	A	B	C	D	E	F	G	H	I	J	K	L	M	N	O	P
R	R	S	T	U	V	W	X	Y	Z	A	B	C	D	E	F	G	H	I	J	K	L	M	N	O	P	Q
S	S	T	U	V	W	X	Y	Z	A	B	C	D	E	F	G	H	I	J	K	L	M	N	O	P	Q	R
T	T	U	V	W	X	Y	Z	A	B	C	D	E	F	G	H	I	J	K	L	M	N	O	P	Q	R	S
U	U	V	W	X	Y	Z	A	B	C	D	E	F	G	H	I	J	K	L	M	N	O	P	Q	R	S	T
V	V	W	X	Y	Z	A	B	C	D	E	F	G	H	I	J	K	L	M	N	O	P	Q	R	S	T	U
W	W	X	Y	Z	A	B	C	D	E	F	G	H	I	J	K	L	M	N	O	P	Q	R	S	T	U	V
X	X	Y	Z	A	B	C	D	E	F	G	H	I	J	K	L	M	N	O	P	Q	R	S	T	U	V	W
Y	Y	Z	A	B	C	D	E	F	G	H	I	J	K	L	M	N	O	P	Q	R	S	T	U	V	W	X
Z	Z	A	B	C	D	E	F	G	H	I	J	K	L	M	N	O	P	Q	R	S	T	U	V	W	X	Y

要加密CHARLOTTE IS SHERLOCK（夏洛特是夏洛克）這個句子，搭配HOLMES（福爾摩斯）這個關鍵字，她會先這麼寫：

CHARLOTTEISSHERLOCK

HOLMESHOLMESHOLMESH

第一個字母C的密碼來自表格的C列H排。下一個字母則是H列O排。重複這個程序，直到原本的訊息全被暗碼取代。加密後的字串會變成：

JVLDPGAHPUWKOSCXSUR

這串密碼的關鍵字不是她選的，夏洛特得要先找到那個關鍵字。她仔細研究文件中一整頁的字母，尋找重複區塊，計算每個區塊內的字母數量，藉此判斷關鍵字長度。

到了深夜，她的太陽穴陣陣抽痛。包貝吉先生拒絕破解查爾斯一世國王的加密信件，或許是因爲他的腦袋還沒從維吉尼爾密碼中恢復過來。

她起身走向窗邊，幾乎在同一瞬間，英古蘭爵爺的身影浮現在她心頭。冬季，他婚禮後的兩個月，鄉間大宅的宴會。她與他在積滿雪、掛上槲寄生的露台上相遇。他在屋外抽菸，仰著頭，往空中吹出軟綿綿的煙霧。

他閉著眼睛，對陰沉的天空微笑。他相信全宇宙都在為他喝采。

「哈囉，福爾摩斯。」他肩膀放鬆，眼睛沒有睜開，嘴邊依舊帶著笑意。「怎麼不問我為什麼知道是妳？」

「你會說因為沒有人會默默站在這裡。」

他笑出聲來，睜開雙眼。「福爾摩斯，真的是妳。」他吸了一大口紙煙。「妳看起來不太一樣，是不是瘦了？」

沒錯。「沒有。」她說：「你看起來很開心，婚姻想必讓你心滿意足。」

「確實。」新婚燕爾的幸福感削減了他的尖酸，刻意不去提醒她曾反對過這門婚事。「妳應該要試試看。」

他和妻子才剛度完蜜月，比預計的返家日期還要晚兩個禮拜。他們下午抵達宴會現場，但是沒有在晚餐桌上露面。據說英古蘭夫人有些不耐寒冷。

夏洛特感覺有把魚叉戳穿她的身軀。「你要當父親了，對吧？」

現在的夏洛特轉身背對窗戶。

當時只要見到他，她就滿心喜悅。她從未信任過那股喜悅，回想當年，便知道那份情感的基礎有多虛浮，短暫得如同燦亮的肥皂泡泡……

她大步走回桌邊，幾乎是滿懷感激地重新鑽回解讀維吉尼爾密碼的艱辛苦行之中。

第六章

星期一

莉薇亞不討厭音樂，不過若是能夠跳舞——或者是看書——她會更享受音樂晚會。然而這並不是讓人翩翩起舞的場合，而掏出書本保證會惹來旁人側目。於是她只能靜靜聆聽顫抖的女高音，心裡又無聊又躁動又擔憂——正如她平時的心境。

當身材寬厚的義大利女歌手唱出另一個幾乎要震碎玻璃的高音，莉薇亞忍不住離席。方才她選了客廳最後排、最邊緣的位置，母親狠狠瞪著她起身。莉薇亞往化妝室移動——不是爲了解手，如果福爾摩斯夫人相信她只是去解決生理需求，應該就不會跟上來了。

與客廳拉開距離後，她靠著走廊上的裝飾矮柱。這裡是誰家？喔，有差嗎？社交季即將結束，倫敦即將成爲空城，莉薇亞也會隨著眾人撤離。

通常到了七月，就算再次錯過如意夫婿因而失望不已，她早已準備好返回鄉間，逃離不斷微笑、點頭、愉快交談的義務，徒勞地證明她擁有獲得名爲婚姻的聖杯的價值。

可是這回夏洛特不會陪她返鄉，這回她眞的是孤立無援。

聽到腳步聲接近，她連忙直起身。一名女子從通往化妝室的轉角處走近。是英古蘭夫人。稍早她來得遲了，第一首鋼琴獨奏曲已經開始，不過女主人光是見到她便喜出望外，在她身旁盤旋許久，超出一般寒暄所需的時間。

英古蘭夫人對這番巧遇也是同樣訝異。「福爾摩斯小姐。」

「英古蘭夫人。」

兩人幾乎沒有說過話。英古蘭夫人身旁總是圍繞著和她一樣冷淡世故的女性，她們的美貌與影響力使得莉薇亞不敢逼視。不用去當那些發光體投下的陰影，她的存在感已經夠薄弱了。同時她的自尊心也容不得自己去逢迎拍馬，她永遠打不進圈子，只能在周圍勉強求生，宛如時髦郵輪外殼的藤壺。

兩人之間陷入尷尬的沉默，接著英古蘭夫人微微一笑，開口道：「福爾摩斯小姐，我不知道妳是怎麼想的，不過我個人偏好不讓耳膜遭受威脅的歌聲。」

莉薇亞震驚不已。這名女子幾乎可說是……和善可親。她是誰？「我認爲我想去化妝室一趟的表情很有說服力。」

英古蘭夫人輕笑一聲，不是嘲弄，而是理解。不知道爲什麼，莉薇亞無法擺脫她的神色另有深意的印象。或許是疲憊吧。

筋疲力盡。

「福爾摩斯小姐，妳還好嗎？」

她的疑問出其不意；莉薇亞覺得像是……遭到突襲。「啊，我——好得很。夫人，妳呢？」

「我想我也好得很。」英古蘭夫人嘴角是不是勾起諷刺的弧度？「至於夏洛特小姐，妳是否有她的消息呢？」

自從夏洛特離家出走後，除了艾佛利夫人和桑摩比夫人兩位頂尖大嘴巴，沒有人在莉薇亞面前提起這件事。她的雙親或許曾爲了夏洛特爭執不休，但他們從未找莉薇亞一起討論。夏洛特最信任的朋友英古蘭爵爺在她溜走後曾經來訪，當時他絕口不提她的名字，是莉薇亞忍不住開了頭，覺得自己犯下了什麼滔天大罪。

但現在英古蘭夫人問起夏洛特，沒有惡意，像是閒話家常一般，似乎是當作夏洛特不過是去亞馬遜流域旅行了，而不是名聲一敗塗地。

竟然是英古蘭夫人。

夏洛特總是老樣子，對英古蘭夫人沒有特別的感覺。英古蘭夫人對夏洛特則是沒什麼好臉色。莉薇亞相信好幾年前，英古蘭爵爺相當喜愛未來妻子冷若冰霜的神情。即便她贏得英古蘭爵爺的婚約，也從未對夏洛特軟化半分。事實上，等到眾人發覺她只是爲了英古蘭爵爺的家產才嫁給他，她對夏洛特的冷漠更是雪上加霜。莉薇亞實在不懂：爲何要對這個不強求爵爺愛情的朋友如此深懷敵意呢？

說不定英古蘭夫人終於領悟夏洛特永遠威脅不到她的地位。說不定夏洛特讓別的男人毀了清白，以致她更加了解英古蘭爵爺是多麼恪守禮節。說不定是因爲夏洛特已經跌到谷底，沒有人能知道她接下來的遭遇——至少對社會大眾而言是如此——就連英古蘭夫人也忍不住憐憫關切。

「這個，恐怕是沒有。」莉薇亞這才發覺自己還沒答話。「我們沒有她的消息。」

「等待不正是最大的煎熬嗎？」

看著英古蘭夫人的喉頭上下滑動，莉薇亞嚇呆了。這似乎不只是社交辭令，她正在回想——甚至是體驗——失去摯愛的痛苦。被人拋下，陷入不安與絕望的痛苦。

「夫人，妳說得對。」

英古蘭夫人笑了笑。「恕我無禮，福爾摩斯小姐，我想我該回家了。」

兩人道別後，英古蘭夫人的身影、充滿悔恨悲涼的微笑在莉薇亞腦海中久久不散。

星期二

夏洛特揉揉眼睛。

莉薇亞是夜貓子，保持四十八小時清醒後只要小睡片刻就能恢復精神；她也有本事少吃幾餐，完全不受空腹影響。夏洛特的生活則是規律極了；她得要按時用餐，對於睡眠的熱愛不亞於食物。

因此，她還不習慣靠著四個小時睡眠撐過一天，這得歸咎於繁雜的班克羅夫特爵爺的維吉尼爾密碼，她過去兩夜擠不出更多休息時間。

但這總比躺在床上想著英古蘭爵爺、英古蘭夫人、芬奇先生好多了。還要加上班克羅夫特爵爺的求婚。

她又揉揉眼睛，得擺出精神百倍的模樣。夏洛克．福爾摩斯的新客戶已經抵達，客廳門一開，華生太太便將莫利斯太太帶進房裡。

根據莫利斯太太的來信，她丈夫是海軍上校，目前人在海上。趁著他遠行的空檔，她到倫敦照顧年邁的父親。

那位老先生壯年時期是個醫生；莫利斯太太的手提包比一般的女性配件還要龐大結實，且曾經是醫生的提包。它一直到最近還在服役——還算嶄新的外表顯示它是去年內入手的物品。所以說這位醫師退休沒多久——而要是他有退休的打算，便不會特別投資新的手提包，因此退休想必是倉促的決定。

莫利斯太太放下沾染雨滴的提袋，夏洛特注意到她手上沒戴婚戒，無名指也未留下戒痕，所以她不是這幾天摘下戒指送去清洗。

「小姐，這位是莫利斯太太。」華生太太介紹道。

夏洛特與對方握手，判定她三十五歲上下，標緻的面容少了點血色，神態急切而不友善。

接著是老套的戲碼。端茶。華生太太離席去照顧「夏洛克．福爾摩斯」。通常到了這個時候，夏洛特要詢問客戶是否需要證明夏洛克的推理能力。然而在莫利斯太太眼前，她不太確定是否該提起她觀察到的一切。

一般而言，海軍軍官的妻子——雖然不是每個人都有這般勇氣——會隨著她們的丈夫出海值勤。如果莫利斯太太不喜歡陪著屈指可數的女性擠在男性人口爆炸的船上，她也可以暫住在丈夫駐紮的港口，和他度過不需出海的漫長時光。

夏洛特不相信莫利斯上校眞的出海去了。

也不相信莫利斯太太單純只是來照顧父親。

她徒步前來，走的不是普通人行道，卡在鞋跟和靴底邊緣的碎石子顯示她橫越了攝政公園。而且根據濺上靴子內側的泥水來看，她走得很急。

外頭雨不大，凌晨夏洛特埋頭解讀維吉尼爾密碼時，確實下著傾盆大雨，不過雨勢已經減緩好一會了。樂於在這種天氣到公園散步的女士，竟然不願意陪著丈夫四海遨遊？

更重要的是，她穿著第二好的威靈頓橡膠靴。

如果不管漢莉葉塔出嫁後留下的鞋子，夏洛特自己沒有半雙膠鞋——即便是在鄉間，到了下雨天，與其出外淋雨，她寧可坐在乾燥的屋內，身旁放著一杯熱可可亞。

莉薇亞則是沒有威靈頓橡膠靴就活不下去。而且她留著第二好的靴子，即使已經穿舊了，如果她確定這趟外出會踩過不少泥濘，還是選擇這一雙。相對地，她最好的靴子束之高閣，穿出門也會盡量避開水窪。

而就連莉薇亞也只帶她最好的靴子到倫敦。

這名來倫敦短居的女子爲何只帶上第二好的靴子？

「莫利斯太太，妳在信中提到是從一位格里森太太口中得知家兄的服務，而她不久前曾來訪。」

「沒錯。格里森太太和我是同一個慈善編織團體的成員，她對你們讚譽有加。昨天我實在是忍不住想找人訴說心中恐懼，於是我就想到你們。感謝你們迅速答應與我見面。」

她在信中寫到對於健康，甚至是生命的擔憂，她們認爲不該讓她多等。

「不用客氣。既然妳提到格里森太太，我猜妳很熟悉我是如何協助家兄工作。」

「是的。格里森太太的評價讓我對福爾摩斯先生相當有信心。」

「很好。我們要如何幫妳呢？」

「我相信妳已經知道我丈夫出海去了，而我則待在倫敦陪伴家父。」莫利斯太太說道：「當然了，倫敦比鄉下紛亂許多，可是我答應過去世的母親要好好照顧家父。她的父親六十歲退休後衰老得很快。」

「家父是事業有成的醫師，他與陪伴多年的管家佛斯特太太大約同時退休。新來的管家伯恩斯太太擁有上一位雇主的推薦函，評價很好。我對她沒有半點怨言。只是——」莫利斯太太捏著手帕。

「只是家父在家的時間很長，我很怕——怕這會成爲伯恩斯太太爲所欲爲的機會。」

「喔？」

這單純的疑問語氣似乎引發一陣不安。莫利斯太太漲紅了臉，吞吞口水，手帕捏得更緊了。「希望福爾摩斯先生不會覺得我小題大作。畢竟就算他知曉一切，也無法阻止伯恩斯太太向家父示愛。但這不是她的目的，我有理由相信她打算對我下毒。」

夏洛特多少預料到這項指控：在莫利斯太太所處的環境裡，危機往往來自家中。

「妳爲何會有這項顧慮？」她問。

「我知道我的外表看起來可能不像，不過我身體很好——大家都可以證明。我從沒打過噴嚏，也沒用過嗅鹽，更沒有過半點病痛。家父說我就算吃下石頭和馬蹄鐵也不會出事。可是這個禮拜我兩次極度不適，都是在吃過伯恩斯太太的餅乾之後。屋裡其他人完全沒有半點異狀。」

夏洛特又替自己倒了一杯茶。「請描述兩次的狀況。」

「第一次是五天前，我拜訪幾位舊識後返家，陪家父喝了點咖啡。一名女僕端上餅乾，我把盤子遞給家父，他和我都各拿一片。我們又聊了一會當天各自做了什麼。我是到離席前才吃掉餅乾，十分鐘後回到房間，我開始覺得不舒服。」

「妳有哪些症狀？」

「喉嚨灼熱，不是搔抓一般的刺痛。我感覺整個喉頭像是被粗麻繩磨去一層皮似地，痛到幾乎無法呼吸。」

「症狀持續了多久。」

「和一輩子一樣久，不過時鐘顯示不到兩個小時。」

「令尊有何看法？」

「他無法解釋。我沒有發燒，淋巴節沒腫，其他部位不會疼痛，也沒出現任何腸胃疾病的症狀。在事發前後我都好得很——吃得好、睡得好、活動自如。」

「他整整翻了半天書，最後懷疑我是否只是不太適應倫敦。他說在執業期間，曾遇過許多男女深受頭痛、喘不過氣、渾身不對勁之苦。若是找不到任何病理解釋，他就鼓勵他們到鄉間待一陣子，享受乾淨的空氣和水，多少能改善病情。」

「我半信半疑，指出我已經在倫敦住了兩個月，這個反應不是該更早出現嗎？他說症狀會累積——有些人在倫敦住了幾十年，突然無法繼續忍受這座城市。」

「我們討論了好一陣子，但我不怎麼擔心，說不定只是遲來的不適。可是當同樣的費解症狀再次出現，我怕屋裡可能有人對我圖謀不軌。」

「第二次是在什麼時候？」

「前天晚上。伯恩斯太太通常會在九點四十五分送上餅乾和咖啡，我吃完一躺上床，馬上就發作了，按著喉嚨度過可怕的幾個小時，我可憐的父親一直陪在我身旁。隔天我們在早餐桌上討論這件事，伯恩斯太太剛好踏進用餐室，福爾摩斯小姐，我可以發誓她不敢對上我的視線。」

華生太太沒有請管家，是由她的廚師葛斯寇夫人負責家裡的蛋糕餅乾。今天她端出一盤馬鞍形的杏仁薄脆餅乾——她說這叫杏仁瓦片，在法文裡一定是特級美味的意思。夏洛特又拾起一片餅乾。

「那麼莫利斯太太，妳爲什麼認爲伯恩斯太太想對令尊下手？」

「才剛抵達家父的住處，我便感受到她的敵意。我個性和善，和以前的老管家處得很好。然而每當我想搭話時，伯恩斯太太總是三言兩語就打發我。」

莫利斯太太停下來吃了片杏仁瓦片。「我問家父對她的態度有何看法，他說他覺得伯恩斯太太很好相處。福爾摩斯小姐，請妳一定要知道，我受的教養告訴我不要苛刻對待僕役。不知道妳是否注意到我的靴子——這不是最好的一雙。要是我明知屋外滿地泥濘，卻硬是要穿最好的靴子出門，之後再交給女僕要她擦得乾乾淨淨，家父會認爲這只是在逞威風。」

「來到倫敦後，我融入父親家中的作息，不造成半點困擾，伯恩斯太太沒有理由討厭我，但她卻這麼做了。那麼我猜測她把我當成阻礙，也是很自然的吧？」

「我也從家父口中得知她並非出身貧寒。她父親也是醫生，可是酗酒而死，負債累累。我猜測她想再回到過去享受過的地位，也是很自然的吧？而且她應該也對毒物有些許認識吧？」

夏洛特緩緩點頭，不過這只是爲了爭取時間，在提出下一個疑問前吃完手中的杏仁瓦片。睡眠不足使得她更加飢餓了。

「莫利斯太太，請問伯恩斯太太端出什麼樣的餅乾？兩次都是一樣的嗎？」

「兩回都是甜餅乾。」

「令尊從未受害？」

「家父喜歡加了葡萄乾的餅乾，但我完全無法接受。伯恩斯太太兩種都烤了一批。我們不會吃對方的餅乾，更何況要是不小心害死家父，伯恩斯太太的野心不就無法實現了嗎？」

夏洛特熱愛葡萄乾。英文誤稱爲水果蛋糕的點心，其實是在一磅的麵粉中添加半磅的葡萄乾做成。不過莉薇亞對葡萄乾的評價與莫利斯太太不相上下。

「妳是否向令尊提過這些疑點？」

莫利斯太太嘆息。「沒有用的，他會覺得我很不友善。有一次我說伯恩斯太太在對他拋媚眼——當然是開完笑的——他完全摸不著腦袋。在他眼中，伯恩斯太太是個謹守分際的管家，一點都料想不到她盤算著要成爲這屋子的女主人。」

「原來如此。莫利斯太太，我猜妳把剩餘的餅乾帶來了？」

「有的——我都留下來了。我知道福爾摩斯先生曾在薩克維命案中推理出番木鱉鹼被調包了。他是否能判斷這些餅乾裡添加了任何毒物嗎？」

夏洛特買過幾套化學器材，但並非受過訓練的化學分析師。這不代表夏洛克．福爾摩斯做不到——顯然莫利斯太太已經相信他在這個領域的專業能力。

「沒問題，不過這項服務會反映在酬勞內。」

「謝謝。」莫利斯太太鬆了一口氣，癱在椅子上。「眞不知道要如何感謝你們。」

「我相信妳在家不會繼續吃餅乾了。」

「別擔心，我不會碰家裡的任何食物了。」

華生太太回到客廳，帶莫利斯太太離開，並到一樓改裝成小辦公室的房間裡議價。兩人走到樓梯中段時，夏洛特往外探頭。

「不好意思，莫利斯太太。家兄有個問題要向妳請教。」

「嗯？」

「妳會暈船嗎？」

莫利斯太太眨眨眼。「完全不會，我很喜歡乘船旅遊。」

「謝謝。」夏洛特關上門。

□

返鄉前幾天，亨利爵士與福爾摩斯夫人預約了好幾間裁縫、帽商、男女服飾店，以及其他各種精緻商品的業者。收到帳單時，他們總是對自己的鋪張浪費後悔不已，可是整個社交季期間，身邊滿是富裕人士，湧入帝國核心的奢華完全抵銷了一閃即逝的悔恨。

不經大腦的瘋狂採購常讓莉薇亞情緒低落——又過了沒人求婚的一年，離無法逆轉的老處女結局又近了一年，而她的雙親忙著揮霍她的養老金，把她往只有高麗菜可吃、簡陋的寄宿屋生活又推近一步，那是沒有人要又無法謀生的女人的末路。

但至少今天她可以出門，在哈查茲書店的書架間徜徉，夢想能擁有同樣的藏書，讓整間屋裡充滿皮革、紙張、裝幀漿糊的香味。

「抱歉，小姐，這是妳的嗎？」

莉薇亞迴過身。天啊，真的是他，前天在公園裡巧遇的年輕人，只是他手上沒拿半樣東西。

他咧嘴一笑，棕色眼眸透出暖意，眼角牽起細紋。「在找其他書了嗎？妳已經看完那兩本柯林斯的小說了？」

「是的，我看完了。」

「那妳贊同我，還是我朋友的看法？」

「肯定是你的朋友。《月光石》比《白衣女郎》好看多了。」

「不！」他佯裝崩潰地低喊，接著又笑開了臉。「這樣的話，我們得要找同一本書來看，之後再來評定我們的品味是否一致。」

她心頭一震。他是在暗示兩人還會再見面嗎？「你有沒有推薦的作品？我打算多看一些《月光石》和《白衣女郎》這類的小說。」

「有本出版一陣子的德國小說──《斯庫戴里小姐》。轉折非常戲劇性。還有一些美國作家坡先生的作品。」

「喔，請不要推薦《莫爾格街凶殺案》！」

「不可能！那個可惡的紅毛猩猩！看完以後我氣了好幾天。」

「我也是！」莉薇亞衷心附和。「我妹妹聽我抱怨個沒完。若不是坡先生已經過世，我肯定會寫封義正詞嚴的信給他──而且掏腰包付跨洋郵資，讓他知道我的不滿。」

他笑出聲來。莉薇亞不敢相信自己竟然隨他一起笑，不知收斂的喜悅流遍她全身血管。親愛的上帝，終於找到能理解那頭紅毛猩猩有多可惡的同好，眞是太美好了。

兩人的笑聲漸漸停歇，一時之間沉默無語。接著他開口問道：「恕我唐突，小姐，是什麼契機激發了妳對這類作品的興致呢？」

反正也沒什麼好顧慮的了，她說出眞相：「我也想寫類似的故事，不過當然是更好的作品。」

「請務必發表大作！可以透露一些情節嗎？」

「喔，我想寫以復仇爲主軸的故事。接二連三的神祕死亡事件，介入其中解開謎團的天才，最後揭露了數十年前的滔天大罪，如今終於沉冤得雪。」

他倒抽一口氣。「妳指的是薩克維命案的變體嗎？然後有個人出手解謎，我怎麼記不得他叫什麼來著？」

「福爾摩斯。」

「對，夏洛克．福爾摩斯。妳一定要寫出來，我要排第一個買書。」

夏洛特曾說她相信莉薇亞能寫出那樣的故事，可是夏洛特從未自願找小說來看。這名男子是內行人，他還想看她尚未問世的作品。

「你會熬夜把它看完嗎？」她聽見自己問道。

他凝視著她。「不太可能。我要在睡前看完，然後抱著要儘快重讀一次的期望入睡。」

她吞吞口水。自己一定是臉紅了；她覺得臉頰、頸子，就連耳朵都燙得驚人。

他又看了她許久才鞠躬道別。

□

莉薇亞蹣跚地爬上樓梯，進房關門，倒在床上。

首度見到那名至今姓名成謎的男子後，她心中醞釀著隱約的興奮，然後又狠狠壓下，所以才會深夜出門，向莫特取回寫下那段邂逅的信函。那股興奮卻揮之不去，彷彿她早已知曉還會再遇見他。

但現在她沮喪到了極點，深信他們已經耗盡了這輩子打照面的額度。

她怎麼不報上姓名？因為她從小就受到教誨，除非是透過值得信賴、能為雙方擔保的中間人，無論對方是男是女（特別是男人），與對方互報身分是很不合宜的舉動。她過去從沒在意過這份束縛，反正她也不喜歡認識旁人。但現在她本能一般的順服奪走了她的機會……

什麼機會？

她盯著天花板，低聲咒罵。音量越來越大。屋裡一片寂靜，雙親還沒回家。她聽見貝娜蒂房裡傳來腳步聲及輕柔的話語——一定是哪個女僕正在哄她吃東西。

莉薇亞揉揉臉頰。有何必要呢？為什麼要任由想像力隨著最幽微的暗示飛舞？那名男子不過和她聊了兩分鐘，她竟然已經準備翻遍全倫敦，向他雙手獻上婚約。

不可能，這些事情都不可能發生。她得要遺忘那些稀奇古怪的幻想，爬起來，去看看貝娜蒂。可是想到面對貝娜蒂，陷入那股鋪天蓋地的失望，她只希望能往床墊裡埋得更深。

房門打開一條縫。夏洛特穿著惹眼的白色外出裝，馬甲上印著紫色圓點，袖子上有一條條紫色花紋，她手中拎著尖頂草帽，邊緣滾上同色系的紫色羽毛。

莉薇亞嘆息——她討厭讓夏洛特看到她這副模樣。

下一秒她猛然起身。「夏洛特！妳來——等等，是妳在陪貝娜蒂？妳不能留在這裡！媽媽和爸爸很快就會回來。」

「我一會就走。」

夏洛特環顧臥室，不慌不忙的神態一如以往，最後她定睛凝視莉薇亞。

沒有人會說夏洛特個性溫柔親切，但是在這個妹妹身旁，莉薇亞總能放下心防。以往她相信這是因爲夏洛特太過特立獨行，相較之下她和普通人沒有兩樣。可是她徹底搞錯了。

夏洛特知道莉薇亞的一切——而且她希望莉薇亞可以做自己。莉薇亞沒有意識到她有多需要這份認同，直到她遇見那名男子，才重新想起被人接納的感受。

「莉薇亞，妳還好嗎？」夏洛特低聲詢問。

突如其來的淚水刺痛莉薇亞的眼眶。她才不好，她從來沒有好過，她也不知道要過多久才能好起來。

「勉強可以。」沒有必要虛張聲勢——夏洛特早就知道了。

「還有貝娜蒂，我離開之後她一直都那樣嗎？」

「有幾天是。」

莉薇亞沒說謊。在其他日子，她根本無法踏入貝娜蒂的房間。

夏洛特點點頭，沒有馬上開口。

她的沉默。莉薇亞眞是懷念有她溫柔、平靜的沉默相伴的日子。或許她就是以此回報夏洛特的接納——她從未要求夏洛特開口，只是等著，相信只要夏洛特有話要說，她終究會說的。

比如說現在。「我們星期六見面之後，妳一直沒有寫信。」

「我都在看書——研究其他人如何把奇異神祕的事件寫進故事。」

夏洛特再次點頭，走到窗邊往外看。

莉薇亞恢復警覺。「有人回來了嗎？」

「還沒。」夏洛特轉身。「我想妳不打算向我提起那位男士。」

莉薇亞全身肌肉緊繃，她感覺自己的手腳像是無法控制地瘋狂揮舞。「沒有人向我介紹任何男士。」

這是鐵錚錚的事實，雖然離完整的事實有一大段距離。

「沒錯。」夏洛特應道。

又是沉默，但不是溫柔平靜的沉默。莉薇亞不知道該怎麼做。她該撒謊，還是坦承？或者繼續默默盯著夏洛特？

夏洛特坐在窗台上，她鬧出醜聞當晚正是坐在那處，告訴莉薇亞她要離家出走。「其實我是來請妳幫個忙。」

「什——我是說，當然可以。什麼都可以。」

只要能避談那位尚未正式引見的男士，什麼都好。

「是英古蘭夫人的事情。」

「妳一定猜不到，昨天晚上媽媽拖我去參加音樂會，我在那裡遇到她了。真不敢相信，她看起來很有禮貌——她說她能理解我有多想逃離那種約德爾唱腔。她甚至問到妳。」

這個答案夠有衝擊性，能讓夏洛特忘記剛才的話題嗎？

「是嗎？」

夏洛特沒有挑眉，也沒有提高音量，不過莉薇亞似乎聽出一絲訝異。

「嗯，也沒有太熱絡。不是那種四處打聽祕密的態度。」

夏洛特安靜了好一會，彷彿是需要時間來消化出其不意的寶貴情報。「妳對英古蘭夫人有何看法？」

莉薇亞搖搖頭。「像她那樣的女性會讓我緊張——她們對自己那麼有自信。除了祈禱她們不會說我壞話以外，我不敢對她們有什麼看法。」

英古蘭夫人這類女性只要瞥來一眼，莉薇亞就會清楚意識到自己的短處。或者該說是她早已清楚意識到自己的短處，無論是誰，是真實還是幻想，只要輕蔑地哼一聲，就能把普通的焦慮煽動成不斷膨脹的自卑。

「我的意思是，妳相信她愛過英古蘭爵爺嗎？」

這問題出自夏洛特口中真是奇怪，她從未針對英古蘭爵爺的婚事發表意見，也極少提起這個名字，即便兩人是多年好友。有時候莉薇亞會猜想他們是不是有過什麼，但她的想像多半是英古蘭爵爺暗地裡喜歡夏洛特——她完全能接受夏洛特二十五年來心中從沒因爲愛情掀起半點波濤。

「我不知道英古蘭夫人是否愛過她丈夫，不過我記得她似乎很滿意這樁婚事。是沒有開心到失了分寸的地步啦，眞羨慕她能如此幸福。」

「我們的羨慕總是持續得比對方的幸福還要長久。」

「喔，我是不太確定啦。她的幸福持續了好一陣子——至少在我看來是這樣。」

夏洛特歪歪腦袋。「如果那些都只是僞裝呢？」

「確實是啊，她只是爲了財產嫁給他。」

「我的意思是，她的幸福會不會全都是裝出來的呢？會不會打從嫁給他的那一刻開始，她從來沒有快樂過？」

「妳怎麼突然對英古蘭夫人這麼感興趣？」

夏洛特再度望向窗外。「和妳說一件我最近得知的事情，妳絕對不能向任何人透露半點風聲。」

「妳知道我身旁沒有什麼包打聽。好，我誰都不說。怎麼了？」

「聽說在英古蘭夫人踏入社交界前，曾心有所屬，那是個門不當戶不對的對象。」

莉薇亞倒抽一口氣——自己沒有一群女性朋友能炫耀這件奇聞，她有些難過。「有多不登對？」

「妳看我們哥哥配得上她嗎？」

「我們沒有——」她們確實有個兄長，這事還是夏洛特挖出來的。但這也是莉薇亞極力想忘卻的事情之一——儘管她很清楚自己父親是什麼德性，但面對如此不容質疑的證據，她仍舊覺得自己被人狠狠揍了一拳。「是誰說的？」

「目前我還無法透露。我知道艾佛利夫人和桑摩比夫人還纏著妳追問我的消息。要是再見到她們，可以請妳問問她們是否知道英古蘭夫人過去的情史嗎？當然了，不要太刻意。」

「沒問題。」

「謝謝。」夏洛特上前緊握莉薇亞的手。「我該走了。別忘了，我一定會照顧妳——還有貝娜蒂。」

說完，她隨即離去，莉薇亞盯著門板看了好半晌。

她很想相信夏洛特能夠實現她的諾言，可是眼前擋著重重阻礙。重重阻礙。

□

夏洛特一踏進莉薇亞的房間就看到那封幾乎燒成灰的信。

她雙親吝於尊重或是體貼僕役的結果，就是他們盡可能地少做事。換作是打理得更好的屋宅，即便是在不用生火的溫暖時節，壁爐每天都會有人清掃，不過在福爾摩斯家可沒有這一回事。因此焦黑的信紙還留在原處，原本捲曲的邊緣被重力扯碎，細細的灰燼隨著房裡的氣流落在壁爐四周。

她寫了什麼？爸媽？貝娜蒂？夏洛特想不出莉薇亞有什麼理由要毀掉這封信。而且莉薇亞失落的神情與平日的陰鬱不同，多了些許悲悽。

所以是影響她個人的事件，經過深思熟慮之後發現實在是無法向夏洛特透露。

莉薇亞的反應證實了夏洛特的猜測。她應該是遇到了引起她興致的男士——這不就是她來倫敦的目的嗎？問題在於她的回應。

沒有人向我介紹任何男士。

未先經過周遭人士的認可，社交界嚴格禁止年輕女士與男士見面。這套作法並非滴水不漏，但多多少少還是發揮了點作用。夏洛特過去堅守這個原則，從未在缺少可靠第三方陪伴的狀況下與男性交談。

就她所知，莉薇亞也沒做過這種事。

所以說這人是打哪來的？他有何意圖？

□

離開雙親的租屋處，夏洛特去了倫敦最優秀的化學分析實驗室一趟，將莫利斯太太的餅乾送驗。那天下午，她又約另一名客戶在上貝克街十八號面談，接著全心投入那張可惡的維吉尼爾密碼直到深夜。凌晨一點，她終於能夠暫時收手，以各種表格計算關鍵字長度後，她確定這個關鍵字共有五個字母，因爲大部分的重複區塊內字母數都是五的倍數。

這項發現沒有帶來多少滿足感。她雙眼刺痛，腦袋輕飄飄的——像是喝了一整晚的酒。但她一點都不想停下來，即使明天早上還要起床工作。

芬奇先生難以捉摸的行蹤令她心頭動盪難安。對於英古蘭爵爺的深刻罪惡感。嫁給班克羅夫特爵爺的壓力突然間來到頂點。莉薇亞過得不好。還有貝娜蒂，她退步的情況太驚人了。夏洛特真希望只要一個字，就能扭轉一切。

一個字。

她垂頭盯著筆記本，展開解碼的下一個步驟。

第七章

星期四

潘妮洛鑽進屋裡，哼著東拼西湊的曲調。

後側的小廳燈亮著。是瓊阿姨在等門嗎？潘妮洛早叫她別這麼做了，看完歌劇後，她和朋友回到兩位布盧瓦女士下榻的住處享用遲來的晚餐。

掛鐘告訴她現在是十二點零二分。是的，她是遲了，不過區區兩分鐘並不是毫無妥協餘地。

她探頭進房，沒想到坐在裡頭的人不是阿姨，而是金髮隨意綁成辮子、身穿繡滿罌粟花和金鳳花奶油白睡袍的女子。

「福爾摩斯小姐，妳眞晚睡。」

福爾摩斯小姐轉過頭。「里梅涅小姐，《日本天皇》好看嗎？」

「好看。我想布盧瓦小姐看得更投入。她原本還擔心英語不夠好，無法完全看懂，先買了份劇本預習。我怕這會破壞觀賞樂趣，不過她愛死了這齣劇。」

「旁人的喜好總是讓我們驚訝，不是嗎？」

「可是妳好像沒有吃驚過。」

「是我這張臉——要相當龐大的感情才會顯露出來。訝異還不夠，至少要到震驚的地步。許多事情出乎我的意料，但我很少被嚇到。」

潘妮洛好奇心來了，她不知道福爾摩斯小姐會受到驚嚇。「有什麼事情讓妳震驚不已？」

福爾摩斯小姐想了想。「我常常因爲別人和我的思維不同而感到訝異。如果他們變得不像自己，這就會嚇到我了。」

「妳的意思是我們各有自己的性格，要是我們做出完全違背性格的舉動，這是非常驚人的事。」

「是的。一般人被某人嚇到多半是因爲他們不夠熟悉那個人。過去的教養往往會令我們以家世、打扮、舉止來評斷旁人，而不是他們的性格。我們對旁人的認識主要來自他們在大庭廣眾之下的表現，這通常與他們的本性大相逕庭。」

潘妮洛打了個哈哈。「所以妳離家出走的時候，被嚇得目瞪口呆的都是不了解妳本質的人。」

福爾摩斯小姐絲毫不以爲忤。「正是如此。而那些全面掌握我性格的人也同樣震驚，他們大概在想——而且是火冒三丈——蠢女人，我早就知道會發生這種事。」

「英古蘭爵爺會這麼想嗎？」

她的直言不諱一定會把阿姨嚇壞，不過潘妮洛早就打定主意：既然溫順的人能承繼土地，那麼不太溫順的人至少能享受更有意思的談話吧。

福爾摩斯小姐勾起嘴角。「要是他不這麼想，我會嚇得六神無主。」

「說到英古蘭爵爺……」潘妮洛走到桌邊，手指輕點桌上的報紙。「英古蘭夫人還沒放棄刊登加密訊息嗎？」

福爾摩斯小姐將攤在桌上的筆記本往前翻了幾頁，推向潘妮洛。「我追蹤留言版所有的加密訊息，這些是她的。」

頁首寫上密碼的構造：數字一到二十六代表字母。得出的結果還要再往字母表左邊移動七位。下方抄錄每天的加密訊息，附上她的解讀。

M，我還在等你的答覆。A

M，我不會放棄。A

M，請給我一個信號。A

M，你平安無事嗎？A

「筆記本裡面還有什麼？其他加密的訊息嗎？」

福爾摩斯小姐點點頭。「如此一來，出現新的訊息我就會知道——說不定是芬奇先生的回覆。」

「一定花了妳很多時間吧。」

「是有些麻煩，特別是一開始找規律的時候。不過這些密碼不太有想像力。」

桌上有最新的一份報紙，翻到留言版頁面，仔細標出一則則訊息。大部分都不是以密碼寫成，旁邊幾乎都有個小點，大概是不用進一步調查的記號。其中一則加密訊息旁邊有個A——應該是英古蘭夫人的投稿。其他加密訊息旁邊大多寫了個小方形，大概是「缺乏想像力」的意思。

不過其中有三則奇特的留言讓福爾摩斯小姐標記了問號。「這一則有什麼特別之處嗎？」

「原文是德文，或許沒有特別的意思——但還是和其他留言不同，所以我打算多注意一陣子。」

第二則留言列出五種不同的花卉。「這個呢？」

「我猜是賭馬的暗語。」

第三則留言沒有什麼花招。許多人必在其上絆跌、仆倒、跌碎，並且陷入網羅被抓住。「聖經裡有這段嗎？」

「《以賽亞書》八章十五節。」

「妳都背下來了嗎？」

福爾摩斯小姐搖搖頭。「我參考了將聖經內文做成索引的資料書。」

「那幹嘛在報紙上刊登這句話啊？是那些說人會下地獄的傢伙付錢的嗎？」

「這可不好說。」

潘妮洛走到餐具櫃旁，從蘇打水機裡倒了杯蘇打水。「真希望我以前有留意過留言版。上頭還真是無奇不有、暗潮洶湧啊。」

「家姊莉薇亞長時間投入這方面的研究，是她教我如何解讀代換類的訊息，不過她沒有耐性處理更複雜的密碼。」

「大家太強調耐性的好處啦，想做什麼就做什麼不是更好玩嗎？況且，也不能保證花更多時間就能得到更好的成果啊。」

福爾摩斯小姐沉默一會。「妳覺得英古蘭夫人算是有耐性嗎？」

「不太清楚耶，我沒和她打過多少次照面。可是我猜她在某些方面是耐性過人，等待整整一年只爲了看上一眼？這實在是太痛苦了。」

潘妮洛喝了一小口蘇打水——她喜歡細小泡沫刺激口腔頂部的快感。「雖然可以說她是受到情勢逼迫，而不是本性如此。可是呢，要是我的話，早就在擦肩而過的那一秒揪住芬奇先生的領子，逼他交出住址之類的。」

「我的意思是，妳認爲英古蘭夫人能在夏洛克．福爾摩斯調查期間冷靜等待、毫無怨言嗎？」福爾摩斯小姐柔聲補充。

潘妮洛不好意思地笑了聲。「這個啊。嗯，我不這麼想。即便是在夏洛克．福爾摩斯替她辦事的期間，她依舊每天刊登通知。」

「換作是我，也會這麼做。比起夏洛克．福爾摩斯，報紙的流通更廣、遍及全國。他唯一的優點是得報告調查結果，不像芬奇先生能夠無視那些訊息，直到報社墨水用盡。」福爾摩斯小姐小心翼翼地摺起報紙。「但我忍不住要想，英古蘭夫人是如何刊登那些通知呢？顯然她沒辦法每天上報社。」

「用電報就好啦，內文和刊載費都能送過去。」

「那麼她還是得要每天去郵局。像她那樣的女性肯定會引起注意，她不能在同一間郵局辦事，也不能依賴對她來說最方便的分局——這套密碼不難破解，她肯定不希望自己拚命登報尋人的消息曝光。」

「她可以派貼身女僕跑腿。」潘妮洛靈光一閃。「一定有這樣的幫手吧。」

貼身女僕比其他僕役更加貼近女主人，提供更加私人的服務。她通常不會隨著夫人外出拜訪或跑腿幹活——這份工作屬於兩名高大的低層男僕，但前提是那家人要能養得起額外人力——行動更加自由靈活。

「她婚後的貼身女僕曾在英古蘭爵爺母親身邊服務多年。」福爾摩斯小姐提出重點。

「嗯，這就麻煩了，說不定那名女僕對爵爺更加忠誠。」

「不過我也不清楚她身邊的女僕是否還是同一人，那是很多年前的事情了。無論如何，妳覺得英古蘭夫人像是會把這種私事託付給僕役的人嗎？」

潘妮洛喝完整杯汽水。「不太像。但我們不是才剛發現其實對她一無所知嗎？因此也很難說哪些行為符合她的性格，哪些又不是。」

「妳說得對。」福爾摩斯小姐慢條斯理地應道。「現下我們什麼都說不準。」

星期六

事實上字串長度是解密最容易的階段。確定關鍵字的長度是五個字母之後，她還得要測試該在這五個位置放入什麼字母。她從T這個英文中最常當作開頭的字母開始，接著倒推回去，在加密文件中每五個字母就解密一次，紀錄所有的字母及出現頻率，判斷是否符合英文字母相對使用率。

光看理論就不簡單，實際著手更是麻煩十倍，這段文字中O的出現率大幅低於她的預期，影響了整體的字母分布。

不過最後還是讓她成功了，關鍵字是TRUTH（眞相）。加上標點符號，她破解出這段文字：

> 那片古老谷地剩餘的文明在幾百年間遭到襲擊掠奪，廢墟令人不忍卒睹。面對腐朽的宏偉建築、荒蕪的過往，只能長聲嘆息。我們慶幸已經離開，拋下成堆的瓦礫及瀰漫各處的哀戚氣息。繼續前進！幸好下一個地點，位於老鷹展翅翱翔往東飛個一千碼之外，該處的遺跡與此處成反比。這幢花崗岩建物想必曾是一座宮殿，裡頭的財寶必定是無比驚人。朋友，恕我不多敘述，讓我先動手挖掘，直到找出藝術品以及其他古代珠寶，再來繼續動筆。

MUCH THAT REMAINED IN THE ANCIENT VALLEY HAD BEEN RANSACKED BY RAIDERS IN LATER CENTURIES. THE RUINS WERE A SAD SIGHT, DECREPITUDE SANS GRANDEUR, AN INSIPID PAST THAT INSPIRED LITTLE BEYOND A GLOOMY SIGH. WE WERE GLAD AS WE DEPARTED, LEAVING BEHIND MOUNDS OF RUBBLE AND THAT GENERAL AIR OF MOURNFULNESS. ONWARD! LUCKY FOR US, OUR NEXT DESTINATION, A THOUSAND YARDS EASTWARD AS THE HAWK FLIES, WAS AS MAGNIFICENT AS THIS ONE WAS INFERIOR. THE GRANITE EDIFICE MUST HAVE BEEN A PALACE IN ITS HEYDAY AND THE TREASURES WITHIN MUST HAVE BEEN ASTONISHING. MY FRIEND, PRAY EXCUSE MY BREVITY. LET ME DIG INSTEAD AND WRITE AGAIN WHEN I HAVE UNEARTHED ARTEFACTS AND OTHER ARCHAIC GEMS.

她的辛勞換得正確解答，可是沒有前言後語，根本不知道這是什麼文章。她只希望文中的「古代珠寶」眞的存在，價值好幾千鎊。不然她耗在解密的時間全是徒勞，比起眞正要保密的情報，這只是某人偏執性格的表現。

她很想打個盹——現在才早上十一點，她卻覺得像是兩天兩夜沒睡。布盧瓦家的兩位女士上門拜訪，再過二十分鐘，夏洛特、華生太太、里梅涅小姐要陪訪客到攝政公園散步，享受幾天連綿細雨後的清新空氣、晴朗天空。

華生太太頻頻投來焦慮的視線。夏洛特這幾天幾乎都待在房裡，甚至每天有一兩頓飯是在房裡吃的。出現在餐桌上時，她很樂意讓里梅涅小姐說個沒完，沒有必要就不開口。

華生太太深信她腦中淨想著同父異母兄長的失蹤、英古蘭爵爺的婚姻，以及兩者間的關聯。從她的觀點來看，任何人都會無暇思考其他事物。

然而此時此刻，夏洛特完全沒想到那些事。

解密後的維吉尼爾密碼裡藏著某種力量，促使她想要更深入解讀。就在此時此刻。「女士們，恕我無禮，我得去處理一件要事。」她轉身走回華生太太家，差點忘記與布盧瓦夫人及小姐握手致意。

回到房裡，她又翻出那張解碼後的文件。究竟是什麼東西搔得她心癢難耐？對了，就是老鷹展翅翱翔（as the hawk flies）。要是作者想表達直線距離，為什麼不說是箭矢飛射（as the arrow flies）？或是烏鴉飛行（as the crow flies）？老鷹可是會盤旋打轉，烏鴉卻能找到最短路徑。

更何況也沒有人會用一千碼來描述距離。

她突然想到文章裡缺少O的異狀——相較於百分之七點五的平均值，這篇文章裡的O只占了不到百分之三。倘若原作刻意選擇使用老鷹，是因為不想在這個位置添上字母O呢？

她拿起筆，標出總共十六個O。看起來大多擠在段落中央，可是沒有明顯的分布模式。她又注視文章幾分鐘，拿白紙抄寫全文，這回全用小寫字母。

有時候從不同角度可以看出端倪，可惜不是這回。

她試了好幾種招數——在解碼後的原文中隱藏訊息不容易，但還是做得到。她細細研究t的橫槓與i的小點，看是否能構成摩斯密碼。沒有。她挑出自己添上的標點符號，修改幾次，確認它們是不是別有深意。結果還是沒有。

她起身在房裡走來走去。就連這也無法觸發靈感，她下樓鑽進廚房。葛斯寇夫人正好從烤爐裡端出一盤瑪德蓮，準備作爲女士們散步回來的點心。

夏洛特捲走六片瑪德蓮，回到書桌前，再次細看解譯後的文章，同時將第一片還帶著熱氣的瑪德蓮塞進嘴裡。這塊小蛋糕落入她胃中的同時，她的思路突然……通了。

沒錯，現在她看出自己犯了多大的錯誤。在維吉尼爾密碼的荼毒之下，她竟然有一陣子沒好好吃東西了（眞可怕）。往鏡子瞄了一眼，她發現自己的下巴只剩一點三層。難怪她的腦袋變得如此遲鈍，像是快燒空的蒸氣引擎。

再兩片瑪德蓮，她覺得自己煥然一新。

那些Ｏ，如果它們不是字母呢？換成數字如何？

零。

如果它們是零，那麼Ｉ和Ｌ就可能是一了。

根據她的筆記，Ｉ的數量過多，畢竟要彌補刻意減少的Ｏ，這是很合理的現象。可是Ｌ和Ｏ一樣少於平均值。仔細想想一千碼這個距離……要是密碼的作者避免使用更合理的單位，比如說哩（mile）或是弗隆（furlong），目的是不讓Ｌ出現在不該在的地方？

她重抄了一份解密後的文章，在Ｌ與Ｏ下面畫線。

將Ｌ和Ｏ代換成一和零之後，得出一串三十一位數字：1111101001100110010100001001010

她把一換成橫線，零換成小點，轉譯成摩斯密碼，可是無論如何修改字串長度都找不出合理的結果。如果它們也是密碼，這點篇幅根本不夠她解密。

Much that remained in the ancient valley had been ransacked by raiders in later centuries. The ruins were a sad sight, decrepitude sans grandeur, an insipid past that inspired little beyond a gloomy sigh. We were glad as we departed, leaving behind the mounds of rubble and that general air of mournfulness. Onward! Lucky for us, our next destination, a thousand yards eastward as the hawk flies, was as magnificent as this one was inferior. The granite edifice must have been a palace in its heyday and the treasures within must have been astonishing. My friend, pray excuse my brevity. Let me dig instead and write again when I have unearthed artefacts and other archaic gems.

解碼是科學，也是藝術，唯有毫不畏懼接連踏入死胡同的人才能精通。

她小口小口啃著第四片瑪德蓮，希望這個問題不會動用到六片瑪德蓮，因爲她還巴望著能留最後兩片當宵夜。可是她還能如何處理一長串的一和零呢？

她停止咀嚼。一和零在二進位系統中可以代表其他數字。計算或許有些棘手，三十一位的二進位數字要從二次方算到三十次方，想必是極大的數字。不過話說回來，這比破解維吉尼爾密碼簡單太多了——難度差了好幾個次方。

可是得出的數字又有什麼意義？

她可以從任何一本書或是報紙中抽出一段文字，標出L與O，轉換爲一和零，換成二進位數字。

她的視線掃過房間各處，落在她最近買的一樣東西上，那件曾經美麗非凡的精巧裝置眞的非常、非常好用。

嗯，要是有兩個數字，她或許知道該怎麼做了。

第八章

英古蘭．艾許波頓爵爺的二輪馬車駛近華生太太家，他的注意力全被路旁推著嬰兒車的中年奶媽吸引。

奶媽在這一區帶孩子出門是再普通不過的景象。華生太太家對面就是綠意盎然的大型公園，白天隨時都有保母、奶媽、女家教帶她們負責的孩子來透透氣。問題是他幾乎能斷定這位奶媽兩天前還忙著兜售香菸與胸花，當時他路過屋前——但最後還是選擇不按門鈴。

這回他也沒有按門鈴。

馬車還沒停妥，夏洛特．福爾摩斯就踏出了前門，她身穿酒紅與奶油色相間的條紋衣裙，戴著手套的雙手分別拎著奶油色洋傘和酒紅色提包，無邊帽的邊緣縫上亮眼的酒紅色羽毛，爲整體搭配畫龍點睛。

這套打扮換到別的女人身上絕對是無比誇張，然而對福爾摩斯來說，這還算樸素了——他更習慣看到她滿身蕾絲、流蘇，還有抓縐，簡直是一座活動緞帶展示架。

「小姐，是否需要送妳一程？」他問。

她絕對料不到他會在此出現，可是從她毫無波動的表情來看，旁人八成會認定他每天都會在這個時刻停在華生太太家門口，等待她叫車。「謝謝，先生。有勞你了。」

她對馬夫說道：「請到波特曼廣場。」

英古蘭爵爺輕輕挑眉。班克羅夫特在波特曼廣場附近有間屋子，裡頭只住了幾名僕役，畢竟那裡多半是當作會面場所，而非住處。偶爾會有班克羅夫特檯面下的情報員進駐避風頭，在軟綿綿的椅子坐上一個下午，或是睡個一夜。

「福爾摩斯，妳要辦事嗎？」等她坐定，他開口問道。

根據社交界的規矩，他和福爾摩斯極少有機會近距離獨處。二輪馬車理論上可以塞得下三個瘦子，但她離那個境界有點遠，裙襬難以避免地碰到他的長褲，激發那股不容錯辨的感覺，在他的神經末梢來回竄動。

「或許吧，要看我是否能獲得必要的資源。否則只是一場空。」

他望向窗外。推嬰兒車的婦人對著停在路旁的出租馬車比劃，搭上車。馬車轉了半圈，跟在他們後頭五十碼處。

福爾摩斯一定注意到他為何心不在焉，不過沒有多問。是啊，既然只要看上一眼，她就能得出更加精確的結論，那何必還要開口呢。

他從未提過在旁人面前顯得藏不住心事的感覺有多煩躁，特別是在大半時刻宛如磚牆般深藏不露的對象面前。

最接近華生太太家的路口呈現拉長的X形，幾條路以隨意的角度相交。為了轉向南側的波特曼廣場，馬車得要繞過船首形的路口，讓他們消失在出租馬車的視線內半分鐘左右。

英古蘭爵爺指示車夫別在上貝克街轉彎——否則會太接近夏洛克・福爾摩斯的根據地，那裡大概也遭到監視了。車夫往西多駛了一段路，哄著他那匹母馬左轉。等到後頭那輛車的視野完全被擋住，英古蘭爵爺用手杖敲敲車頂。「我們在這裡下車。」

他丟出一枚硬幣。「往皮卡迪利廣場走。」

以銳角相交的街道意味著轉角處屋舍也像是楔子的兩側，只有一個狹窄的出入口對著車道。他們匆忙地下到車道，馬上被面向街道的屋子遮住。

等到確認那輛出租馬車已經跟著化爲誘餌的二輪馬車走遠，他們才回到街上，走到路口，又招了一輛馬車，前往波特曼廣場附近的目的地。

他原本希望能叫到比較寬敞的四輪馬車，沒想到第二輛車也是二輪小車。福爾摩斯沒有噴香水，但在如此狹窄的空間內，她身上飄出淡淡的肉桂加奶油香味，淡到他幾乎不敢確定是不是自己的想像。

「那個人大概不是跟蹤你而來。」福爾摩斯拿蕾絲手絹輕按額頭。「不會有人跟蹤你到華生太太家門口。所以屋子被人監視了嗎？」

他說那名奶媽四十八小時前還在賣花和香菸。

「自從我離開雙親的住處之後，不少人對我的動向相當感興趣。」她思考了下，神色淡然。「你不是說過班克羅夫特會派部下去跟蹤別的部下，測試他們的警覺性嗎？」

他深吸一口氣。「妳現在是班克羅夫特正式的手下了嗎？」

她盯著窗外，注意力似乎被兜售糖果的攤販吸引。「還沒，但他是這麼希望的。你一定知道他向我求婚了。」

他當然知道。這正是他來訪的原因，估測她成爲他嫂子的可能性。這個可能性太過駭人，但這也是他咎由自取——他仍舊相信自己有辦法阻止她的醜聞爆發，即使他不確定當時能採取什麼手段。

「妳正在認眞考慮。」

他知道她不會反射性地拒絕求婚，她總是非常認眞地考慮那些婚約，而後同樣認眞地回絕。

「我正在品味班克羅夫特提供的誘餌。」她從提袋裡掏出信封。「其中恰好有一組維吉尼爾密碼。」

維吉尼爾密碼？送福爾摩斯維吉尼爾密碼就等於端上邊長一碼的巨大蛋糕——她喜歡每天淺嚐一口，並不代表她想要從早到晚只靠蛋糕度日。

從別的角度來看，班克羅夫特也沒有更能向她的才能致敬的花招了。

她遞來一張紙。他習慣性地往後頭一瞄——兩人與在車廂後方的車夫之間沒有窗戶，封閉的環境足以擋住隔牆之耳，還有大白天城裡的喧囂干擾。

「你認得這段文字嗎？」

他看了下疑似考古紀錄的段落。「沒有任何印象。」

「解密後的文章說不定也藏著密碼。」她遞過第二張紙，是在L和O下加底線的版本。「如果這些代表一和零，那就可以看作一串二進位數字。」

他的視線在她身上逗留了好一會兒。有時候會覺得她沒有任何感情，胸腔裡跳動的不是心臟，而是自動節拍器。然而現在可不是這麼一回事。今天她明顯散發出狩獵的訊號，如同獵物面前沉默又興奮的獵人。

她指尖輕點那張紙，把他的注意力引回應注意的焦點。「如果在最合理的地方切割這段文字，我會得到兩組二進位數字，再換算成十進位，結果會是如此。」

512818和2122。

「請告訴我它們的意義。」

「接著往第二組數字的開頭加上一個零。」

第二組數字的開頭加上一個零？在任何數字前面加多少零都不會改變——

「妳是說這樣？」他掏出筆，加上一些變化。

51'28'18

0'21'22

經度與緯度。

她微微一笑。他眨眨眼。她在十六、七歲時學會客套的笑容，但從沒對他費這種心思。

幸好。

某次他開口評論她在八次倫敦社交季期間獲得多麼可觀的求婚機會。她半開玩笑地回說這都是她這對胸部的功勞。他則是認為男士們雖然衷心欣賞她的胸前美景，其實是受到另一項特質吸引——她的專注力。

福爾摩斯全心貫注時，她會露出徹底投入，彷彿外物一點都不重要、旁人全都不存在的神態。等到她關注的可憐蟲發現時已經太晚了，她早已知曉他的一切祕密。再對上她那雙清澈的大眼睛，就算理智在腦中敲響警鈴，他依舊忍不住覺得自己是更重要的人物、擁有更加顯赫的名聲、比過去任何時刻都還要耀眼。

更何況並不是所有可憐蟲都能意識到她的觀察力。

英古蘭爵爺曾親眼目睹獲得她關注的男士露出讚嘆幸福的表情，次數多到他懶得回想。接著，她只要盈盈一笑，那些男士的自卑感就會落入熊熊烈焰，化為力量、自信、征服欲。

「很好。」她說：「假設是北緯五十一度，那麼這個地點可能是在倫敦一帶。經度太接近子午線，無論是東或西不會有太大的影響。」

英古蘭爵爺也想不起上回——如果真有這回事——她是什麼時候對他說「很好」。

「就我所知，班克羅夫特在波特曼廣場附近的據點收藏了許多地圖。」她繼續說明。「包括極度精確的倫敦地圖，上頭標示出最小單位的經度與緯度。」

對上她清澈的大眼，他愣了幾秒才回答：「沒錯。」

她又笑了。「班克羅夫特總算是派上用場了。」

英古蘭爵爺忙著滅掉心中的烈焰，無暇回應。

□

北緯五十一度二十八分十八秒、東經零度二十一分二十二秒的位置接近泰晤士河出海口，落在查德威聖瑪莉教區內。若是換成北緯五十一度二十八分十八秒、西經零度二十一分二十二秒，就是豪斯洛區的大街附近，那裡曾是離倫敦有段距離的小鎮，現在已經被貪得無饜的都市吞噬。

兩個平凡無奇的地點，也不在市中心範圍內。

「妳預期會找到什麼地標嗎？」英古蘭爵爺問道。

福爾摩斯緩緩繞著放地圖的大桌走，裙襬沙沙搖晃。「我想沒有那麼巧，但確實如此希望。畢竟用英文寫的隨意兩段文字都能挑出足以構成二進位數字的L和O——而兩組二進位數字換算成十進位後，都能代表一組經度和緯度。」

她又繞了一圈，手指沿著斜切的桌緣滑動。她吻過他兩次——兩次都是她主動——而他依然無法判定她是否喜歡與人接觸。不過她似乎對於非生物的觸感相當有興趣——天鵝絨裝飾枕的軟毛、考古遺跡裡石牆的冰冷表面、剛採下的一顆顆葡萄光滑的外皮。

「我想親自去這兩個地方看看比較妥當。」

「我們沒辦法在四小時內往返提伯利。」他點出現實問題。「我到時候有約，最好先從豪斯洛開始。」

她沒有忽略他使用的代名詞。「想必你也希望之後我不會丟下你，自己去提伯利鎮。」

「沒錯。」

她沒有答腔，他又說道：「我並不是要求妳到哪裡都帶上我，但這件事的源頭是班克羅夫特。如果妳的推測正確，這份密碼中藏著連班克羅夫特都不清楚的內情，那麼妳就等於是涉入了無法可管的領域。若真的要一頭栽進去，加倍警覺絕對是上策。」

她停下腳步。「好吧。我承諾除非有你陪伴，我不會去調查另一處地點。」

承諾？還附贈兩個微笑？

撇開羅傑．蕭伯里那件事，福爾摩斯稱得上是明理之人，然而她的理性無法給他任何保證——要是她真能聽進他的警告，他就要偷笑了。

「福爾摩斯，妳最近都在忙什麼？」

她迎上他的視線。「只有我的客戶，以及這份維吉尼爾密碼，華生太太可以證實我這禮拜幾乎沒踏出房門。」

對付這位數十年難得一見的大騙子，最大的難關在於她總能擺出真誠又無辜的表情——比任何騙子都還要真誠又無辜。「妳正在打什麼主意——還沒看妳如此熱心過。妳是不是用了什麼花招從我的戶頭汲取資金，替夏洛克．福爾摩斯收拾爛攤子？」

「對。」

從容又甜美的回應。他搖搖頭。「好吧，我就不多問了。可是我知道我是對的。」

「確實是如此。」她湊向桌上的地圖。「該出發前往豪斯洛了吧？」

□

他應當要獨自行動的。

換作是其他男士，獲得女士的笑容必定喜出望外，再來個承諾又更不得了了。但他忍不住疑心生暗鬼，而現在沉默瀰漫在兩人之間。

俱樂部裡不時會有男士抱怨妻子或未婚妻多麼饒舌，他總要克制自己別去提醒那人有多幸運，這樣太尖酸，也暴露太多私人問題。

你可以忽視漫無目的的閒聊，卻無法擺脫沉默。

他的住處常是一片寂靜，少了充滿感情的言語。他已經習慣了，卻又時時想起自己犯下的錯誤，希望與夢想已荒蕪，如同過了季節的花圃。

在福爾摩斯身邊又不一樣了。這種沉默因悔恨而緊繃，充滿了他不敢耽溺的希望與夢想，即便是在無人知曉的內心深處。因爲他已是有婦之夫，因爲這是無法扭轉的現實，也因爲他怕發現自己完全誤解了她。

這是他在兩人的沉默中聽見的序曲與尾聲，他腦海中響起所有的琶音、漸強，以及零星的不和諧音節。他們的兩個吻對她而言只是實驗，她想成爲他情婦的提案純粹是出自現實考量，只是不想欠他人情，而非對他本人抱持情慾。

她眞的擁有機械般的心臟，要它產生更激烈的情感，比要求算盤寫詩還要難。因此他更難判定今天的沉默是否參雜了不同要素，即是與平時緊繃氣氛相異的不安。這種微乎其微的變化眞有可能產生嗎？還是說這就跟在破解的維吉尼爾密碼裡尋找另一層密碼一般牽強？

兩人下了火車，搭上出租馬車。他的心情稍微提振了些；四十分鐘的旅程不全是在劍拔弩張的沉默中度過，其中參雜著頗具生產性的時刻。他們做了粗略的計算，推測在目前的緯度上，一秒經度會是多長的距離。

爲了簡化計算過程，兩人假設地球是完美球體，而非現實中的扁圓形。但他們維持這個假設，因爲只要粗估搜查範圍的大小——每個牽涉其中的人，測量人員、製圖師、密碼作者，以及他們自己，都可能產生誤差。

他們從解碼數字提示的地點所在的街道開始，這條路毫無特色，看不出誰會爲此大費周章編寫密碼。老實說整片豪斯洛除了沼地外，簡直是平凡無奇這個詞在說的。

更何況他們壓根不知道這密碼是多久以前的玩意兒。如果班克羅夫特是從數十年前的檔案櫃裡抽出這份資料，當年的街景可能與現在大不相同。要是他沒記錯，豪斯洛遭到鐵路興建計畫遺棄後便日漸蕭條，除非有新的線道通過，否則這一帶恐怕是難以復興。

福爾摩斯不置可否地輕哼了聲。

他盯著隨身攜帶的地圖，稍早已經在上頭畫出了搜索區域。他對車夫說：「帶我們繞繞這一帶的街道，我們想大致看過一圈。」

他們討論想視察的範圍，把埋頭計算時駛過的區域重新繞了一遍。他把她一時興起的任務看得太過認真——但總比再次陷入沉默好。

馬車又經過一條街。棕色磚房，狹窄的門板，以木樁包圍的小片前院展現出低劣的園藝天分。

車子開進下一條街時，福爾摩斯開口了：「剛才經過的巷子裡有人從屋裡出來，或許我可以問幾個問題。」

隨便找來的居民不太可能是層層密碼守護的謎底——或是能確定根本沒有什麼祕密——但英古蘭爵爺還是要車夫掉頭。

回到那條巷子，三名男子站在屋外，背對屋子的人身穿制服，看來是一名警員。

「眞有意思。」福爾摩斯低喃：「我眞沒料到。」

兩人下了車，三名男子一齊轉身。這可是英古蘭爵爺始料未及的轉折，而他認識其中兩人——倫敦警察犯罪調查部的崔德斯探長和他的同僚麥唐諾警長。

他與福爾摩斯互看一眼。她和以往一樣不動聲色，不過他感覺自己的心跳漸漸加速。

英古蘭爵爺和崔德斯探長是多年好友，兩人同是考古學的愛好者。探長也知道福爾摩斯好一陣子了，但是到了最近偵辦薩克維命案時才見到她本人。成功破解那樁奇案使得福爾摩斯名聲大噪，也讓探長在社會大眾和上司眼中的評價水漲船高。

因此，儘管這場會面出乎眾人意料，崔德斯探長理當要樂於見到兩人。探長臉上閃過一絲不悅，令英古蘭爵爺有點訝異。對方繃緊渾身肌肉，彷彿準備迎擊的姿態更是讓他震驚。

「探長、警長，眞是意外。」英古蘭爵爺說道，語氣比他預期的還要僵硬。「這一帶出了什麼事嗎？」

「恐怕我不方便談論警方事務。」他的朋友如此回應，語氣毫無起伏。

臉色紅潤的高大男子從屋裡冒出，扯著嗓門說道：「啊，崔德斯探長，你來了。屍體在裡頭，狀況不太好看。」

英古蘭爵爺不知道他的驚訝所謂何來——調查謀殺案是崔德斯探長的本分——這情緒就這樣油然而生。

「別讓我妨礙了你的工作。探長、警探，祝你們一切順利。」他希望這幾句話沒有洩露他的煩躁。

□

他們來到最近的電話站，恰好位於鬧區一間店鋪內。話機架設在鎧甲般的外殼裡頭，門上鑲著大片玻璃——隔音包廂。

夏洛特興致勃勃。她從沒用過電話——她雙親和華生太太家中都沒有這項電器。不過跟著英古蘭爵爺擠進包廂絕對是大大不妥——雖然她早就和羅傑・蕭伯里做過更聳人聽聞的勾當——於是她站在一段距離外等著。

他背對玻璃門，聽筒貼在耳邊。隔音包廂並不是滴水不漏，她不時捕捉到幾個毫無意義的音節——他大概是用了什麼暗號。

兩人初識時，她沒料到他未來會成爲王室密探——畢竟當年她沒意識到這個職位的存在，也算是情有可原。但她很快就歸納出他活得並不輕鬆。

十多年前的他已然是體格健壯、行動敏捷的年輕人，步伐虎虎生風。他的怒容足以列爲經典傳奇——至少在認識他的孩童間是如此。還有關於他的謠言……讓他成爲全世界最聰明，同時也是最愚蠢的少年，衝動激情與冷漠麻木共存。

但當時她是透過自己的雙眼觀察他，注意到他即使刷過鞋子，上頭依然卡著泥土；還有他就算把手指洗到發紅，指甲周圍的隙縫還是看得到髒污。無論他背著所有人去幹了什麼好事，都絕對不是和風騷的女僕做愛。

她沒有排除他把那些女僕埋掉的可能性——儘管沒有傳出僕役失蹤的消息。接著她追蹤他靴子上的泥印子找到他家族產業內的廢棄採石場，以及他艱辛挖掘的羅馬遺跡。

全都只靠他自己一個人。

她聽過那些耳語，說他不是他父親的親生兒子，而是他母親與猶太銀行家外遇的產物。她很篤定他還不知道這件事——至少沒有公開承認。這並不代表他沒察覺到自己進房時旁人的眼神，或是驟然中止的悄悄話，但他還能假裝與自己無關。

或許他已經撐不住這層僞裝。或許他便是因此把自己隔離在古代村落的遺跡中，遙想死者的生活。

他是個善解人意的人，同時他也相信要爲自己不甚光榮的出身負上一些責任。這點一直沒變。倘若有足夠理由相信自己的愛意遭到妻子利用，別的男人必定會大發雷霆。即便兩人早已漸行漸遠，他卻繼續向英古蘭夫人獻殷勤，因爲他抱持著這個信念：如果要追究罪魁禍首，那他必定無法完全脫罪。

要是聽說了夏洛特從他妻子口中得知的眞相，他是否能從這份愧疚中解脫呢？夏洛特能不能用這件事來償還他的恩情？

英古蘭爵爺鑽出隔音包廂。「妳想散散步嗎？」

她眨眨眼。他從沒邀過她出門散步。「到沼地公園嗎？」

豪斯洛沼地公園大概是整座小鎭値得一提的景點，除此之外這裡只能算是過去運輸要道的大站。

「是的，今日天氣怡人，稍微活動一下也是好事。」他答得認眞。

但他的嘴角勾了起來。

「哈。」她乾笑。

「哈，當然了，妳今天可以陪華生太太出門走走，對妳來說十五分鐘就算是過度運動了。」

「相信這是非常妥當的安排，因爲我可是健康得很。」

「因爲妳還年輕，但妳遲早要爲久坐不動的習慣付出代價。不過既然我算不上什麼益友……妳想找地方坐坐嗎？我知道這條街上有間小店，那兒的德文郡奶油小有名氣。」

「上帝保佑損友，我當然不會拒絕德文郡奶油。」等到離開設置電話的店鋪，她才繼續問道：「班克羅夫特會怎麼做？」

「運用一些權力的槓桿。他的部下會去調查那棟屋子，說不定是由他親自上陣。不用說，在今晚之前，一定會有人到提伯利看看。」

「那你爲何要把我趕到茶館？」

「班克羅夫特問妳是否介意在附近多待一會。感覺他計畫讓妳前去調查那處現場，藉此博得妳的芳心。」

死亡的陰影總是揮之不去。現代醫藥雖然突飛猛進，卻仍無法阻止大批民眾遭受流行性感冒、敗血症等等疾病侵襲。夏洛特看過不少鄰居、親戚的屍體，對此並不陌生。但近距離調查還是頭一遭。

「他要讓我檢視遭到謀殺的死者？」

班克羅夫特有本事向她二度求婚，證明他絕非泛泛之輩。可是她完全料不到他竟是如此離經叛道。或許他們眞能合得來？

「班克羅夫特缺乏騎士精神是社會共識。」他的弟弟如此批評。

「那你呢？」

「妳不總是指點我應該只對需要協助的人展現騎士精神，略過能自立自強的對象？」

「你什麼時候願意聽我的話了呢？」

「福爾摩斯，我常常聽妳的話，只是不一定會大張旗鼓地宣傳。」

英古蘭爵爺是她身旁最講求公平的人——而他的公平源自他能真心設身處地爲人著想，與她理智疏離的自然中立心態不同。

有時候，她的理智疏離是來自不理性的情感襲擊。她曾對華生太太說讓夏洛克．福爾摩斯拒絕英古蘭夫人，對他毫無幫助——她至今仍深信不疑。然而當他對她開誠布公——這對他來說一點都不容易……

她覺得好難受。

「你不想見到崔德斯探長嗎？」

他不以爲然地瞥向她。「輪到妳發揮騎士精神了嗎？妳從什麼時候開始會在乎我想不想見到誰？」

「恕我無禮。我的意思是，崔德斯探長的神態讓你有些猶豫。」

「因爲他的態度大半是針對妳。他曾展現過類似的舉止嗎？」

「先前他還不至於在我面前直接表達不悅，但整體態度很明顯。上回他向我道別時，顯然希望有好一陣子不會見到我。」

「爲什麼？他近期的成就幾乎要歸功於妳。」

她只是望著他。

他搖搖頭。「他不是這種人吧？探長很尊重女性的。」

「他尊重的是他認定值得尊重的女性——在他眼中，我已經不屬於那一類了。他不樂意接受他無法尊重的女性協助，也無法如過去一般把你捧上天，因爲你似乎不介意我不值得尊重。」

「要是在社交界容不下妳之時與妳絕交，我算什麼朋友呢？他爲什麼看不慣我的行爲？」

她聳聳肩。「有些男士就和我父親一個樣。他不喜歡把女性放在和自己同樣的地位，因爲他很自私，也因爲他瞧不起所有女性——或是任何與他不同的人士。也有人像崔德斯探長，以各種標準來看幾乎是無比優秀，可是他欣賞的是目前世界的樣貌，認同支撐這個世界的規矩。對他來說這是一切的原則，破壞規矩的人便危害到世界秩序，應當要受罰。他不會問這些規矩是否公平，只在乎它們能夠全面執行。」

「有些人像我，公然破壞那些規矩，卻似乎沒嚐到任何苦果——我是莫大的侮辱，威脅到他重視的秩序。更糟的是他的想法於我如浮雲，而他完全使不上力，這肯定刺得他坐立難安。我只希望若是他妻子破壞了任何他珍視的規矩，他能好好待她。」

「可是他愛她啊！」

「這是當然。不過請記得，他也曾經景仰過夏洛克．福爾摩斯，直到他發現夏洛特．福爾摩斯的罪行。」

看到英古蘭爵爺一臉苦惱，她又補充道：「這並不代表他苛刻到總是把自己的原則看得比身旁親友還重。只是對他而言，質疑自己相信的一切——那些他深深信賴、不曾多想的事物——會比他自己拿大鎚子敲碎膝蓋骨還要痛苦。」

英古蘭爵爺正準備答話，但他的注意力轉向某件事——或者該說是某個人。「那是昂德伍，班克羅夫特的手下。」

昂德伍先生是個大胖子，行動卻出奇敏捷。他來到兩人桌邊，輕輕鞠躬。「福爾摩斯小姐，爵爺大人正在等候您。」

□

昂德伍先生也替英古蘭爵爺送來短信，後者盯著便箋，皺眉，對夏洛特說：「福爾摩斯小姐，恕我無禮，必須先走一步，相信再過不久又能與妳見面。」

「祝你平安順利，爵爺大人——這是我誠心的期盼。」

他說了幾句客套話，但她的臨別贈言太長了些——她通常不會說最後那句話。他瞇細雙眼，鞠躬退席。

夏洛特隨昂德伍先生乘上備好的高級馬車。

兩人下車處的街景說不上賞心悅目，也不到惹人生厭，純粹是個講求功能性的住宅區。窗台上零星的盛開三色堇或是剛漆成天藍色的葉片窗——遇上城裡陰鬱的空氣，想必很快就會轉爲灰暗色調——拯救了一成不變的外觀。

屋子本身乏善可陳。它佇立於一小塊土地上，四周圍上低矮的磚牆，兩叢灌木經過修剪，手藝差強人意。門內是小小的玄關，擱置大衣、傘、泥濘膠鞋的空間——不過稍早的泥印早就清理乾淨，前廳空空如也，牆上的鉤子只掛了一把手杖。

昂德伍先生引導她進入沒放多少家具的客廳，班克羅夫特爵爺就坐在裡頭，身旁的矮桌上擱著一組茶具，還有精緻的維多利亞三明治。

英古蘭爵爺是只要送上來的食物都能吃下肚，不怎麼在意菜色究竟是美味，還是勉強可入口。班克羅夫特爵爺則是與夏洛特同樣講究正餐——還有早餐、午餐、下午茶。

此外，他還是上天眷顧的幸運兒，能夠盡情大吃，不用擔心跨越雙下巴的界線。老實說夏洛特偷偷懷疑他吃得越多，身材就越枯瘦。

「啊，福爾摩斯小姐。」他愉快地打招呼。「和舍弟玩得開心嗎？」

換作是別的男人，這句話的語氣想必是無比刻薄。班克羅夫特爵爺不是這種人：他不要求夏洛特愛他，只問她是否願意嫁給他——因此就算她與自己已婚的弟弟一同外出，他也毫不介意。

他和她的相似程度比她以往的認知還要高。

「今天是有趣的一天。」她答道。「對了，爵爺大人，您是否派人跟蹤我呢？」

「親愛的福爾摩斯小姐。」班克羅夫特爵爺沒有半點猶豫。「妳知道我永遠無法回答這類問題。要喝點茶嗎？」

「好的，謝謝。」

她已在茶館吃過司康配德文郡奶油，但是錯過維多利亞三明治就太可惜了。能在倉促之間端出這種茶點——屋裡還有一具屍體呢——足以說明這人的特質。

海綿蛋糕新鮮又輕軟，一層層草莓醬是甜味與酸味的完美結合。加上精心沖泡的茶，這是一頓毫無缺點的午茶。

「享受美食之前，可不能讓人工作啊。」

夏洛特願意舉雙手同意這句話。「這確實是美食。」

班克羅夫特爵爺看起來有些飄飄然。「那麼我想妳是準備上工了，福爾摩斯小姐？」

「英古蘭爵爺曾暗示說您會讓我看看那具屍體。」夏洛特小心翼翼地說道。

她已經準備好班克羅夫特爵爺會澄清說根本沒有這個打算，但他卻說：「我知道妳只要看一眼就能從人們身上看出許多情報，我猜換成屍體也不例外。」

他真的要讓她親眼觀察死者——完全沒提到半點脆弱敏感的女性情緒。

「我可以。」她差點無法壓抑語氣中的好奇與渴望。「不過能知道更多背景會很有幫助，可以請您告知死者身分，或是這件事的來龍去脈嗎？」

「關於這件不愉快的事，請先容我向妳致歉。那份維吉尼爾密碼，以及其他供妳解悶的謎題，全都來自早已經過徹底調查的檔案櫃——與王室沒有進一步的干係。」

「現在我要好好感謝妳，我寧可得知有些不法情事正在我眼皮子下發生——如果真是如此，並非巧合。但這份向妳示愛的禮物竟然牽扯出一具死屍，我必須承認有點掛不住面子，也有些氣憤。」

「別在意，我沒有任何損失。希望我的努力能稍微釐清此人的死因，這總比解開某個人早在十年前就破解的密碼還要有意義。」

「艾許也說妳會這麼想，但能聽到妳親口說出來是再好不過了。我這就來回答妳的疑問。這份維吉尼爾密碼約莫在十年前透過電報問世，當時我還不在這個位置上。發信來源是開羅，不過開羅也可能只是中繼站，眞正的發出點在那個區域的小地方。」

要是班克羅夫特的探員駐守在帝國海內外的每一個電報站，夏洛特也不會感到意外。中繼站的電報員聽著音響器，依照滴滴答答的長短音抄寫摩斯密碼，接著把訊息繼續傳下去。訊息傳出之後，電報員手邊也有一份副本，可以輕易交給旁人。

「發信人姓巴克斯特，收件人則是貝爾格萊維亞區一間小飯店的房客C・F・德雷西。根據原始卷宗裡的筆記，當年的負責人判斷這封電報肯定是來自疑神疑鬼的考古學家——或是自稱考古學家、實爲現代盜墓人的歹徒。」

「所以沒有派人去飯店調查房客？」

「我們經費有限，因此人力不足——老實說我的工作內容大多是爭取更多資金。我能想像處理這份密碼的可憐人因爲發現內容與外國機密或是王室重大陰謀完全無關，而感到挫折萬分。他們建議持續關注這些文件，說不定會出現重大的考古學發現。不過就我所知，根本沒有人追蹤這個案子。」

她以往認爲班克羅夫特爵爺招募自家弟弟是希望有個能完全信任的手下，但現在她懷疑這背後隱藏著預算因素——英古蘭爵爺身為正派的紳士，就算為了哥哥的事務勞心勞力，一定不會想到酬勞上頭。

「所以呢，事隔十年，我們想挖出任何情報可沒有那麼簡單。德雷西下榻的飯店？老闆八年前過世，房子出售，改建成一片樓房。飯店以前的紀錄全都扔了，根本無從追蹤德雷西先生，就算這是他的真實名字。至於巴克斯特，我們知道得更少。我的手下正在翻找資料，看我們是否收集了那兩人的紀錄，可是希望渺茫。」

「英古蘭爵爺和我抵達現場時，已經有一名警員守著屋子——犯罪調查部也涉入其中。為何會發展至此？」

這棟屋裡原本的居民——或是任何一名鄰居——應該不會找警察來隔窗查看屋內動靜。

「事情的發展很有趣。今天早上，離此最近的警察局收到匿名信，指出這間屋子裡發生了不法情事，宣稱有數名無辜又無助的孩童牽涉其中。」

夏洛特豎起耳朵。倫敦市不久前才因為類似案件鬧得風風雨雨。「所以警員就趕過來了。」

「沒錯。一隊警員趕來調查這棟屋子，沒有人應門，於是他們撞破後門進屋。沒有找到小孩，也沒有孩子在這裡待過的跡象——不過一具屍體算是安慰獎了。」

夏洛特猜想對於尋找惡黨蹤跡的警方而言，這確實算得上斬獲。

「經過調查，他們決定將本案交由犯罪調查部辦理。崔德斯探長抵達現場，妳與舍弟抵達現場。其他事情妳都知道了。」

「這可不一定。您會遣走崔德斯探長嗎？」

「當然不會。崔德斯探長全心投入此案，他相信屍體將會送到驗屍官手上。這是正常程序，但在那之前先讓妳看一眼，福爾摩斯小姐。」

「沒問題。在進行下一步之前，可以請您告訴我席蒙絲是否還跟在英古蘭夫人身旁？」

「家母的忠實女僕席蒙絲？是的，她還在。去年她拿到了一些錢。我們本來想送她一份退休禮物，但她最後決定留下來，說她退休了也不知道要做什麼。」

「原來如此。」

班克羅夫特爵爺歪歪腦袋。「妳怎麼會突然想到席蒙絲？」

夏洛特搖搖頭。

他一挑眉，沒有多問。「可以開始了吧？」

□

夏洛特五歲那年，她的祖父來福爾摩斯家拜訪，這位眼神哀傷、討人喜愛的老先生除了不斷抱怨關節炎之外，身體好得很，每餐飯後都會偷塞橘子糖給她。過了一個禮拜，他的屍體被家人平放在餐桌上。

深夜裡，夏洛特偷偷下樓到飯廳裡研究那具冰冷僵硬的屍體。過了好幾年，她才領悟到當時胸口緊縮的感覺正是悲傷。不過在燒融大半的蠟燭光下，她馬上就發現自己一點都不怕死人。

現在，屍身上蓋著骯髒薄布的男子沒有安享天年的好運，身旁沒有家人，無法躺在舒服的羽毛床墊上。他慘遭勒斃，依舊年輕的臉龐因絕望而扭曲成詭奇的線條，彷彿到了最後一刻，他仍舊無法相信自己碰上如此厄運。

她掏出放大鏡。

「可以借我看看嗎？」班克羅夫特爵爺問。

她把放大鏡遞給他。結實的銀色握柄與邊框連接著葉片與捲軸狀的鏤空圖案，不過在漩渦般的設計之間，仔細一看可以看到細小的銀色蛋糕、瑪芬、脫模果凍。

「我幾年前似乎在舍弟的探險筆記本裡看過這樣的放大鏡設計圖。」班克羅夫特爵爺說：「是他送給妳的嗎？」

「是生日禮物。」

班克羅夫特爵爺將放大鏡在手中翻了幾圈。「這是什麼？」他指著把手尖端毫不起眼的淺綠色玻璃碎片。

「我覺得它曾是是馬賽克鑲嵌的一部分，或許是英古蘭爵爺挖掘出的文物。」

「這東西可能頗有年代——他曾經挖過一座小型的羅馬遺跡。」班克羅夫特爵爺將放大鏡還給她，眼中閃著刺探似的光芒。

「很有可能是來自那片遺跡——我從沒問過。」這是真心話也是推托之詞。

她第一眼就看穿這片略爲混濁的玻璃來自那座羅馬村莊遺跡，過去曾是中庭地板馬賽克工藝的一部分，經過拋光磨圓，鑲入放大鏡把手。

那裡正是她獻上初吻的地點。

放大鏡透過郵局寄送，而非爵爺親自送上，或是派僕人跑腿。附在包裹裡的紙條只寫了祝賀詞句，完全沒提到那片玻璃的來歷。她的回信也是同樣簡短，同樣避過這件事。

然而這成爲了之後兩人之間緊繃沉默的開端。

她跪下來，從頭到腳檢視死者一圈，特別留意雙手和鞋底。昂德伍先生幫忙把屍體翻身，讓她可以好好觀察他的背部。

「我想看他脫掉衣服的模樣。」

昂德伍先生輕輕倒抽一口氣，瞥向班克羅夫特爵爺，後者毫無訝異或是驚慌的神情。「昂德伍先生，可以請你聽從福爾摩斯小姐的指示嗎？」

「是的，爵爺大人。」

「我們找過裁縫的標籤，可惜沒找到。」趁著昂德伍先生脫去死者衣物的空檔，班克羅夫特爵爺對夏洛特說明。

又過了幾分鐘，夏洛特起身說道：「爵爺大人，我想我無法說出太多您還不知道的情報。」

「福爾摩斯小姐，請問我已經知道哪些情報了呢？」

「您知道他並非在這棟屋子內遇害——或者至少不是在屋內。他曾劇烈掙扎——指甲縫內留下血跡與皮膚碎屑，鞋底也卡著泥土和草葉。」

「我確實已經推論出這一點。」

「他的衣物材質不佳，剪裁隨便，尺寸過大。但您可以確定這套衣服與他的身分無關，因爲他的手掌潔白柔軟，而且粗糙的衣物也沒有散發出合乎預期的臭味。」

「您一定是透過他的內衣確認了這份懷疑：內衣材質是衛生舒適的美麗諾羊毛，與外衣的粗糙形象——或者該說是有心人士想塑造的形象——完全不符。鞋子也是相同狀況，雖然不是訂做款式，但品質與作工都相當優秀。」

「沒錯。剛才妳說無法說出太多我還不知道的情報，那麼有什麼事情是我還不知道的？」

「這套服裝購於二手商店——或許是打算騙過對他不利的人士。還不是肯辛頓一帶，夫人的貼身女僕拿舊衣來換錢的二手店，而是能在七晷區之類地方找到的店鋪。」

之前她手頭緊，又想找些符合祕書職位的衣服時，常常光顧這類店家。問題在於勉強堪用的衣物太貴，便宜貨看起來像抹布。

「我曾瀏覽過幾間比較……不太高尚的店家，這套外衣在二手店之間轉手了幾次。右邊袖子內側有五條棕色縫線，左邊則是三條類似的藍色縫線。不同店家用不同的顏色來標示入手的衣物——依此追蹤某樣商品有多搶手。」

「那麼這套衣物究竟有何魅力，能進出二手店家八次？以一般人的角度來想，有過八個主人的外衣，縫線大概也撐不了多久了吧。」

「在某些狀況下，這套衣物的使用不會造成太多磨損。上衣的前面是斜紋布，不是最好的材質，但也還算體面耐用。然而後面呢……如果這不是磨碎又重新紡成的次等羊毛，我可要大吃一驚了。」

「只有前半身能看的服裝，妳的意思是這套是窮人的壽衣？」

「這是我的結論。」

「所以我們的死者挖了誰家的墳墓嗎？」

「根據這套衣物轉手的次數，我認爲不是這麼一回事。家屬很可能剝掉死者的衣物，賣給原本的店家省點錢。或者是盜墓者動的手腳。無論如何，我猜這名死者根本不知道自己穿的是壽衣。」

不過現在也成了他的壽衣了。

「福爾摩斯小姐，妳還能告訴我什麼呢？」

「爵爺大人，這就不一定了。您拿了他的皮夾和懷錶嗎？」

「他身上沒有錢包，我確實收起了他的懷錶。」

死者身上帶的是百達翡麗公司出品的懷錶，百達先生發明了不用發條鑰匙的旋柄錶芯。自從三十五年前，女王在倫敦世界博覽會上替自己和艾伯特親王各買了一只懷錶後，那間公司聲名大噪。而他們至今依舊致力於維護自家產品的品質——如果夏洛特沒記錯，最近在日內瓦天文台主辦的競賽中，這間公司的懷錶獲得了特別獎項。

這只懷錶保養得光鮮亮麗，乍看之下與新品無異。她拿放大鏡仔細檢視後才看到細小的凹痕與刮痕，這在任何正常使用、經過一點年歲的物品上是正常的變化。她從後方掀開外殼，接著打開保護精細複雜齒輪與彈簧的內部背蓋。懷錶的背面與內蓋都沒有刻字。

「我們的死者是孤兒。」

「從懷錶可以看出來嗎？」

「爵爺大人，您的第一只上好懷錶是從哪來的呢？」

「是我過世的父親贈送的禮物。」

「我猜懷錶裡刻了些字吧？」

「告誡我要謹守本分的格言。」

「這只懷錶少說也值八堅尼，而我們的死者看來只有二十八歲左右，和懷錶的製作年分差不多。這麼年輕，卻帶著沒有刻字的懷錶？我認爲這是他自己買的，而非來自長輩的禮物。」

「如果這是他自己選購的物品，那就能解釋他爲何如此費心保養了——這是他獨立賺錢後第一件意義重大的所有物，打算用上一輩子。」班克羅夫特爵爺若有所思。「那他爲何不刻上自己的名字縮寫呢？」

「我也覺得這不太尋常，目前還無法提供理由。」

「妳還能從這只懷錶看出什麼嗎？」

她搖搖頭。

他的神情有些失望。

「此時此刻，這只懷錶上頭沒有其他派得上用場的訊息。但我能告訴您他試著爲自己的命運留下訊息。」

「怎麼說？」

「昂德伍先生身上是否有拆開外套縫線的工具？」

有的——一把在光線下閃閃發亮的尖銳小剪刀。剪開便宜的縫線後，沒有露出特別的機關。但夏洛特一手撫過後背的黑色粗布，說道：「啊，我想我知道是怎麼一回事了。米粒沾滿墨水，接著排在布料上。」

煮過的米粒碰到任何物體都會黏上去，乾掉之後便無比牢固，而且幾乎和小石子一般堅硬。

「有辦法拓印這件外套的布料嗎？」夏洛特問道。「我相信這是類似盲人用的點字。」

昂德伍先生完成這項任務，動作迅速又細膩。夏洛特檢查印下的痕跡，將訊息另外抄下。

巴克斯特命令德雷西殺我

德雷西和巴克斯特，把夏洛克引來此地的加密電報曾經牽扯上這兩個名字。

班克羅夫特爵爺嘆息。「福爾摩斯小姐，妳幫我添了不少工作啊。」

接著他直視她，又說：「謝謝。」

英古蘭爵爺總是平等對待夏洛特，多年來兩人之的羈絆複雜無比，受情勢所限，因各種爭論而傷神。

現在班克羅夫德爵爺也把她當成自己人。他和夏洛特之間沒有經年累月的友誼，同時也不受過去拖累。

這實在是……太有意思了。

她盈盈一笑。「爵爺大人，祝您成果豐碩。現在可以請您替我安排馬車，送我到火車站嗎？我答應華生太太要在午茶前回家。」

第九章

「妳回來了。」看到福爾摩斯小姐踏入屋後的小廳，華生太太猛地跳起。「妳去哪裡啦？」

她原本沒打算問的——更不該用這種口氣。福爾摩斯小姐是大人了，不是華生太太的孩子，也不是她的雇員。

但她今天早上倉促離開公園，留下的紙條上只寫了：「出門。午茶前回來。」這個從未錯過蛋糕和三明治的女性竟然在固定的午茶時間後四十五分鐘才返家。

「只差五分鐘，我就要跑去找最近的電話，讓英古蘭爵爺知道妳失蹤了。」

福爾摩斯小姐說不定是被車撞了、被人搶了搭馬車的錢。可是最讓華生太太膽寒的可能性是，她被自己的家人帶走，塞進火車車廂，運回鄉下，從此音訊全無。

這類綁架事件在華生太太年輕時已經層出不窮，現在仍然時有所聞。既然擔任法官、陪審團、獄卒的都是家人，還有誰能說話呢？

福爾摩斯小姐站得直挺挺的，裙子縐了，濕氣令鬈髮失了捲度。她的雙眼一眨也不眨，華生太太發現她完全讀不懂這名年輕女子的表情。

不安一點點啃蝕華生太太的內心。她的態度太尖銳了嗎？是不是冒犯到福爾摩斯小姐了呢？她有沒有逾越友誼的界線？

「夫人，我很抱歉。」福爾摩斯小姐柔聲道：「我不是故意晚歸的。」

華生太太鬆了一大口氣，同時也後悔自己展現出太多焦慮。「不，我才該道歉。請原諒我這個疑神疑鬼的老太婆。」

福爾摩斯小姐搖搖頭。「我曾靠自己撐了一陣子──到現在還忘不了那股滋味。現在我的生活可說是奢侈極了，夫人，是妳讓我能過上這種生活。抱歉讓妳擔心了，但我並不遺憾有人爲我擔心。」

華生太太這才發覺福爾摩斯小姐指的不只是這一刻，還包括華生太太一開始遵照英古蘭爵爺的指示出手協助那次（雖然當時她並不知道內情）。

現在她希望華生太太知道這並不會影響到兩人的合作關係──以及兩人的友誼。

「喔，福爾摩斯小姐，妳回來了！」潘妮洛衝進房間。「事情還順利嗎？」

三人紛紛坐定。福爾摩斯小姐三兩句話就把主題轉向潘妮洛和布盧瓦家兩位女士今天的趣事。潘妮洛開心地描述她們的小小冒險，而福爾摩斯小姐聽得專注。華生太太早已聽過潘妮洛的故事，趁這個空檔思考，如此一個陌生人竟然能在短時間內成爲自己生命中不可切割的一部分，導致她記不起兩人相遇前自己過著什麼樣的生活。

女僕波莉端著托盤進房。通常是麥斯先生替她們送上午茶，但他去格洛斯特郡參加姪女的婚禮和姪孫的洗禮，要到星期二晚上才會回來。

「這代表我們得等到星期三才能確認芬奇先生的假期是否已經結束？」潘妮洛替另兩人倒茶。

「多等兩天應該沒有太大變化。」福爾摩斯小姐應道。

華生太太真希望自己能像她一樣坐觀後續。自從英古蘭夫人上門拜訪後，每天都漫長得像是一輩子。她越來越心急，很想知道要如何盡早獲得更多情報。家裡還有另一名男僕，可惜車夫羅森不懂演戲。她猜或許可以問問蘿絲和波莉，看她們是否認識那一帶的僕役，不過從這邊能得到的有效資訊看來是少之又少。

「我有個主意。」潘妮洛宣布道。

福爾摩斯小姐把三明治盤遞向她。「說來讓我們聽聽。」

「謝謝。」潘妮洛拿了三片迷你三明治。「在巴黎讀醫學院的時候，布盧瓦小姐規畫了醫療團，到某些居民無法負擔醫療藥物的地區看診。但我們也去過有錢人群聚的區域，和豪宅裡的女性僕役談話。在真正的大型宅院裡，我們得要先拜訪管家，安排探訪行程。不過若是小一點的屋子，只要屋內不太忙碌，我們隨時都能找僕役到一旁喝杯咖啡、聊聊健康話題。」

「妳提議我們以類似的理由拜訪伍茲太太家的僕役？」福爾摩斯小姐問。

「比起讓麥斯先生扮成律師再次拜訪，我敢說這招能帶來更詳盡的情報。況且我根本不用撒謊，只要扮演自己，是個想在假期做點好事的醫學生。我還可以造訪同一條街上的其他屋舍，這樣伍茲太太就不會覺得我們是特別針對她。」

華生太太凝視著她親愛的孩子——生氣蓬勃的自信、淘氣又勇敢的計畫——不由得為她擔心。英古蘭夫人的傷心故事、瞞著英古蘭爵爺的兩難情境，對潘妮洛而言全都是好玩的遊戲。但華生太太看得出這件事有可能在一瞬間從刺激變成危機四伏。

她不希望潘妮洛涉入她們的諮詢偵探事業，可是既然這個女孩已經踏進來了，她不想箝制潘妮洛的羽翼，正如同她不想限制福爾摩斯小姐的行動自由，即便後者只是晚些回家就讓她心神不寧。

「好主意。」她說。「可是妳不該自己去，我陪妳一起行動。」

□

三人利用剩餘的午茶時間將這個計畫討論周全，最後決定福爾摩斯小姐也一同出動，不過要做點偽裝。「未來妳可能得親自拜訪芬奇先生。」華生太太提點道：「最好別讓僕人看到妳一會走後門，一會走前門，他們會起疑心的。」

郵差送來一小疊朋友和同學寫給潘妮洛的信，她興高采烈地告退回房，準備消耗大量的信紙。福爾摩斯小姐則是一臉失望。

「妳在等信嗎？」

「有一陣子沒接到家姊的消息了。」福爾摩斯小姐應道：「星期二我見過她，請她幫我收集英古蘭夫人的情報，可是依照莉薇亞的性子，她不會等到達成目標後才寫信給我。」

她沉默一會，接著語焉不詳地低喃：「有時候我說得太多，特別是某些最好別提起的事情。」

華生太太還在思考是否該請福爾摩斯小姐解釋清楚，後者嘆了口氣，說道：「總之呢，夫人，我該和妳說一件事，與蘇菲亞．隆戴爾有關。」

華生太太倒抽一口氣。「我以爲我們已經說好不會再提起這個名字。」

雖然隔了一個世代，蘇菲亞．隆戴爾和福爾摩斯小姐境遇類似，因爲輕率的行爲遭到社交界放逐。先前她從海外歸國，前來找夏洛克．福爾摩斯諮商，引發了一連串無人預料得到的事件。世人相信蘇菲亞．隆戴爾早在多年前命喪異鄉，她在夏洛特面前用了假名。薩克維醜聞畫下句點時，華生太太和福爾摩斯小姐判定必定是無比重要的理由，她才會籌畫自己的死訊——因此她們決定別把她的眞實姓名掛在嘴邊，危害她的安全。

「不知道她的身分爲何沒有曝光。」福爾摩斯小姐說出心中想法。「行爲模式就和語氣或是筆跡一樣可供辨識。這個女人想隱藏在幕後，達到她的目標。要是她的丈夫看到報導，會不會想起某位涉案人士曾與她過從甚密，懷疑她涉入其中？」

「那個以爲她已經過世的丈夫？」

「如果他已經對她的死訊起了疑心呢？」

華生太太渾身緊繃。「福爾摩斯小姐，妳有她的消息嗎？她陷入麻煩了嗎？」

「我完全沒有她的消息，不過英古蘭爵爺相信有人——甚至不只一個人——這個禮拜一直盯著妳的屋子。」

讓夏洛克．福爾摩斯向社會大眾提供服務是華生太太的主意，她相信這是個好到不能再好的主意。然而所有的絕妙計畫都有不可避免的缺點，保證賺錢、令人嚮往的生意有時會惹來不少麻煩。

「我還沒提過這件事。」福爾摩斯小姐繼續道：「薩克維的案子結束後，我到薩莫塞特府尋找她的結婚紀錄，畢竟逃離丈夫的欲望似乎是她僞造死訊的最大原因。他名叫莫里亞提，我寫信問英古蘭爵爺是否知道這名男子的情報。」

「他轉而詢問班克羅夫特爵爺，根據他的敘述，班克羅夫特爵聽到這個名字後大爲動搖，明確地警告英古蘭爵爺，要他絕對別插手與莫里亞提有關的任何事物。」

「妳認爲是那個莫里亞提派人監視我們？」

「這是最合理的推測。」

華生太太等待福爾摩斯小姐繼續說明，過了一會，她發現福爾摩斯小姐正在等她的反應。

「希望馬伯頓太太能平安無事。」她用了蘇菲亞．隆戴爾提供的假名。

福爾摩斯小姐細細打量她。「妳不擔心自己？」

華生太太還來不及回答，她便搖搖頭，逕自說道：「當然了，我在想什麼？妳總是先替別人擔心。」

「聽好，我也不是什麼樂善好施的濫好人，我只是擔心別人能不能化解臨頭的厄運。至於我自己……」華生太太聳肩。外甥女長大了，另一半過世了，遺囑裡也安排好僕役的去向。就算蘇菲亞．隆戴爾的丈夫想監視她一陣子，那又如何？「只要別影響到妳或潘妮洛就好。」

「我想里梅涅小姐或是我自己不會遇上什麼壞事。當然了，妳也是。」福爾摩斯小姐安靜了好一會，與她平日蓄勢待發的沉默不同，似乎是陷入了沉思。「希望如此，我可少不了妳這位導師。」

華生太太對自己的人生是有些遺憾的。寡居，即將邁入人生的秋季，唯一的親人大半年不在身邊。可是，福爾摩斯小姐這句話帶來一股流遍她全身的暖意，彷彿是吞下幾縷陽光，從身體裡綻放光彩。是的，她人生中有愛侶陪伴的階段已然結束，但是福爾摩斯小姐到來之後，她眼前是一片嶄新的願景。若是能為自己做好打算，秋季不一定是匱乏或悔恨的時節——反而是充滿豐收與慶典。

她稍稍湊向前去。「福爾摩斯小姐，能借用一點時間嗎？」

□

夏洛特滿心好奇。華生太太不只請她撥一點時間，還問她手邊有沒有方便活動的衣物。她誤把網球裝打包進社交季的行李——網球是風靡全國的運動——收在行李箱內，和她一起離家出走。

（反正她的衣櫃裡全都是成天沒事做的大小姐裝束，無論帶上網球裝，還是晚禮服都沒差。她的概念是能往行李箱塞更多東西，到了緊要關頭能變現的資產就更多。）

華生太太在沒放多少家具的空房間裡等待，這裡是里梅涅小姐以前的育幼室。她穿著合身罩衫，以及沒在膝蓋周圍收束的裙子。「妳在鄉間長大，我猜妳對槍枝的操作並不陌生。但現在我確認一下，福爾摩斯小姐，真是如此嗎？」

夏洛特點點頭。福爾摩斯家沒有自己的獵場，不過幾乎每年秋天她雙親都會受邀參加狩獵宴會。「鳥槍沒問題，來福槍打靶也行。家父曾讓我拿他的左輪手槍開火。」

「很好，不過妳可不能拿著來福槍在倫敦或任何地方走動。可是淑女手持洋傘絕對不是怪事，總是有備無患嘛。」

華生太太遞給夏洛特一根手杖。「這當然不是洋傘。我太喜歡我的洋傘了——相信妳也一樣——無法在危急時刻以外的場合濫用它。換成手杖就沒問題了，這東西夠堅固，耐得住打擊。」

「我祖父是擊劍大師。他晚年曾暫居我家，靠著指導我和舍妹法國棍術打發時間。來到倫敦時，我有自信能保護自己，沒想到第一次被人從後頭抓住時，我竟然渾身動彈不得。所有招式都經過美化——刺擊、待機、前進。現實是沒有人等妳擺出應戰姿勢，而且惡黨也不一定只從正面來襲。」

「因此，妳要訓練自己在最短的時間內克服僵硬的一瞬間，以手肘狠狠擊向襲擊者腹部，他一鬆手妳就轉身，用最大的力氣攻擊，不只是揮舞手腕，還要加上全身的勁力。」

夏洛特掂了掂手杖的重心，這根手杖的材質是李木，輕巧又結實。「這和莫里亞提無關，是吧？他的手下還不至於當街擄走我。」

「是的。」華生太太坦言：「福爾摩斯小姐，雖然妳覺得已經自由了，但依然是家族的逃犯。」

「所以妳建議我狠狠毆打家父。」

「或是他的手下——心裡想著這是爲了女王與國家就好。」

夏洛特忍不住勾起嘴角。「夫人，我要向第二個從背後抓住妳的男人致上最深的哀悼。」

華生太太拋了個媚眼。「喔，妳也要可憐可憐第一個傢伙。我折斷了他的一隻手指。」

華生太太從基本步伐教起。「妳得要學會如何穩穩站好，與地面連結，不讓任何人輕易將妳推開、推倒。」

夏洛特練得雙腿痠疼，過去她頂多只要在宴會廳裡兜轉幾圈就好。

「接著最重要的就是抓牢妳的武器。」華生太太告誡道。

夏洛特把手杖握得更緊一些。

「現在擋下我的攻擊。」

夏洛特舉起手杖格擋。她不知道華生太太做了什麼，但兩人的手杖互擊的下一個瞬間，她的武器已經飛到房間另一端——幸好房裡空蕩蕩的——鏗鏘撞上爐架。

同時她的手陣陣抽痛。「哎！」

華生太太斥道：「福爾摩斯小姐，妳沒有握好武器。」

夏洛特撿回手杖。「我敢發誓剛才已經握得很緊了。」

「當然。一般的暴徒可能不知道太多讓對手繳械的招式，可是除非妳能巧妙利用槓桿原理，男人依然能以力量上的優勢敲掉妳的手杖。妳一定要更熟練地掌握妳的武器，福爾摩斯小姐。」

熟練地掌握武器的過程一點都不愉快。

「天啊。」經過十五分鐘，夏洛特已經上氣不接下氣。「我想我撐不下去了。」

「來吧，福爾摩斯小姐。把這當成磨掉呼之欲出雙下巴的方法。活動後，妳可以更加享用美食。」

夏洛特邊喘邊回應：「既然妳這麼說了，我看能不能擠出更多意志力。」

經過五十分鐘，華生太太終於大發慈悲，宣布今天的課程結束。夏洛特靠著牆壁，胳臂痠痛（包括沒有拿著手杖的那隻手），雙腿痠痛，全身痠痛。

「明天早上妳會痛得更厲害。」華生太太咧嘴一笑。

夏洛特喃喃呻吟。

「對了，福爾摩斯小姐。」華生太太的呼吸絲毫不亂。「妳說這屋子遭到監視時，提到了英古蘭爵爺。我錯過了他的來訪嗎？」

「不，他這兩天沒有上門拜訪過，只是我今天早上出門時在外頭遇見他。」

「可是他原本打算來找我們？」

夏洛特稍一遲疑。「這是合理的推測。」

華生太太的嗓音變得緊繃。「妳不認爲這是因爲他發現妻子曾來拜訪夏洛克．福爾摩斯？」

夏洛特拿手帕按了按後頸，搖搖頭。「我還有件事要說──班克羅夫特爵爺向我求婚了。」

華生太太先是瞠目結舌，接著發出歡快的笑聲。「我還眞沒想到。喔，那位男士怪得可以，但我不知道他會如此離經叛道。他的擇偶品味如此優秀，這倒是提高了他在我心目中的評價。要是我沒記錯，這不是他第一次向妳求婚？」

「對。」

「我更中意這位男士了。」說完，她臉一塌。「老天爺啊，妳在認眞考慮這件事。」

「我不得不如此。」貝娜蒂陷入最茫然、最沒有反應的狀態；就連敏感又脆弱的莉薇亞都比以前更需要面對人生變數的籌碼。「我的醜聞拖累了家族裡的每一個人，特別是我姊姊。婚姻能給予我

『補償』，讓我有能力照顧她們。要是班克羅夫特爵爺保證留給我足夠的自由與腦力刺激——看來他有意如此——那我得要好好考慮一番。」

「這——英古蘭爵爺有什麼看法？」

「我沒問他。」夏洛特低喃。「不過如果讓班克羅夫特爵爺心生此意的人就是他，我也絕對不會意外。」

□

崔德斯探長幾乎與妻子同時返家。

「喔，哈囉，探長大人。」愛麗絲在門口台階上向他打招呼。「歡迎回家。今天很累嗎？」

他長嘆一聲。「可不是嘛，又來了個怪案子。有個傢伙死了，可是我們壓根不知道他是誰，也不知道爲什麼有人要殺他。我派麥唐諾去查有沒有特徵相符的失蹤人士，可是要花點時間。」

「你總能查出來的。」

沒錯，但還是需要一些幫助。當他站在死者身旁，摸不著腦袋時，他第一個想法就是希望自己擁有夏洛克．福爾摩斯的觀察力。他眞想一眼就看出死者的一切情報。

他親吻愛麗絲的臉頰，不怎麼有信心地應道：「謝謝妳，親愛的。」

兩人先後進屋，這地方是岳父的結婚禮物。他得要升到局長的位置，領到每年三百鎊的租屋津貼，才有希望單靠自己的收入住進這麼好的房子。

「妳去了哪裡？」晚餐時間快到了，愛麗絲很少在外頭待到這麼晚。

「到我哥哥家一趟。」她嘆息。「我只看了巴納比一眼，他靠著嗎啡睡著了。艾琳諾慌了手腳，巴納比完全沒提過他出了什麼毛病，也不准莫特雷醫師透露半點病情。」

「難不成……」

「我不這麼想。可是艾琳諾深信他得了那種病——在外頭染上，還傳染給她。我試著向她說明巴納比對梅毒的恐懼更勝於她，但她完全控制不住情緒。到最後我得要讓她喝一點鴉片酊冷靜下來，才有辦法脫身。」

她搖搖頭。「我得要再去拜訪一趟，至少要看看艾琳諾是否安好。」

崔德斯突然想到一件事。「我相信巴納比很快就能好起來，可是如果有個萬一，考辛營造公司怎麼辦？」

「喔，他遲早會康復的。」愛麗絲皺起眉頭。「上回看到父親的遺囑已經是很久以前的事了，要是我沒記錯，如果巴納比過世時沒有任何男性繼承人，公司就會落到我頭上。」

巴納比和艾琳諾夫婦就和崔德斯夫婦一樣沒有子女。

無論是否有機會降生於世，他們的孩子總是留不住。

第十章

星期日

夏洛特離家出走後，莉薇亞便遭到艾佛利夫人和桑摩比夫人永無止境的盤問。她們是社交界數一數二的包打聽，無論莉薇亞走到哪裡，總會遇上至少其中一方，拍拍她的肩膀，問她是否收到那個醜聞纏身的妹妹的隻字片語。

輪到莉薇亞要找她們時，兩位夫人卻又消失得無影無蹤。

至少感覺起來是如此。

她還去問母親那兩位包打聽是不是離開倫敦了，卻被奚落得一塌糊塗。「大家都還在倫敦，她們有什麼理由遠行？而且我昨天還見到她們呢。」

這顯然是假話，福爾摩斯夫人昨天頭痛得厲害，喝了鴉片酊，整天沒下過床。

莉薇亞沒有反駁。與自家母親頂嘴就和對著磚牆爭執一般。不對，磚牆還算好了——至少吵累了還可以踹上幾腳。

「喔，妳這個笨蛋。」福爾摩斯夫人突然壓低嗓音。「幹嘛提起她們？這可好了，把她們叫來啦。」

莉薇亞沒有馬上看到那兩位包打聽，等到她母親偷偷溜走，她才發現她們就在圓塘對側。兩人同時看到她，立刻朝她走來。

等到她們離她只剩二十呎時，奇蹟發生了——那個年輕男子，她心中的那個人，悠閒地踏入她的視野，坐到隔壁的長凳。

她沒有這麼幸運吧？不對，不可能。絕對不可能。有些人獲得獎賞，有些人家庭美滿。有些人在下雨前回到家，直到太陽再次閃耀前，哪裡都不用去。莉薇亞永遠都是被雨淋得濕透、裙子被脫水機擰爛、前面的人拿到最後一杯甜酒的那個人。

但是他就在她眼前，身穿休閒裝束，打理得整整齊齊，又不到過度耀眼瀟灑、惹得她懷疑的程度。天啊，他的鬍鬚和頭髮是不是帶了點紅？她一向對紅髮男子沒有特別好感，不過要是他們都長得像他，她很樂意讚揚他們的存在。

會不會——有沒有那麼一點可能——他特地來公園尋找她？畢竟他們上星期日初次相遇的地點也是這一帶。

「福爾摩斯小姐，妳來得正好！」

喔，可惡的艾佛利夫人和桑摩比夫人。上星期日她母親只是稍微動了動，他就告辭了。這回看到她遭受包圍，他一定又會匆忙離去。

她硬擠出笑容，迴避兩位夫人的提問。兩個問題。三個問題。五個問題。

他還在位置上。

她稍稍放鬆了些。回答完第七個問題，他還是沒走，她心底浮現暈眩似的欣喜。

這時她想到自己不該乖乖接受盤查，夏洛特有派給她套話的任務。可是要如何不著痕跡地把話題轉移到英古蘭夫人身上呢？

另一個小奇蹟降臨，令她精神一振：英古蘭夫人帶著她的兒女橫過她們眼前，她身穿杏桃色外出服和相襯的洋傘。

「喔，是英古蘭夫人。」她說。

「可不是嘛。」桑摩比夫人低喃。

夏洛特是最近的謠言熱門人物，不過英古蘭爵爺夫婦早在幾年前就是人人議論的對象，從最社交界讓人欣羨的年輕夫婦到成爲最疏離的一對。其中牽扯到美貌、財富、名聲，以及愛情（至少一開始還有），大家都想知道他們的婚姻出了什麼問題。

英古蘭夫人點頭致意，不過她緊繃的雙肩足以說明她不想被人打擾的意願。莉薇亞、艾佛利夫人、桑摩比夫人領會她的意思，目送她和孩子們從視線範圍內消失。

莉薇亞連忙抓住機會。「我心裡不時有個念頭——在嫁給英古蘭爵爺之前，她是不是有過其他對象。或許這是對現狀最好的解釋，不是嗎？」

「我可不這麼想。」桑摩比夫人說道：「妳有沒有看過他打馬球的模樣？如果我是英古蘭夫人，一看到馬背上的英古蘭爵爺，早就把其他的心上人忘得一乾二淨啦。」

「喔，妳這個不正經的老太婆。」她的姊妹揶揄道。

「親愛的，多謝誇獎。」桑摩比夫人笑了幾聲。「話說回來，福爾摩斯小姐，我相信妳說得沒錯。我們確實聽說過英古蘭夫人進入社交界之前，曾想嫁給一名遠遠配不上她的年輕人，也不是說他人哪裡不好，重點在於他是私生子。」

「聽到這個消息，我嚇了一大跳。」艾佛利夫人說：「我從沒想到英古蘭夫人有這種心思。我總覺得她習慣往上看，而不是往下看，妳應該懂我的意思。」

莉薇亞好想確認她放在心上的男士身在何處，但方才她與兩位夫人一同轉向英古蘭夫人離去的方向，現在她背對著他——前提是他還坐在原處。

她開始思考要如何脫身，沒想到——奇蹟是如此源源不絕嗎？——兩位夫人瞄到下一個受害者，以不太優雅的姿勢趕了過去。

她站在原處，不耐地等她們走遠。夏洛特的緋聞還沒退燒，莉薇亞可不希望她們看到她追著男人跑。

確定兩位包打聽真的離開了，她還沒轉過身，他的聲音就突然從她左側不遠處傳來：「還以爲她們不會走了呢。」

莉薇亞後腦勺傳來一陣鼓動，心臟狠狠一震。「我也是。」她勉強擠出回應。

察覺他堅持要和她說幾句話才甘願離去，她心底確實是浮現幾絲疑慮。倫敦住了四百萬人，和同一個陌生人在短時間內碰面三次？第二次見面還能以巧合來解釋，可是這一回？不對，他是刻意的。

陌生人，特別是穿著講究、說話好聽、一副紳士模樣的陌生人，在福爾摩斯夫人心目中是危險人物。那些都是騙財騙色的惡棍，她常常這麼說。莉薇亞私底下嗤笑不已：找上福爾摩斯家姊妹騙錢的傢伙也太蠢了，他們家實際的財產可說是少之又少。

她不認爲這名年輕人是爲了錢財而來，但是到了這個節骨眼，她還沒有笨到不懂得質疑他的目的。

「請問妳是否願意和我散散步，或許再聊個幾句？」他問。

這是個危險的提案。他們還沒接受過正式介紹，走在他身旁……哎，就算沒有夏洛特的緋聞，福爾摩斯夫人保證會爲了如此不得體的舉動把莉薇亞鎖在房裡，罰她不准吃晚餐。

然而莉薇亞還沒準備好切斷與他的一切接觸——畢竟接下來的八個月，她得要待在鄉間，沒有夏洛特，連莫特這個盟友也碰不到面。第二理想的行爲是由她提出鉅細靡遺的問題。

希望她有辦法準確判斷他的回應是否眞誠正當。

「好啊。」她轉向他，看到他溫暖的眼神與爽朗的笑容，使得她忍不住滿心喜悅。「我們就走一走，聊聊天。」

星期一

眞是奇了，夏洛特才警告過華生太太這棟屋子遭到監視，那些可疑人士卻憑空消失。她們小心翼翼地觀察周遭，沒在華生太太家或是上貝克街十八號的前後門逮到任何徘徊停留的傢伙。

不過到了星期一，夏洛特格外注意且確認她們沒有被人跟蹤，匆匆進入兩位布盧瓦女士的飯店，從通往另一條街的後門離開。

照著里梅涅小姐的建議，三人先拜訪了另兩戶人家，接著才敲響伍茲太太家的後門。替她們開門的是個神色緊張的年輕女孩。

「妳好。」里梅涅小姐親切地打招呼。「我是哈德遜小姐，這位是我阿姨哈德遜太太。我在倫敦大學學醫，課程內容之一是散播醫藥知識、打擊錯誤的資訊，特別是針對不太方便就醫的對象。請問我可以進屋和所有僕役聊聊嗎？」

女孩不安地看看背後。「我去問問辛德太太。」

她關上門，過了一分鐘，一名四十歲出頭的高大婦人俐落地開了門。

里梅涅小姐伸出手。「妳一定就是辛德太太。」

「是的，妳是哪位？」

里梅涅小姐重新介紹自己和華生太太的身分，以及來此的目的。

「女醫師？哈！眞是新鮮。」

「未來的女醫師——我還在唸書。可以讓我們進屋嗎？我很樂意回答任何關於健康的疑問，施行我能做的治療。當然是免費的，這全是課程的一部分。」

聽到不用花錢就能接受醫治，顯然打動了辛德太太，但她沒有完全聽信這番說詞，指著夏洛特問道：「她又是誰？另一位女醫師嗎？」

夏洛特戴著棕色假髮和眼鏡，不斷別開臉避免直視。

「這是我妹妹愛洛莎・哈德遜小姐。」里梅涅小姐語帶歉意。「可惜她不是醫學生，想必妳也看得出來她需要照顧。今天家裡沒其他人，我們只能帶上她了。只要有人盯著，她絕對不會惹麻煩。」

夏洛特決定模仿貝娜蒂的神態。看到貝娜蒂的人往往會先提防一陣，接著很快就忘記她的存在。

或許是里梅涅小姐討喜又專業的模樣掃除了辛德太太的疑心，或許是華生太太充滿母性的可靠氣質。又或許是她們身上的好衣服——夏洛特的父親總是無法信任中下階層的人，儘管曾經搶劫過他的兩個人正是受過良好教育、打扮光鮮亮麗的生意夥伴。總之，辛德太太清清喉嚨。「好吧，我想妳們可以進來。」

伍茲太太確實管理嚴謹。地下室的走道一塵不染，宛如高檔客廳。到了僕役的共同空間，接近天花板處裝設了兩扇方窗，提供日光照明。夏洛特觀察到女僕身上的制服也都打理得清潔整齊。

「看來在這裡不用特別說明衛生的重要性。」里梅涅小姐說：「這裡的環境乾淨得很。各位有任何問題嗎？疹子、腸胃不適、女性問題？」

她舉的例子似乎與此處的女僕無緣，不過她們很快就討論起掉髮問題，板著臉的辛德太太相當在意她日漸稀疏的頭頂，其他幾名年輕女僕也在一旁舉證她們的女性親戚有同樣困擾，於是里梅涅小姐針對毛囊及生長循環做出科學解釋。

夏洛特趁機溜出僕役休息區，離開地下室。她穿過一樓，對於伍茲太太的房客共用空間沒太大興致。她也略過二樓，推測這裡的套房更大、更精緻，超出芬奇先生的預算。

到了三樓走廊，她開心地發現每扇門上都掛著小牌子，仔細標出房客姓氏。盧卡斯先生。肯維克先生。布雷克先生。唐納凡先生。鄧罕先生。艾爾文先生。

她反覆確認自己沒有漏掉哪一扇門。可是沒有，完全沒有芬奇先生的名牌。

她沿著僕役工作用的樓梯再往上一層，被上鎖的門板擋住。再過去是僕役的房間，這扇門是爲了阻止他們與房客廝混。

除了下樓，她別無選擇。二樓天花板挑高，走廊鋪著更高級的地毯，門板之間的距離更寬，代表裡頭的房間更加寬敞。維克里醫師。胡隆先生。啊哈，芬奇先生。

走廊上寂靜無聲，只隱約聽得見從窗外滲入的街道喧囂。她躡手躡腳走到門前，鞋跟陷入軟綿綿的地毯。門板無法透露太多芬奇先生的個人情報，她只知道他不是把門鎖刮花的冒失醉鬼。

她側臉貼上門板。沒有聲音。她很謹慎地轉動門把，門是鎖著的。

她才剛鬆手，房裡突然傳來話聲：「你有沒有聽見？」

女人的聲音。

夏洛特倉皇退往工作樓梯，她已經好幾年沒走得這麼快了。一躲到門後，她聽見芬奇先生的房門開了又關。

她貼著樓梯間的牆壁站了一會，等待心跳恢復平穩，接著她回到僕人專用的地下室。沒有人發現她消失了一會，也沒有人留意她再次坐回門邊的椅子上。

女僕們正七嘴八舌地討論她們服務的男士，他們的缺點、怪癖，不時提出的奇特要求。幸好伍茲太太看人的眼光很準，她的房客儘管各有怪異之處，基本上都配得上這棟好房子，不像其他租屋處的男客喜歡占人便宜，甚至更糟。

「而且她會把小費分給我們。」辛德太太讚許地說道：「不像某些女房東討了小費說要給我們當聖誕節禮物，最後全都收進自己的口袋。」

「不過我相信這裡住的不全是年紀大的人吧。」華生太太賊兮兮地笑著問：「總有幾位年輕英俊的房客。」

「芬奇先生是滿年輕的，可是他沒有鄧罕先生好看。」其中一名女僕說。

「他比鄧罕先生好上太多了。」另一名女僕反駁道。「鄧罕先生沒有哪裡不好，只是不擅長與人來往，希望我們別理會他。芬奇先生也算好看了，而且他總是掛著笑容，和我們打招呼。伍茲太太不喜歡我們和屋裡的紳士說話，但如果他們先開口了，我們就該回應。拿布雷克先生來說吧，他是很有禮貌，可是他在這裡都住了五年，我向他說過一千次早安，相信他分不出我與牆上釘子有什麼差別。芬奇先生記得我的名字，記得我媽媽鬧牙痛，還有我上回放假時去布萊頓拜訪表親。他搬進來多久了？三個月？」

「最多四個月。」辛德太太說。

「然後已經是伍茲太太最喜愛的房客啦。先前他渡假回來，帶了一大塊切達起司送她。今天早上我進她房間打掃時，看到她簡直把那東西當成鑽石一樣擦得發亮。」女僕吃吃笑了幾聲，又正色說道：「他人眞的很好。大多數房客不認爲他們的房東比我們這些低下的女僕好到哪裡去。」

「有點花花公子的感覺？」里梅涅小姐眨眨眼。

「喔，不是的，他不是那種人。芬奇先生很正派，又挺好相處，和他聊上兩句會讓人心情很好。」

辛德太太瞄了時鐘一眼。里梅涅小姐沒有漏掉她的暗示：她們該回去工作了。「小姐們，感謝妳們讓我進屋拜訪。希望這些療法能派上用場，或許我們哪天還能再見到面。」

眾人又聊了幾句，辛德太太歡迎她們隨時再次來訪。

夏洛特拉拉華生太太和里梅涅小姐的袖子。「切達起司。我要起司。更多起司。」

兩人看了看她，又互看一眼。華生太太率先反應：「親愛的，等我回家就拿起司給妳吃。」接著，正如夏洛特的預料，她轉向女僕，問道：「說到切達起司，芬奇先生是不是去過薩莫塞特的切達村？我聽說那一帶的風景很不錯。」

「是啊，他去過。」話最多的女僕搶著回答。「還和我說過那裡的峽谷和洞穴有多美。」

「謝謝。」華生太太點頭道別。「各位小姐，和妳們談天眞是開心。」

□

「他房裡有個女人？」華生太太和里梅涅小姐異口同聲地嚷嚷。

三人回到里梅涅小姐小時候的育幼室，她開玩笑地將這個房間改名爲體育室，陪著夏洛特上她的第二堂自衛課。

里梅涅小姐受過幾年訓練，行動優雅迅速，猶如獵豹。整堂課下來，夏洛特的手杖飛向各處，不過最後她終於打掉里梅涅小姐的武器一次。

「也沒什麼好大驚小怪。」夏洛特靠著牆喘氣。「一切跡象都顯示他已放下往日對英古蘭夫人的青春愛戀。我只覺得時機很怪——那個女人竟然是大白天的出現在他房間裡。」

「在光天化日之下把她偷渡進房也不容易吧。」里梅涅小姐思考了會。

「說不定她昨晚就在了，只是還沒離開。」華生太太猜測。「可是他不是去工作了嗎？妳說她的語氣像是在和人說話。」

「就算芬奇先生與哪個女人過從甚密，就算與他有關係的女人不只一個，這些都不是我們追查的目標。」夏洛特說：「英古蘭夫人想知道的是『他究竟是意外身亡、娶妻後不想繼續與我來往、犯罪入獄、流放海外』。現在我們可以回答所有的疑問：他沒死、沒有入獄、沒被流放海外。他尚未結婚，但顯然不希望延續這段關係。」

「所以要讓英古蘭夫人知道嗎？」里梅涅小姐問。

沒有人回答。

當她們去郵政總局確認夏洛克．福爾摩斯的私人信箱後，她的問題得到解答。

有一封來自英古蘭夫人的信，上頭表明她希望在今晚六點前來洽談。

□

華生太太細細打量英古蘭夫人上下顛倒的身影，感覺到她的悲痛。

「我知道妳並不希望結果是如此，但這就是我們查出的事實，芬奇太太。」潘妮洛以這句話總結調查報告。

聽到英古蘭夫人的化名，華生太太忍不住心痛，現在她理解這個姓氏的由來。她想就連福爾摩斯小姐也抿緊了嘴唇。

英古蘭夫人沉默好半晌，透過投影難以辨認，但華生太太覺得她抖個不停。接著她開口道：「不對，我想你們弄錯了。你們一定是找到另一位芬奇先生。」

「就算是倫敦這個大城市裡，也沒有太多名叫馬隆・芬奇，身爲私生子的會計師。」

「可是你們沒有看到他。根據妳的說法，你們只有和他的房東，以及租屋處的僕人談過。你們從來沒有親眼看到他。」

「我們不認識芬奇先生。」潘妮洛指出重點。「而且妳也沒有提供畫像或是照片。就算看到他了，也不會影響我們的調查結果。」

「我知道他長什麼樣子。只要給我住址，我會設法和那位男士見面。一定是哪裡出錯了。」

「夫人，這不是妳一開始的要求。我們受託調查他是否已經過世、人在海外，或是遭到監禁，無法與妳通訊。」

英古蘭夫人的嘴巴輕輕開合。「我以爲這樣就夠了。我以爲無論是什麼結果，我都能接受。可是知道他平安無事，知道我瘋狂的擔憂全都是無中生有，我、我無法輕易放手了。我們曾經深愛彼此。現在我還愛著他，永遠愛他。」

她閃爍淚光的雙眼望向潘妮洛。「拜託，福爾摩斯小姐。我一定要和他當面說幾句話，我要聽到他親口說我們再也別見面了。我需要這樣的道別，這是他欠我的。」

「芬奇太太，聽聽妳自己說了什麼話。」潘妮洛話鋒犀利。「妳已經結婚了，有個尊敬、愛護妳的丈夫。而妳卻爲了移情別戀的男人痛苦憔悴，再追究下去，只會是更沉重的心痛及幻滅。」

「回去吧。好好想一想，別再試著挽回已經遠去的過往。」

英古蘭夫人猛然起身。「妳根本不懂我們曾經有過什麼。」

「但我知道妳永遠無法重拾舊愛——就算眞的見到他，就算他答應再和妳多見幾次面，就算妳背棄婚姻的誓言，成爲他的情婦。妳和以前不同了，他也不是那個年輕人了。妳頂多只能擁抱蒼白腐敗的青春餘響，以及無法帶來慰藉的幻象。」

永遠無法成爲芬奇太太的女子僵立如鹽柱，雙拳握得死緊。

里梅涅小姐遞出信封。「這是妳支付的酬勞，本次諮詢不收取任何費用。」

第十一章

「阿姨說我讓英古蘭夫人斷了接觸芬奇先生的念頭是正確的做法。」里梅涅小姐輕聲道：「可是我自己沒有那麼篤定。」

她們回到華生太太家。華生太太在房裡更換吃晚餐的衣服，夏洛特忙著瀏覽報紙背面的一則則留言，里梅涅小姐在喝午茶的小廳打轉，指尖輕敲桌角、鏡框、茂盛的羊齒草盆栽。

夏洛特望向她。「是嗎？」

里梅涅小姐坐到鋼琴椅上，背對鋼琴。「我無法判定剛才我是秉持我們的原則說話，也不確定自己是不是毫無私心，本能地想要懲罰帶給朋友不幸的人。」她盯著夏洛特。「換成是妳，妳會透露芬奇先生的住址嗎？」

夏洛特想了想。「也許吧。」

「差別就在這裡。妳不希望她受苦，可是我不一樣，至少我心底有個角落是這麼想的，我不喜歡這樣的自己。」

夏洛特沒興趣看英古蘭夫人受苦，但這不代表她個性善良高尚，重點在於無論英古蘭夫人是否飽受煎熬、痛苦到什麼程度，對於整體局勢或是任何相關人士都毫無影響。

「我不會馬上給她住址。」夏洛特說：「我會請她等待七十二小時，到時候如果還想知道的話再過來。」

「妳認為她有改變心意的智慧嗎？她真能領悟這只是徒勞？」

夏洛特搖搖頭。不用推理能力就能看出無法和英古蘭夫人講道理——至少目前是如此。

里梅涅小姐抬頭看著掛在鋼琴另一側的畫作——藍天、大海、潔白的大理石、睜著小鹿般眼眸的沉鬱女子——當代藝術家對於古典希臘毫無保留的浪漫想像。「我記得她第一次參加社交季那年，出席了伊頓與哈羅公學的年度板球大賽。她長得好美，像是從畫裡走出來一樣。可是當時阿姨和我已經有些擔心了，怕他付出的愛意遠遠超過她的。」

她的視線回到夏洛特身上。「我賭五鎊，用不著七十二小時，她就會衝進上貝克街十八號，向我們追問芬奇先生的住址。」

夏洛特也會把所有財產押在這個選項上頭，這幾乎和日出、倫敦起霧一樣毋庸置疑。

她整整齊齊地摺好報紙，起身說道：「我該親自與芬奇先生談談了。」

□

夏洛特經過一棟屋子，裡頭舞會正來到高潮，她停下來聽了一會。小提琴與大提琴弦音流洩而出，交織成熱情洋溢的史特勞斯維也納圓舞曲。穿著鮮艷衣物的身影掠過敞開的窗前，人人手持香檳杯。笑聲與生氣蓬勃的話語如同打擊樂器，男性嗓音不時壓過眾人喧囂，說幾句不傷大雅的玩笑話。

夏洛特沒有參加過多少日間舞會——最近已經不太流行了——可是這種情景、精緻時髦的歡樂氣氛，占據了她人生的八個夏季。現在她只是個局外人，從遠處觀察一切自然與人爲的美景。她能理解外界對於上流社會揮霍膚淺的抨擊，那些人的一生圍繞著數不盡的娛樂活動。然而她也知道對於局內人而言，他們只懂得如此過活。

只有極少數的人能眞正抗拒從小被灌輸的生活方式。

她繼續往前走，接近晚間八點了。伍茲太太每天晚上七點提供簡單的晚餐，她的房客現在大概都吃飽了。說不定芬奇先生沒有出門。那名女子可能還在，但這應該不會構成阻止他接受妹妹來訪的理由。

越接近伍茲太太那棟屋子所在的街道，夏洛特注意到自己的腳步越來越慢。她並不緊張，可是也不怎麼期待這次會面。換作是莉薇亞，她會因爲芬奇先生的出身而感到猶豫。夏洛特從未理解過大家爲何如此重視父母的身分——沒有人需要爲自己出生前雙親的作爲負責任。她躊躇的原因是無法切割的血緣——只要承認了，就再也無法拒絕——她不太想在生命中替陌生人騰出一個位置。

她拐了個彎，已經走過半條街了。再走過三戶人家，她就會敲響伍茲太太的家門，以芬奇先生同父異母妹妹的身分拜訪。再兩戶，再一戶。

一名年輕女子蹦蹦跳跳地走下伍茲太太家後門的台階。夏洛特還記得她是誰——僕役休息區裡最多嘴的女僕。現在沒有假髮也沒有眼鏡，夏洛特不認爲對方認得出自己，但她還是別過臉，假裝在看燈柱上的戲劇廣告。

後門打開，辛德太太的聲音飄出：「布莉姬塔，妳可以把這個籃子送回茶館嗎？」

女僕折回屋裡。「沒問題。」

「很好。等芬奇先生回來，告訴他說妳幫他歸還了。裡面應該有一枚銅幣給妳當小費。」

等芬奇先生「回來」？從哪裡回來？

「這才對嘛。」布莉姬塔直截了當地回答。「茶館一點都不順路呢。」

夏洛特跟在她背後，還以爲走個幾步就會被逮到，沒想到女僕完全沒注意到背後跟了個女人。來到茶館的後門，她敲了敲門，一名穿著長圍裙的女侍前來應門。

「我拿芬奇先生的籃子回來了。他這陣子不會過來，被派去曼徹斯特工作啦。」

「啊，布莉姬塔，妳一定很想念他。」女侍語帶戲謔。

布莉姬塔咯咯輕笑。「當然囉，我不會說謊的。他人那麼好，而且不是爲了鑽進妳的裙子才對妳好。」

兩個女孩道別時，夏洛特悄悄溜走。

她不太清楚會計師的生活型態。律師有時候要出差辦事，所以會計師被派遣到外地工作似乎也很合理。可是芬奇先生過去十天的動向越來越像是經過算計。英古蘭夫人的留言見報後，他馬上出門渡假，返家沒過多久又要動身。

幾乎可以斷定他存心要避開英古蘭夫人。

□

夏洛特啜了一小口茶——無疑地，伍茲太太拿出她家最好的大吉嶺紅茶，用了最好的皇冠德比茶具——哼了一聲。「真的？曼徹斯特？是什麼樣的要務？」

她沒有刻意模仿漢莉葉塔濃濃的鼻音，不過那聲「哼」可說是神來一筆。

「庫伯蘭太太，我實在是不知道。」伍茲太太雙手十指擰成一團，彷彿是把芬奇先生沒有告知遠行目的當成她個人的錯誤。

夏洛特輕聲嘆息，表達介於寬容與惱怒之間的情緒，接著對伍茲太太充滿印花布料的客廳投以憐憫似的眼神。「當然了，也不能預期妳知道一切。但這實在是讓人開心不起來。」

「這是肯定的。」

女房東幾乎要擠出假笑——剛見面時她一點都不像是有這種表情的人。

漢莉葉塔·庫伯蘭是夏洛特的大姊，也是福爾摩斯家唯一出嫁的女兒，她喜歡對其他女性展現咄咄逼人的氣勢。英古蘭夫人這一類女性靠著無懈可擊的魅力無往不利。其他社交界頂尖人物擁有邀請貴客、舉辦社交季重大活動的能力。漢莉葉塔缺乏氣質與人脈，就連餐桌禮儀也是差到搬不上檯面。

但她有股神奇的力量，總能在對話中占到上風，與生俱來的攻擊性能令大多數女性坐立不安。於是她們努力配合、討好她，就是不想惹來任何不愉快。

「妳知道他預計住在曼徹斯特的什麼地方嗎？」

「這我也不清楚。」

「他何時回來？」

伍茲太太的聲音越來越小。「我不知道，夫人。」

夏洛特再次嘆息，不悅溢於言表。「我想妳也不知道他服務的公司在哪裡吧？」

「喔，這我倒是知道，他申請入住時的資料上有寫，放在辦公室裡。庫伯蘭太太，請稍等一會。」

伍茲太太匆忙離席。夏洛特稍稍放鬆漢莉葉塔的註冊商標：隱忍不滿的表情。這是漢莉葉塔常用的招數，提出一串她也知道不可能達成的要求，表情越來越難看，最後給她的對手證明自己的認知、能力、權威的機會，讓對方鬆一口氣。

伍茲太太拿著兩張紙回來。「這是他提供的介紹信，我已經把他雇主的地址抄下來了，庫伯蘭太太。」

夏洛特接過她拿來的紙張。「讓我看看他的介紹信。」

「沒問題，夫人。」

夏洛特掃了紙張上列出的三個項目。除了倫敦的公司之外，還有牛津郡的女房東，以及同一座城市裡的律師。「謝謝。不用送了，我自己離開。」說著，她把介紹信遞還給伍茲太太。

「夫人，您要不要留個住址？如果他先回來了，可以請他直接去拜訪您。」

「不了。」夏洛特學起漢莉葉塔斬釘截鐵的語氣。「我不會留下住址。或許芬奇先生是我的血親，但我不能讓他踏進家門。晚安，伍茲太太。」

□

「英古蘭夫人來向我們求助後才過了八天，福爾摩斯小姐，妳連冒名頂替的招數都用上了。」里梅涅小姐笑著讚許。

「追求眞相是需要一些犧牲的。」夏洛特答得謙遜。

里梅涅小姐八成覺得她的手法極具娛樂性——基本上，里梅涅小姐依然把她在夏洛克．福爾摩斯的偵探事業中扮演的角色當成遊戲。華生太太則是對英古蘭夫人和芬奇先生深感不安，隨著時光流逝，她越來越擔心了。聽到夏洛特描述與伍茲太太的對談，她陷入焦躁的沉默，接著輕聲驚叫。

「哎，我差點忘了。最近一批郵件裡有一封化學分析師的來信。」

「沒有我姊姊的消息？」夏洛特不抱太大希望。要是有莉薇亞的信，華生太太不會默不吭聲。

華生太太搖搖頭，眼神帶著同情。「沒有，只有化學分析報告。他們測試了所有項目，莫利斯太太的餅乾全是陰性反應。」

夏洛特對此一點都不意外——她不認爲管家伯恩斯太太會對已經疑神疑鬼的莫利斯太太使出如此露骨的招數，但她也不覺得這全是莫利斯太太無中生有的妄想。這位委託人描述自己身強體壯時，神態有些羞怯，不過夏洛特認爲她其實對自己的健康狀況引以爲傲，將其視爲獲得上天眷顧的跡象。

「福爾摩斯小姐，妳知道我是怎麼想的嗎？」華生太太說道：「當然了，我沒受過正規醫療訓練，不像咱們未來的里梅涅醫師。」

里梅涅小姐作勢鞠躬。

「可是我嫁給頂尖的醫生，零零散散地學了點東西。」華生太太繼續說：「在我看來，莫利斯太太的症狀像是嚴重過敏，不會是別的。」

「夫人，妳可能說中了。我會記在心裡。」

莫利斯太太帶來當成證據的餅乾並沒有全部送去檢驗。夏洛特回到房裡，取出她保存在錫罐裡的餅乾，剝下一小塊丟進嘴裡。除了麵粉、砂糖、雞蛋，甜餅乾還加了大量奶油。夏洛特平常吃到的版本會添加薑粉和肉桂，隨意混入葡萄乾、糖漬果皮、椰子絲。伯恩斯太太的甜餅乾樸實許多，沒有香料，沒有醃漬水果，只帶了一絲檸檬香。

夏洛特又吃了一點餅乾，有點走味了，不過勉強還能吃。她稱不上真正的美食家——目前還不算。但是她的味覺相當靈敏，證實她原本的判斷沒有錯誤：這片餅乾裡只有麵粉、奶油、砂糖、雞蛋——嚴格來說只有蛋黃——以及少許磨碎的檸檬皮。

她吃完整片餅乾，瀏覽寄給夏洛克．福爾摩斯的信件。什麼事情都沒發生。她坐在梳妝台前，梳了一百次頭髮。沒有半點症狀。她讀完《毒物的效果與偵測：化學分析師與專家的實用手冊》的銻中毒章節。身體狀況與平時毫無兩樣。

所以說餅乾裡不含有毒物質。她猜測莫利斯太太是對其中一樣成分過敏，可是那些都是平凡至極的食材，莫利斯太太造訪上貝克街十八號時吃的杏仁瓦片裡至少包含了餅乾中的四種材料。

她是不是對檸檬過敏？

夏洛特匆忙寫了張短信。

親愛的莫利斯太太：

我收到化學分析的報告。簡單來說，這些餅乾沒有驗出絲毫毒物。

但是這個結果不一定會推翻妳的懷疑。

如果方便的話，我想派舍妹去令尊家查訪僕役的工作區域，最好是他們外出放半天假的時段。

爲妳效勞

福爾摩斯

□

桌上的信紙仍舊一片空白，莉薇亞平時在紙上流暢滑動的愛筆插在墨水瓶裡。她本人坐在桌前，屈起雙腳，抱著膝蓋前後搖晃，期盼自己已經不在人世。

星期日一回到家就該寫信給夏洛特，可是她做不到。回想起那天的任何一分一秒，她只想縮在牆角啜泣。

天啊，好一場災難。

她眞蠢，蠢到極點。她什麼時候才會聰明一點？什麼時候她那顆愚魯的腦袋才會記住自己絕對遇不上半點好事？

好一場災難。

好一場毀滅天地的大災難。

第十二章

星期二

一臉驚惶的門房把崔德斯探長和麥唐諾警長迎入屋內，領著兩人到二樓的共用接待室，接著衝往走廊深處敲另一扇門。過了幾分鐘，換成一名三十五歲上下、衣著頭髮一絲不苟的男子前來招呼。

「安斯雷先生嗎？」崔德斯問道。

「我是潭普，替安斯雷先生效勞。」

看來是貼身男僕。崔德斯報上自己和麥唐諾的身分。「安斯雷先生在家嗎？」

「他在，只是除非是在城裡忙了一夜剛回來，這個時間他多半還在睡覺。兩位要不要來點茶？」

聽起來很誘人。稍早麥唐諾猛敲他家大門，興奮地報告他找到一份失蹤人口資料，前一晚才送進局裡，失蹤者特徵與凶案被害人一模一樣，崔德斯只得放棄早餐。「好的，非常感謝。」

兩人隨男僕移動到小客廳，牆上掛著惹眼的非洲象油畫。潭普不只端上熱茶，還有塗滿奶油的吐司、瑪芬、柑橘醬，以及整碗草莓和葡萄，接著趕去與主人纏鬥。

「我不介意有人為我服務。」麥唐諾拿了一顆瑪芬。

崔德斯無法反駁。他家沒有貼身男僕，不過婚後他從未擔心過食物如何上桌，或是衣服是否該送洗了。

公寓深處隱約傳來潭普的懇求：「安斯雷先生，您說我回來的時候您就會起床。快點，您現在該起床了，可不能讓警官等太久啊。他們來這裡幹嘛？我說過了，是海沃先生的事情。」

「海沃？」睡意濃濃的嗓音飄出。「等等！你沒說是和海沃有關！」

那嗓音變得清醒許多。

「我說過了，先生。」

「才怪。喔，行行好，別拉開窗簾，陽光照得我眼睛好痛。讓我穿好衣服。可以幫我沖杯咖啡嗎？」

「已經在咖啡壺裡了。要幫您刮鬍子嗎？」

「我們不該讓警察等太久。」

「可是您不能以這副模樣見人！」

「和你說，已經有很多人看過我這個鬼樣子，日不落帝國依然艷陽高照。」

一分鐘後，披著華麗刺繡黑色睡袍的年輕男子搖搖晃晃地踏進客廳，他眼中滿是血絲，下巴冒出點點鬍碴，小腹微凸。他虛弱地與兩人握手，坐到他們對面。

「兩位警官，請問我能幫上什麼忙嗎？喔，謝謝，潭普，你是天使。」

「你昨晚通報有位理查．海沃先生失蹤。」崔德斯表明來意。「報告指出他的地址和你一樣。」

安斯雷的第一口咖啡成效卓越，他清醒許多，話鋒也變得更俐落。「是的，海沃的房間就在走廊盡頭，都不知道警察這麼有效率呢。你們能早點找到他嗎？至少他要回來帶走那隻可憐的天竺鼠。」

「天竺鼠？」

「嗯，他的寵物，差點被他的疏忽害死。」

「喔？」

「那隻可愛的小東西——牠的名字是參孫，不過我偷偷說一句，叫牠大利拉還比較貼切吧。總而言之，海沃和我上禮拜計畫去一間新店吃飯，他原本會在這裡喝一杯再出門，我等了又等，他就是沒來。敲了他的房門也沒有回應，我猜他一定是忘得一乾二淨，跑去找別人逍遙快活了，我只好自己去餐廳。」

「等我回到家，又敲了一陣門，還是沒有回應。我從門縫塞了張紙條說他有多混帳，還以爲他會來道歉——或者至少解釋兩句吧。沒有。還能怎樣呢？有些傢伙就是這副德性。」

「到了星期六，房東太太問我有沒有見到海沃，她說他沒找她繳這禮拜的房租。這時我想到打從星期四開始就沒看到他了，我們有點擔心。她開了他的房門，你們絕對想不到房裡亂成什麼德性。潭普得要去拿嗅鹽讓漢默太太回神。準備離開時，我看到參孫的籠子放在地上，那隻小東西快餓死了。潭普花了一整天才讓牠恢復精神。他眞有照顧人的天分，絕對是第一流的。」

「漢默太太沒有向警方通報這件事。」

安斯雷原本想搖頭，心念一轉，改成聳聳肩。「我和她說應該要報警，但她說無法證明不是海沃自己在房間裡翻箱倒櫃。你們知道的——她不希望別人以爲這裡出了什麼糟糕事，我也不能逼她。又過了四十八個小時，海沃依然不見人影，我想該做點什麼了。我剛好經過警局，決定盡我的責任。」

「可以看看他的房間嗎？」

「當然，可是我已經要潭普整理乾淨了，也替海沃付了這個禮拜的房租——就怕他倒在哪個鴉片窟裡。要是回到家發現自己的家當全都丟出門外，有人住在你的房間裡，想必不會太愉快吧？」

崔德斯皺眉。「他有抽鴉片的習慣？」

「我是不知道啦，不過誰沒有在這裡那裡荒唐過一陣子呢？」安斯雷感同身受的神情顯示他很有可能在那裡荒唐過一陣子。

崔德斯給安斯雷一分鐘空檔塞下一片吐司，這才開口道：「麥唐諾警長和我來此並不是因爲我們會固定調查失蹤人口，眞正的原因是你描述的海沃先生特徵與一名身分不明的凶案被害者相符。」

安斯雷被咖啡嗆到。「什麼？」

「希望你可以和我們來一趟，看看是否能指認死者。」

安斯雷的視線從崔德斯掃向麥唐諾，接著又回到崔德斯身上。「我的媽呀。哎，抱歉說了難聽話。可是——可是，你們眞的沒有搞錯？」

他們要他相信這是千眞萬確的案件。昏頭轉向的安斯雷回房間梳洗更衣——「可不能以這副德性去見他——如果眞的是他。」崔德斯和麥唐諾用了安斯雷交出的海沃房間鑰匙——「我要漢默太太把鑰匙交給我。應該要把參孫放在原本的地方，牠在那裡最舒服了。」

潭普已經盡了最大努力，讓這間屋子勉強能見人，但是他不會修家具，只能把損壞的幾張椅子塞進附屬的小房間，裡頭只有一組層架與床鋪——是貼身男僕的房間，前提是海沃有這麼一個僕人。

顯然有人想從房裡找出極有價值的物品，而且是小到能塞進挖空椅腳裡的東西——可惜他鋸下的只是幾根實心椅腳。

麥唐諾來到窗邊，手指探入天竺鼠的籠子搔搔牠的頭頂。「參孫，要是你能說話就好了。」

他們又花了十分鐘檢視整間房，接著，帶著梳洗得乾乾淨淨、衣著端正的安斯雷前往停屍間。

□

華生太太養成了每天早上到上貝克街十八號確認信件的習慣。一開始的兩封信落在地上，被前來見客戶的華生太太和福爾摩斯小姐踩過去。廣告傳單占了大多數，不過來自客戶的感謝函和禮物包裹數量漸漸上升。

兩天前，她們收到兩張歌劇門票，是來自兩位布盧瓦女士的禮物。五天前她們收到一瓶上好的威士忌。目前沒有人想到要送福爾摩斯小姐水果蛋糕，但這大概只是遲早的問題。

然而今天早上的信件可沒有那麼討喜了。華生太太回到家，努力克制把那封信甩在餐桌上的衝動。

福爾摩斯小姐已經換好外出服，看到信封上用打字機打的住址，忍不住嘆息。她吃完盤子上的水波蛋，用餐巾擦拭手指，拿起那封信。

華生太太已經猜到信中內容：

親愛的福爾摩斯小姐：

我放下高傲的身段，接受妳的斥責：追尋對我喪失興趣的男人下落不但有辱我的智能，也玷污了我身爲已婚女性的品格。

不過我再也不在乎我或是任何人對我自己的評價了。我得和芬奇先生談談，讓這件事到此爲止。

拜託，請妳告知他的住址。

誠摯的

芬奇太太

福爾摩斯小姐起身。「離開飯桌前我總是想再吃一個瑪芬，可是無論吃了多少瑪芬，都不會改變這份欲望。」

她們轉移陣地到客廳，華生太太照著福爾摩斯小姐的口述寫了一封短信。

親愛的芬奇太太：

芬奇先生目前離開倫敦兩個禮拜。等他回來，我會代替妳詢問他的意思。

誠摯的

福爾摩斯

華生太太封好信封。「我們能確定他離開那麼久嗎？」

「伍茲太太昨天說他預付了兩個禮拜的房租，所以我可以推測他這段日子不會在家。」福爾摩斯小姐看看懷錶。「該出門辦事了吧？」

□

至少現在這屍體有名字了，來自倫敦的理查．海沃。

可惜死者的朋友一問三不知，安斯雷先生記不得海沃先生是在何時成爲他的鄰居。「四個月前吧？還是六個月？總之是今年的事情。」對於海沃先生前的居住地他也答不出個所以然。「好像是諾福克，還是沙福郡？」當崔德斯問到死者靠什麼維生，他有些惶然。「我從沒問過這種事。哎，這代表我猜他得要自己賺錢餬口啊。」

像崔德斯這樣投入工作的人很容易忘記對於部分人士而言，自食其力可說是奇恥大辱。他們可以認眞投入自己的興趣，甚至擔任某種職位，可是老老實實地付出勞力掙錢，這是中下階層才會做的事。

「他應該沒有提到工作——沒聽他抱怨要早起上班。不過如果要我說實話，我不太確定他眞的是個紳士，有正當的家世。我可不是說他的人格有什麼問題。」

崔德斯懂他的意思。安斯雷先生指的是海沃並不是與他身處相同的階級。

他從死者生前的租屋處下手，檢查海沃遞交給房東太太的推薦函，卻發現只要房客能掏出三個月租金，漢默太太就不會要求他們提供更多資料。

於是他找來潭普問話。潭普窩在他執行大部分勤務的小房間裡，一邊擦亮安斯雷先生的靴子、燙整他的襯衫，一邊回答崔德斯的問題。

根據他的說詞——也符合漢默太太手邊的紀錄——海沃先生是在四月的第一週搬來此處。潭普會記得，是因爲從漢默太太口中得知此事時，他剛好從裁縫工坊領回安斯雷先生的新夏裝，這是四月第一個禮拜的例行公事。

三週後，安斯雷先生邀請海沃先生到他的公寓吃晚飯——這個日期是來自他寫在日記裡的購物清單，他欣然翻給崔德斯看。一瓶波爾多葡萄酒、一瓶香檳、三瓶礦泉水、小牛肉排、一塊羊肉、草莓塔，以及哈洛德百貨公司的瑞士捲。

「簡單的烘焙我還做得來。」潭普內疚似地說明道：「可是精緻的蛋糕只能用買的了。」

「我最近在存錢，準備送蛋白霜蛋糕給我妹妹當生日禮物。」麥唐諾說：「她吵好久了。」

「喔，那些蛋糕漂亮到讓人幾乎吃不下去。」

崔德斯清清喉嚨。「潭普先生，你知道海沃先生來此租屋前住在哪裡嗎？」

「我沒問過——他是安斯雷先生的朋友，不是我的。」

「安斯雷先生認為他出身不高。你認同他的揣測嗎？」

「我同意。我想他上過好學校——他沒有地方口音，不知道你是否懂我的意思。可是我不認為他來自富裕的家庭，甚至連小康都算不上。」

「怎麼說？」

潭普眨眨眼。「很難講，我就是知道。比方說來這裡用餐當晚，他帶了一瓶上好的干邑白蘭地，一切都很順利。然而他在離開前給了我小費。」

潭普猛搖頭的模樣讓人以為海沃先生在玄關表演了倒立。

「我是感激他的慷慨，但這不過是一餐飯。如果他在這邊住了幾天，接受我的服務，那麼收個小費也不為過。但這不過是一餐飯，而且他給的金額遠遠超出行情。因此我推測他是最近才發了財。甚至他也不是來自暴發戶家庭，不然他的錢想必是來自他父親，既然他父親有錢，就該知道如何與男僕應對。要我說的話，我認為他八成是這幾年繼承到了意料之外的遺產。」

輕輕鬆鬆就能看透一個人的出身，崔德斯對這些細節總是嘖嘖稱奇——同時也有些沮喪。這個人和死者頂多只說過三句話，卻能對他的財源提出如此一針見血的判斷。

不過呢，比起海沃的出身高低，崔德斯更希望潭普能多提幾句他的生活瑣事，否則對於案情沒有太大幫助。他向潭普道謝，再次向他拿了鑰匙，想看看海沃的房間。

離開之前，他隨口問道：「潭普先生，你會不會碰巧知道有誰想對海沃先生不利呢？」

潭普想了想。「我是不太清楚啦，但是仔細想想，海沃先生本人應該心裡有數。」

「什麼意思？」

「我的作息很規律——安斯雷先生也是，只是比一般人晚了三個小時——所以我每天會在差不多的時間進出房間照料他。可是安斯雷先生偶爾會提出意想不到的要求，或者是我出門採買時忘記買培根，就得要多跑一趟。奇怪的是，每回我臨時出門回來時，總會聽到海沃先生稍稍打開房門，每當我轉頭一看，他又把門關上了。每次都是如此。」

「當時我沒有多想——有些人就是特別神經質。但現在知道他出了什麼事，我忍不住心想他是否一直擔心自己會出事。說不定只要聽到走廊傳來意料之外的動靜，他就會緊張萬分，急著確認，但那只是我帶回一條培根，或是安斯雷先生的刮鬍粉，不是要傷害他的人。」

潭普又想了一會，自顧自地點頭。「是的，我猜他一定很害怕。」

□

「還挺快的嘛。」華生太太說著，與福爾摩斯小姐一同步出諾頓與皮克利特許會計師事務所。

一問之下，她們發現芬奇先生到職後才六個禮拜就辭職，也就是說他過去兩個月一直沒有上班——至少不是在這間事務所。

華生太太顧慮到他是福爾摩斯小姐的親人，不想直接說出眞心話，但她越來越相信英古蘭夫人完全看錯了芬奇先生的爲人。或許他在租屋處廣受喜愛，可是一路看下來，他絕對稱不上老實可靠。

「請送我們到哈洛德百貨。」兩人爬上華生太太的馬車，福爾摩斯小姐對車夫羅森說道。

哈洛德？「要買什麼東西嗎？」

「我們被跟蹤了。」福爾摩斯小姐坐定。「哈洛德是甩掉不速之客的好地方，而且我也好一陣子沒看過他們家的各種起司了。」

華生太太心跳急促。當然了，她早已做好心理準備，面對前些天監視她家的傢伙繼續駐守的可能性，但她更希望這些可能與莫里亞提扯上關係的麻煩事能早日消散。

即便馬車後方沒有窗戶，她依舊轉頭盯著車廂內的酒紅色緞布，焦慮在她胸腹之間攪動。

「別擔心。」福爾摩斯小姐低聲說：「等會就能甩掉他們。」

「然後他們就回到我們家外頭，等待下一個跟蹤我們的機會。」

福爾摩斯小姐沒有答腔。

沉默一路持續到哈洛德百貨，她們穿梭在琳瑯滿目的商品部門間，在陳列起司的櫃台前稍作停留。福爾摩斯小姐本性不改，當兩人從後門離開時，她手中提了一罐剛剛買的餅乾。

搭上出租馬車後，華生太太才問道：「妳想到芬奇先生買給伍茲太太的整塊切達起司，對吧？」

福爾摩斯小姐點頭。「夫人，相當出色的推理。到起司專櫃前走一圈，我確定他不用跑到薩莫塞特郡才能弄來贏得獎項的切達起司，簡直就和到街角的郵筒寄信一樣容易。」

□

下一站是莫利斯太太的父親——史汪森醫師的住處。抵達目的地時，福爾摩斯小姐宣布她們已經擺脫追兵，但華生太太沒有鬆懈太久。

莫利斯太太開心地迎接她們進門，今天不是僕役的半休日，不過管家伯恩斯太太出門去慈善廚房當幾個小時的義工，連女僕也一起帶出去了。因此莫利斯太太可以避開眾人耳目，帶著福爾摩斯小姐和華生太太在管家辦公室、食品儲藏間、儲藏室走一遭。

「莫利斯太太，我想妳這幾天身體應該沒事？」福爾摩斯小姐問。

「是啊，謝天謝地。」莫利斯太太熱烈回應。「不過我完全沒碰伯恩斯太太食品儲藏間裡端出來的任何東西。」

食品儲藏間打理得井井有條，一罐罐果醬、果凍、乾燥蔬果貼上清楚的標籤，照字母順序擺在開放式的層架上，還有幾罐薑糖、糖漬鳳梨和果皮。

福爾摩斯小姐仔細檢查所有食材，特別是果皮。「這能做出很美味的水果蛋糕。」

華生太太不知道她怎麼能專心調查客戶的委託。莫利斯太太有過敏現象；福爾摩斯小姐引起了某個窮凶極惡的男人注意，他甚至逼得自己的妻子詐死逃離婚姻。

他的邪惡連班克羅夫特・艾許波頓爵爺也要嚴陣以待。

莫利斯太太的臉一皺。「我不喜歡水果乾。葡萄乾是頭號敵人，不過其他的也沒有好到哪裡去。」

這可以解釋伯恩斯太太的果乾存量特別多。

「沒想到這裡會有鳳梨。」莫利斯太太說：「這家裡沒有人喜歡熱帶水果。」

「是嗎？」福爾摩斯小姐一手撫過幾捲麻線。

華生太太為了分散注意力，也學著她的動作。大部分是黃麻線，可是最後一捲摸起來不太一樣，比較堅硬粗糙，是椰子殼搓成的細繩嗎？

「我在印度出生，但家父說我們全家水土不服。家母感染瘧疾，家父得了登革熱，我長出最可怕的熱疹。我們一家都不喜歡芒果、波蘿蜜之類的。」

華生太太選擇閉口不提糖漬鳳梨可能是伯恩斯太太自己的零食。她覺得伯恩斯太太好可憐，這名管家看起來持家工夫一流，卻成為祕密調查的目標，還可能導致她在沒有推薦函的狀況下遭到開除。

到現在，莫利斯太太只剩態度勉強還算可以。她似乎很感激別人認眞看待自己的問題，同時也不會拿不幸的受害者身分來大做文章、自怨自艾。華生太太隱約覺得莫利斯太太希望這件事從未發生過。

福爾摩斯小姐指著咖啡磨豆器旁的平底鍋。「伯恩斯太太自己烘咖啡豆？」

「對，我得承認她烘的豆子非常美味。我從不喝咖啡的，但是來到這裡後偶爾會喝個一杯。」

「她會事先磨好咖啡粉嗎？」

「不會。她會現煮咖啡，再加上牛奶，讓我父親早上起來在床上喝；幾乎就和巴黎的咖啡歐蕾一樣好喝。除此之外，她每天烘豆磨豆，通常是在午餐前。」

「眞是奢侈。」福爾摩斯小姐的語氣充滿佩服。

「我知道。」莫利斯太太輕嘆。「光是這點就難以將她開除。家父熱愛咖啡，對此特別講究。他沒有任何家事技術——反正他也不需要——但他不時會自己磨咖啡豆，小心翼翼地操作咖啡壺。當然了，現在他不再自己動手，交給伯恩斯太太準沒問題。」

福爾摩斯小姐的食指在下巴點了兩下。「我已經檢查完家事工作區域了，下回可以請妳在伯恩斯太太在家時邀請我們來喝茶——或是咖啡嗎？家兄希望我親眼看看她工作的模樣。」

「應該是沒問題，只是要過一段時間。家父和我要去渡假幾天。」莫利斯太太精神一振。「妳知道的，他還是認爲我不太適應倫敦，換到比較沒有污染的地方就會好多了。所以我們明天要去海邊。」

「相信你們會度過愉快的時光。」

「是啊，就和以前一樣。不過呢，我想邀兩位留下來喝杯茶。我從福南梅森百貨買了些可愛的餅乾。」

「也讓我們提供一份茶點吧。」福爾摩斯小姐說：「我手邊剛好有一些哈洛德百貨的餅乾，眞想知道它們與福南梅森的產品有何差異。」

莫利斯太太神色訝異——客人主動送上茶點可不是每天都會發生的事情。但她還是應道：「當然了，有何不可呢？」

□

史汪森醫師的客廳看起來最近重新裝潢過，擺設異常簡約。家飾的圖案全部選用花草樹葉，家具走鄉村風，絲毫不顯雜亂。華生太太喜愛屋內有種老派的雜亂感——一個家得要營造出有人居住的印象——她覺得這地方太空曠了。

「挺摩登的擺設。」福爾摩斯小姐打開檸檬餅乾的罐子，遞向莫利斯太太。

「他們說這是流行。」莫利斯太太抿起嘴唇，從福爾摩斯小姐的罐子裡拿了片餅乾。「我比較喜歡以前的模樣。是可以理解不用把家母以前的小玩意兒全部擺出來啦，只是看到那些東西全部被舊貨商收走，我忍不住為她難過。我敢說這都是伯恩斯太太的影響。」

「喔？」福爾摩斯小姐的語氣還是老樣子，不帶些許批判。

「家父認為伯恩斯太太品味很好。喔，這餅乾眞好吃。我說到哪了？對，我從沒聽他提過別的女性。福爾摩斯小姐，我就說她已經把他哄得服服貼貼了。」

說人人到，前門一開一關，不久，一名男子的腦袋探進客廳。「克萊麗莎，妳在啊。希望我沒有打擾到妳們。」

看來他就是史汪森醫師。他長得很高，姿勢挺拔，腳步敏捷，留著一頭半黑半白的髮絲。華生太太不知道爲什麼自己竟然以爲對方是步履蹣跚的老先生。莫利斯太太說他今年六十三歲，只比華生太太大了十歲——而且她一點也不認爲自己在十年內即將步入晚年。她的結論是，對那些不算年輕的人來說，衰老仍是陌生的國度，裡頭的居民可憐又可疑。

莫利斯太太介紹她的客人是慈善編織聚會的新朋友。華生太太內心暗笑。她長年替自己和其他人製作戲服，裁縫功力一流，但編織活兒完全拿不上檯面。至於福爾摩斯小姐嘛，嗯，晚點再來問問她是否專精哪一類手工藝。

史汪森醫師與她們握手——他的手掌強健，卻又不會握得太用力。「要是知道克萊麗莎有客人，我早就沖好咖啡了。」

「啊，眞可惜，我很愛喝咖啡呢。」福爾摩斯小姐應道。

「我們的管家也沖得一手好咖啡，可惜妳們剛好在她去慈善廚房的日子來訪。」

福爾摩斯小姐裝模作樣地嘆息。「但願我的管家也擅長沖咖啡。哎，她怎麼沖都是苦不堪言。」

「有伯恩斯太太的服務是我們的福氣。她的前任也是盡忠職守的管家，我無話可說，只是她的咖啡實在是乏善可陳。」

莫利斯太太大概已經聽膩了伯恩斯太太的優點，拉了拉她父親的袖子。「我正和兩位女士提起我們的假期呢。」

接下來的時間，他們愉快地聊著即將到來的旅程。福爾摩斯小姐和華生太太起身告辭時，莫利斯太太提醒道：「喔，妳的餅乾，福爾摩斯小姐，可別忘記啦。」

「妳留著吧。」福爾摩斯小姐說：「我想妳比我還喜歡。」

□

夏洛特和華生太太回家前確認過芬奇先生履歷上的另兩個地點，都在牛津郡。最後發現它們全都沒有參考價值。

他提供的前一個落腳處確實是單身男士的寄宿屋，可是女房東完全記不得曾經接待過一位馬隆・芬奇先生，更別說是爲他寫推薦函了。

另一名律師六個月前退休，前往歐洲和黎凡特壯遊，至少還要一年半才會回來。

她們回到華生太太家，又餓又累——或者該說夏洛特餓了，而華生太太則喃喃抱怨痠痛的後背。華生太太讓里梅涅小姐給她按摩，夏洛特則是抱著葛斯寇夫人以獨門祕方製作的三明治窩進房裡。

她們在客廳會合，兩人異口同聲地說她們好多了。

「只希望哪天我能和那份肉醬三明治一樣派上用場。」里梅涅小姐笑道：「它眞是大功臣啊。」

「里梅涅小姐，妳還年輕，有無限的發展空間。」夏洛特說：「我早就知道自己的價值永遠比不上肉醬三明治。」

「這樣的話，我得要換個目標了。啊哈，我決定我的目標是永遠別像芬奇先生一樣煩人。」

「一般來說，我要好好教訓外甥女這張口無遮攔的嘴巴，可是今晚我得要站在她那邊。福爾摩斯小姐，我很慶幸當妳需要協助時，沒有先去找令兄。」

對華生太太而言，這已經是很嚴厲的譴責了。

夏洛特想起一開始心中浮現的預感，這個案子有什麼地方非常不對勁。要是她能捉到那個癥結就好了。「我不會替芬奇先生說話。」她邊說邊整理白天送達的信件，納悶什麼時候才能得到莉薇亞的消息。「但他還是我的兄長——而且目前情況相當不尋常。」

「妳有什麼打算？」里梅涅小姐問。

「我想進他房間看看，這樣就能進一步釐清他有何打算。妳們認識擅長開鎖的人士嗎？」

「妳還需要問嗎？」華生太太應道：「第一次見到我家的僕役時，妳向我警告羅森先生曾在牢裡待過。想猜猜他幹過什麼好事？」

夏洛特幾乎沒聽到她的聲音。莉薇亞的來信！

「抱歉，請稍等一下。」她劃開信封。「說不定家姊有了英古蘭夫人的情報。」

不過現下她根本顧不了英古蘭夫人。莉薇亞終於寫信了。

親愛的夏洛特：

請原諒我沒有盡早提筆。

星期日我在圓塘遇到艾佛利夫人和桑摩比夫人，更巧的是英古蘭夫人帶著孩子經過，因此我得以輕易問起她的過去。兩位夫人確實聽過謠言，在她參加社交季之前，曾想要嫁給出身完全配不上她的年輕人。

我爲牽涉其中的每一個人感到難過。

接著是妳大概完全沒料到的消息。英古蘭夫人離開、那兩位包打聽也逮到其他肥羊之後，一名男士前來詢問是否能和我談談。接著他介紹自己名叫馬隆·芬奇，是我們同父異母的哥哥。

事隔兩天，我依舊無法形容當時的震驚。我不認爲這是恰當的舉動，他的不請自來絕對一點都不恰當。

然而我無法怪他採取如此脫序的手段。芬奇先生表示幾天前在他出遠門渡假期間，爸爸的律師前去拜訪。他和房東太太談過之後得知那位律師不願留下訊息，因爲他是爲了敏感的私人事情而來。

「我推測那人的目的與夏洛特小姐有關——他來調查她是否請我協助她的逃亡。」

「你知道她的事情？」我忍不住叫出聲來。

「是的。可惜我完全沒有她的音訊，希望她一切安好。」

「我們都如此希望。」

「如果妳有辦法向她傳訊，請轉達隨時都歡迎她來找我。要是能提供任何協助，我絕對義不容辭。」

說完，他祝我有個美好的一天，然後就離開了。我完全反應不過來，到現在還在發抖。但至少現在妳多了一條後路了，夏洛特。

愛妳的
莉薇亞

附註：芬奇先生住在泉水巷，伍茲太太的男士長住型旅館。

附註二：今晚就是蒙特羅斯太太主辦的舞會。之後，在我們離開倫敦前，就只剩下英古蘭爵爺和夫人的舞會了。今年的社交季我已經受夠了，而我不知道要如何忍受八個月沒有妳的生活。

□

莉薇亞坐在一群壁花的邊緣，對今晚的一切憤恨不已。

對她人生中的一切。

她勉強寫好欠夏洛特的那封信，然而逼迫自己描述那不幸的一天幾乎就像墜入煉獄，悔恨燒灼她的皮膚，反胃噁心陣陣襲來。

她的親兄弟！她竟然愛上自己的親兄弟。更糟的是只要想到他，在海嘯般的沮喪衝到頂峰前，她依然感受得到同樣的希冀與興奮。

這只讓嫌惡感雪上加霜。

「福爾摩斯小姐？莉薇亞・福爾摩斯小姐？」

面容討喜的漂亮女子站在莉薇亞面前。

「怎、怎麼了？」莉薇亞有些遲疑。

「眞的是妳！能再見到妳眞是太好了！我們找個安靜的地方敘敘舊吧——這邊實在是吵到讓人受不了。」

沒等莉薇亞回話，年輕女子便拉著她起身。莉薇亞一頭霧水，卻又不想在這裡出醜，任由對方勾住她的手臂，帶她遠離其他壁花。

女子靠向她。「我是夏洛特小姐的傳信者。她要見妳一面，可以陪我到外頭一趟嗎？」

莉薇亞心中警鈴大作。「她還好嗎？」

「當然了，她很好，只是收到妳的信之後想問妳幾句話。」女子應道。「對了，我是潘妮洛・里梅涅，華生太太的外甥女。」

「好……啊。樂意之至。」

莉薇亞只希望她對於芬奇先生一廂情願的——天啊！——背德愛意沒在信裡表露無遺。有個像夏洛特這樣的妹妹有時候還滿恐怖的。

蒙特羅斯太太家外的街道停滿馬車，夏洛特搭乘的那一輛離門口有一小段路。

「我就長話短說——得在媽媽注意到妳失蹤前送妳回去。」莉薇亞才剛坐定，夏洛特立刻開口。

福爾摩斯夫人對女兒的控制陰晴不定。時而太過關注自己的樂子，完全不顧女兒安危；有時候又像是要彌補罪惡感，以猛禽般的眼神緊盯著她們。今晚她似乎夠清醒，很難說她會採取哪一種手段。

「妳說是在肯辛頓花園的圓塘附近遇到艾佛利夫人和桑摩比夫人。準確來說當時妳人在圓塘的哪一邊？」

問這個有什麼用？「東側。」

「池塘與綠茵大道相接那裡？」

「對。」綠茵大道一路延伸到長湖，這個人工湖橫跨了肯辛頓花園和海德公園。

「妳站著的方向是？」

「當然是面向池塘。」

「英古蘭夫人從哪個方向走來？」

「我們的南側。孩子的家教小姐拿著一艘玩具船，應該是已經在池塘邊玩過一陣了吧。」

「他們往哪個方向走？」

「往綠茵大道——我想他們準備要回家了。」

「妳信裡提到那兩位夫人離開後，芬奇先生上前搭話。當時英古蘭夫人還在附近嗎？」

「是的。」

「所以他沒有看到他們？」

夏洛特的提問令莉薇亞頭昏腦脹，但她還是盡力解惑。「艾佛利夫人和桑摩比夫人找上我的時候，他已經坐在旁邊的長凳上了，想找機會和我說話，所以他一定會看到英古蘭夫人他們。我不太確定他有沒有瞧見英古蘭夫人，不過男人通常不會錯過周遭的美麗女子吧。」

夏洛特沉默一會。「里梅涅小姐，可以請妳點亮小油燈嗎？」

火柴刮過粗糙表面，刺鼻的硫礦味刺向莉薇亞的鼻腔。點燃的小油燈懸在上方，光線灑在夏洛特膝頭翻開的筆記本上。

她畫了個橢圓形，與圓塘形狀一模一樣。「妳人在東側這邊，芬奇先生坐的長凳在哪？」

莉薇亞指出大致位置。「離我大概十步遠。」

「所以是池塘北側，面向南邊？」

「對。」

「妳確定？」

莉薇亞點頭。她記得再清楚不過了。

「妳說英古蘭夫人和她的孩子、家教小姐從南側走來？」

「對。」

里梅涅小姐發出倒抽一口氣似地尖銳氣音。

「在妳看來，英古蘭夫人的神態如何？」

莉薇亞聳聳肩。「就和平常沒有兩樣，漂亮又冷漠。」

「沒有焦慮、不悅，或是……驚訝？」

「表面上是沒有。」

「她有看到妳嗎？」

「她朝我們點頭，像是女王似的。」

「她和妳們之間相隔多遠？」

「大概十五到二十呎左右。」

夏洛特闔上筆記本，三人沉默了好半晌，接著她吹熄油燈，低喃道：「妳最近過得不太好嗎？」

如此溫柔的語氣……莉薇亞真想嚎啕大哭。喔，妳才知道！

她在信中盡量省略了她與芬奇先生交手的過程。事實上，他並沒有立刻坦承自己就是她的兄長——她也不希望兩人的談話是以如此嚴肅的話題開場。他們有整整十五分鐘聊得眉飛色舞，笑語不斷，她整個人輕飄飄的，彷彿與地面有六吋的距離。

說不定是六哩遠，導致她墜落時一切都粉碎了。

「我只是嚇傻了。」莉薇亞慶幸油燈細小的火舌熄滅後，車內陷入黑暗。

她摸索著開門，夏洛特一手拉住她的袖子，什麼都沒說。

下一刻，夏洛特鬆手放她離開。

第十三章

星期三

夏洛特抵達肯辛頓公園時，雨已經下了好一會，雲層凝重，寒風陣陣——典型的英國夏日。夏洛特穿著華生太太最頂級的雨衣和橡膠靴，覺得自己像隻不怕被水沾濕的鴨子，大步走過那些努力撐傘抵抗不斷改變方向強風的人們。

她來到空蕩蕩的圓塘，旁邊只有和她一樣重裝出門的奶媽，以及待在家裡活像是服刑的小男孩。從近距離觀察，圓塘有如一面蛋形鏡子，鑲在裝飾繁複的鏡框內。東側大約是池塘長邊的三分之一長，以四分之一哩長的綠茵大道與人工湖長湖相接，南北角各設置一張長凳。

夏洛特站在北側的長凳後方，芬奇先生那天就是坐在這裡。遠處種了一排樹，不過池塘位於一大片平地中央，四周全是精心修剪的草地，絕對不會遮擋到視野。

根據莉薇亞描述的距離，完全無法想像英古蘭夫人和芬奇先生怎麼可能看不到對方。芬奇先生對著南側，望向莉薇亞，英古蘭夫人則是朝東北方走去——

除非兩人的視線被莉薇亞、艾佛利夫人、桑摩比夫人，以及她們的洋傘擋住？

不太可能，但也不是不可能。芬奇先生也不至於從頭到尾直盯著莉薇亞，畢竟他不會希望她覺得他沒有禮貌，甚至是意圖不軌。

不是不可能，只是可能性趨近於零，不用多加考慮。

他們確實看到彼此了。

然後呢？這裡是大庭廣眾之下，英古蘭夫人帶著她的小孩和家教小姐，就算她能命令家教帶孩子回去，也不可能就這樣接近芬奇先生，特別是旁邊還有兩位全社交界最惡名昭彰的長舌婦。

這是她進一步來信、懇求知道他住址的動機嗎？看到他使得她內心狂亂萬分，得要與他面對面談過才能抑制洩洪般的情緒？

還有芬奇先生，他的反應又是怎麼一回事？見到她似乎沒有影響到他找莉薇亞談話的計畫，但隔天晚間他又突然離開倫敦。這是英古蘭夫人帶來的影響嗎？他終於受到良心的譴責？

還有英古蘭爵爺，他人在哪裡？星期日下午通常是由他帶孩子出門探險玩耍。正當他的妻子巧遇她唯一愛過的男人時，他還在處理神祕機關的任務，在外頭出生入死，為女王與國家犧牲奉獻嗎？

別再把英古蘭爵爺捲入思慮了，夏洛特心想。她的理性毫無動搖。就算他知道了又能怎樣？禁絕英古蘭夫人和老朋友的禮尚往來？

他會瞧不起妳，她心底有一塊角落不時會蠢蠢欲動，將各種情緒帶進思路。

這是她的老毛病。

□

離開圓塘後，夏洛特去了報社辦公室一趟。她想在報紙上刊登一則留言，至少要登上她父母訂的那份報紙。

CDAQKHUHAAQDYNTVDKKJSGHMJNEYNT

這是她和莉薇亞小時候發明的簡單密碼，訣竅是把字母B與X互換，接著將其他字母往後推一位。她們把這套密碼稱爲Cdaq Khuha，意思是「親愛的莉薇亞」（Dear Livia）。

親愛的莉薇亞妳還好嗎我掛記著妳

莉薇亞前一天晚上絕對過得不好。她幾乎要陷入歇斯底里，一直緊緊握拳維持平靜。公開聚會對她而言是一種折磨。在目前狀況下更是如此。不過參加完全沒有樂趣的舞會還不足以引發如此嚴重的憂傷。

即使是遇見她們同父異母的兄長也不該有這麼大的影響。

「小姐，辦好了。」事務員帶著收據回來。「妳的留言將在明天刊出。」

「謝謝。」夏洛特又問：「可以請教一下嗎？如果我無法親自來此，有辦法在報紙上刊登留言嗎？」

「妳可以寫信，或是透過電報將訊息，包括妳希望的刊登日期，傳給我們，再用郵政匯票送來刊登的費用。就這麼簡單。」

「如果我想要每天刊出不同的訊息，就要每天寫信過來嗎？」

「我不建議這麼做。如此一來，妳得要支付每一筆匯票的手續費，不是嗎？最好是一口氣送來所有留言。」

「可是如果我到當天才能確定要刊登的內容呢？」

事務員狐疑地盯著她。「小姐，妳只能選擇最適合的方式了。」

「有沒有人實際這麼做過？每天送來不同的留言？」

「沒有。」事務員果斷地搖頭。

她認爲對英古蘭夫人而言，一次送出整批留言比較合理。她不用節省那幾毛手續費，一個禮拜寄出一兩次訊息會比每天發信要容易許多。

夏洛特掏出懷錶，這是一只男錶；女性的款式雖然好看多了，時間卻不太準確。九點四十五分。一般仕女會在下午出門拜訪或接待訪客。在社交季期間，午後時光還有更多安排——居家茶會、划船宴會、在公園裡乘車兜風——連一分鐘都不能浪費。

不過早上倒是有些空檔。

英古蘭夫人最近的兩封信不是透過私人信差遞送，而是從查令十字郵局寄來，可以理解她的選擇——她也可以去郵局收信。要是她認出芬奇先生，卻又無法在大庭廣眾下和他說話，那麼她自然會逮到機會就去收信，說不定夏洛克・福爾摩斯突然決定要透露芬奇先生的住址。

□

夏洛特運氣很好，郵局斜對面就開了間茶館。她挑選窗邊的位置，對著郵局正門的視野被身上掛著潤髮油廣告看板、在雨中來回行走的可憐男子遮住一部分。即便如此，這個位置還是占盡優勢，比站在濕答答的街上，或是在郵局裡兜轉要好上太多了。

監視是相當無聊的任務。監視英古蘭夫人更是毫無邏輯可言，除非她已經準備好接受英古蘭夫人其實根本不認識芬奇先生的顚覆理論。只要能解釋所有事實，夏洛特完全不會排斥各種可能性，就算荒謬到無可救藥。

可是呢，要是英古蘭夫人不認識芬奇先生，她為何要調查他的下落？對此，夏洛特想不出任何合理的推測。不過她得要先親眼確認在夏洛克・福爾摩斯不在場的狀況下，英古蘭夫人是否眞的情緒低落。

她又點了一杯茶，緩緩咬下烤鬆餅。即使有她這樣的好胃口，一口氣吃下的食物還是有其極限。她已經快到那個極限了。更何況這張椅子難坐到了極點，而且她越來越想去洗手間一趟。

她眨眨眼，認出從窗前經過的女子——不是英古蘭夫人，而是她與英古蘭爵爺撞見豪斯洛那起命案那天，他指給她看那位監視華生太太家的婦人。

該跟蹤這個人嗎？她可沒有多少這方面的經驗，況且和上回她執行監視任務時——偵辦薩克維命案期間，到克拉里奇飯店盯著馬伯頓一家——不同，她手邊沒有寡婦的面紗能遮住整張臉。

婦人走進郵局。

不過夏洛特帶著華生太太的雨衣，就算進郵局也不一定要脫掉。爲了擠進雨衣的兜帽，她還戴了毫無裝飾的小帽子，幾乎毫無存在感。

更別說她的手提袋裡還眞的裝著要寄給莉薇亞的信。

她嘆了口氣，把錢放在桌上，快步離開。過馬路花去超乎想像的時間，但她還算走運：婦人站在櫃台前，背對著門。夏洛特溜到放置電報表格、方便使用者取用的檯子旁，假裝要寫電報內容。

一名辦事員踏出郵件分類室，將一封信遞給婦人。她離開櫃台，移到大廳另一端的表格放置檯。夏洛特繼續在自己的表格上隨意寫字。

婦人填好表格，走向另一名有空的辦事員。夏洛特聽不見她的聲音，不過辦事員的回應倒是很清楚，他向她收一先令二便士。她要發一通電報。去年電報的費用降價了，現在頭六個字是六便士，每多兩個字加一便士。婦人的電報內容最多二十四個字。

以電報來說是有點長，但還不到反常。

夏洛特等到婦人離開郵局，快步走向她撰寫電報的檯子。檯面不算平整，木板上布滿凹洞與刻痕。婦人得要多拿幾張表格墊著，否則她的鉛筆會戳破紙張。

啊，找到了，墊在她表格下的那張紙。

哎，實在是看不清楚紙張上淺淺的字跡。她走到明亮的室外，還是只能辨識出其中兩個字——上帝。

夏洛特掉頭回郵局，在婦人發電報的窗口排隊，輪到她時，她裝出焦慮的神情。「眞是抱歉，先生，我阿姨剛才發電報的時候好像弄錯了。她發給《倫敦畫報》，但其實是要送到《泰晤士報》才對。」

「如果妳指的是付了一先令二便士的女士，小姐，妳可以安心了。她確實是傳給《泰晤士報》。」

「喔，太好了。天啊，你不會相信她有多震驚——她尷尬到不敢自己回來確認。」

「沒什麼好在意的，小姐。」

「我只是確認一下，我們講的電報內容是聖經內文對吧？」

「是的，小姐。」

「謝謝，你眞是幫上大忙了。」

她轉過身，卻看到另一個熟面孔——福爾摩斯家的車夫莫特，這陣子替莉薇亞和夏洛特傳遞信件。而且她說中了，他眞的有近視，現在戴著一副細框眼鏡。

今天還眞是不期而遇的好日子。莫特見到她，似乎也是無比訝異，看到夏洛特的手勢便機靈地走向電報表格檯與她會合，邊走邊摘下眼鏡。

「我姊姊有沒有要你送信給我？」

「沒有，福爾摩斯小姐，我只是來確認是否有您寫給她的信。」

「有的，只是還沒寄出。」她從手提袋裡抽出信件，遞給他。「她可以把郵票用在別處。」

「我會轉交給她。」

「她現在如何？」

「小姐她……還撐得住。」莫特巧妙地挑選遣詞用字。

「貝娜蒂小姐呢？」

「我沒見到她，也沒聽說太多她的事情。下回進僕役休息室的時候我可以幫您問問。」

「可以嗎？謝謝。」

她給了他一點跑腿費，走出郵局，回到茶館裡。

過了幾分鐘，她看到莫特離去，披著雨衣的身影有些駝背。即便她在茶館又坐了好幾個小時，直盯著外頭，她仍沒看到英古蘭夫人。

□

下午一點出頭，夏洛特抵達華生太太家——她這輩子第一次覺得自己不用吃午餐，甚至連熱茶都可以放到一邊。

她上樓回房，關起房門，重重坐到書桌前。打從一開始，她就覺得英古蘭夫人和芬奇先生的戀情有些古怪。現在一切彷彿都亂了套。

心中理智冷靜的聲音要她同時調查英古蘭夫人和芬奇先生。如果回歸到現實面，她得要把目標放在芬奇先生身上，他的一切成謎，不斷迴避調查，絕對是解開現況謎團的關鍵。

昨天晚上，里梅涅小姐問她有什麼計畫，她說想要看看芬奇先生的房間。現在她認爲仔細調查芬奇先生的房間是必要之舉，她得要搞清楚究竟是怎麼一回事。

或許她染上些許英古蘭夫人的歇斯底里了，又或許是受到莉薇亞的愁雲慘霧影響。在她心中攀升的危機感毫無邏輯可言，卻讓人毛骨悚然、充滿不祥的預感。

她在喝午茶的小廳找到看報紙的華生太太。「夫人，妳昨晚暗示羅森先生是撬鎖的專家？」

華生太太起身，捏緊了手中的報紙。「福爾摩斯小姐，妳不是認眞——」

「我是。」她沉聲說道：「我們多知道一些芬奇先生的情報，情勢就變得更錯綜複雜。我不想繼續抓著滿手的零散線索，該來找出眞相了。」

華生太太美麗的雙眼蒙上恐懼的陰影。她用力咬牙，報紙在她指間擠壓，接著她挺起肩膀說道：「我不建議也不樂見妳這麼做，可是我也越來越不安了——腦袋像是轉得太緊的彈簧。如果妳能確保自身安全……」

「我無法保證會遇到多少風險——對這種事我一無所知。我只知道如果不撬開芬奇先生房間的門鎖，接下來發生的事情可能會嚴重。」

華生太太重重嘆息，丟開縐巴巴的報紙。「那就別再浪費時間啦。」

□

華生太太帶著夏洛特去找羅森先生。這名車夫已經轉了性，生怕又要回監獄蹲。不過等華生太太提出與風險相當的酬勞，他瞪大雙眼，下定決心。羅森先生細問要對付的門鎖是哪種類型，要求給他半天空檔準備。「已經好幾年沒有偷雞摸狗了——夫人，我連賭博都不幹啦。」

夏洛特整個下午忙著搭配出深藍灰色的衣裙，挑選方便活動的款式——不是在膝蓋周圍束緊的流行設計。

等到夜幕低垂，濃霧籠罩全城，倫敦化爲朦朧的汪洋。夏洛特認爲這是成功的好兆頭，在這種霧氣中，路上不會有太多行人和車輛，大家也會提早上床休息。

她和羅森先生在深夜十二點出頭離開華生太太家，由麥斯先生駕車，替他們把風，雖說以目前的能見度不太需要這份服務。抵達伍茲太太家時，夏洛特領著羅森先生到後門，他花了十五分鐘開鎖。

地下室陰暗安靜，僕役專用的樓梯也是如此。夏洛特毫不畏懼——她沒對華生太太撒謊，她真的不怕撬開芬奇先生的鎖。當然了，這絕對不是合法行爲，不過以本質上而言，這和趁著父親不在家時溜進他的書房沒有多大差異。

只要進了芬奇先生房間，就能查出她需要知道的一切。

她帶頭爬上二樓。黑暗的屋內飄散著亞麻籽油和蜂蠟的氣味，營造出讓人安心的居家感。地毯隱去他們的腳步聲，走廊另一端高處的窗戶透入極淡的光線，來源是突破濃霧包圍的街燈。

兩人在芬奇先生的名牌前駐足傾聽，羅森先生一隻耳朵貼到門上。等他確認完畢，夏洛特舉起小油燈替他照明，他抖打開工具包，開始動手。

樓上有人緩緩敲擊打字機按鍵，屋子不時吱嘎作響，夜裡的冷空氣使得建材收縮。遠處兩度傳來火車的鳴笛聲。

不過二樓足夠安靜，小油燈的火舌像篝火一般劈啪翻騰。羅森先生有些鼻塞的呼吸聲讓她聯想到對著第三隻小豬家呼呼吹氣的大野狼。開鎖工具輕巧的敲擊聲漸漸變得像是夏洛特與華生太太對練時，手杖敲擊的鏗鏘聲。

羅森先生起身，差點撞上夏洛特。在微弱的燈光下，他神情緊繃。

怎麼了？她無聲詢問。

看他耳朵貼上門板，她也照著做，指尖刺痛，心跳狂飆。

寂靜。深沉的寂靜。喀啦、喀啦、喀啦——只有打字機不辭辛勞。等等。是腳步聲嗎？又來了，離門邊更近一些。

一連串迅速的喀嚓聲——她不會錯認左輪手槍按下擊錘的聲音。

她和羅森先生互看一眼，拔腿狂奔。

第十四章

星期四

「我無法接受，完全無法接受。」夏洛特邊說邊多哼了一聲強調她的不悅。

她又回到伍茲太太的租屋處，堂而皇之地坐在客廳裡，身穿金色配深紅色的外出禮服，如果被品味接近古典希臘的莉薇亞看到了，必定會得到「可怕」、「驚人」、「毫無品味」之類的評價。夏洛特沒多想過這浮誇的禮服會造成什麼效果，她的視線僅是單純地被這莉薇亞將視爲「毫無品味」的物件吸引。不過在伍茲太太面前倒是起了十足的威嚇效果，浮誇的設計成爲地位與權威的象徵。

房東太太想必一點都不想再見到「庫伯蘭太太」，雙手又擰成一團。「夫人，不好意思，請問您無法接受什麼？」

「多著呢，伍茲太太，我可要一一舉出了。當然不能只怪妳一個人——我的兄長也是個大人了。然而我對此處失望至極，原本我抱著更高的期待。」

「夫人，請讓我——」

「喔，是的，我會說得清清楚楚。前天我拜訪了芬奇先生的公司，他兩個月前就辭職了，他們不知道他人在何處。這自然與妳無關。可是我也找過妳提出的另兩個聯絡處，牛津郡的房東太太從沒聽說過這個人，律師六個月前就退休了。妳沒有確認過他的介紹信嗎？」

伍茲太太的嘴巴開開合合好幾次。被人逮到篩選房客的流程大有疏失，她肯定是震驚萬分。同時也很不服氣，憑什麼要她爲芬奇先生不太光彩的行爲負責。

這正是漢莉葉塔奪取主導權的手段，遭到她指責的對手萬分動搖，無法爲自己辯護——而且也太有禮貌，不敢直言她這樣太不公平。

「我、呃，芬奇先生來申請租屋那個禮拜我一定是忙壞了。庫伯蘭太太，請您一定要理解，他眞的是個討人喜愛的年輕人，我從沒想到——」

「所以才會有介紹信的制度存在，伍茲太太，這樣我們才不會受到外在形象誤導。我更氣憤的是經過調查，根據某些情報來源，妳允許女性客人在此過夜。這裡的管理也太隨便了吧？妳沒有設下任何規定嗎？原來芬奇先生成天在房裡與女人廝混，沒有規規矩矩地去工作嗎？」

伍茲太太的恐慌溢於言表。「絕對沒有！這全是空穴來風。我是基督教徒，這裡是專供基督教男士居住的高尚公寓。」

「那讓我看看他的房間。」夏洛特以超乎必要的嚴峻語氣說道：「讓我親眼檢查裡頭沒有擠滿不檢點的女人。」

伍茲太太以賽跑獵犬般的速度衝上樓梯。夏洛特追在她背後，心想一開始就該這麼做了。只要說幾句難聽話就好，何必冒險犯法呢？

謝天謝地，昨天晚上平安收場。她和羅森先生衝回地下室，從後門離開，跳上接應的馬車。麥斯先生目睹了他們狼狽的模樣，二話不說，立刻驅車離開。還有稍早掩護羅森先生撬開後門的濃霧也替他們擋住了潛在的追兵。

可是羅森先生嚇壞了。夏洛特對他很是抱歉。而今天早上費了好一番唇舌才說服華生太太放夏洛特離開她的視線範圍。

伍茲太太停在芬奇先生的房門前，敲了敲門。

「妳不是說他不在倫敦嗎？」

「喔，是啊，這只是我的習慣，每次都會敲門。我不希望唐突地打開房客的門，而且相信他們也不希望我這麼做。」

門內是還算寬敞的客廳，家具充滿東方風情，看來是喬治四世攝政到登基時期的主流裝潢。旁邊的小房間似乎被當成書房使用，空白筆記本擱在書桌上。

伍茲太太以誇張的動作打開臥室的門。「看吧，根本沒有什麼女人！」

她以同樣緊張的神情帶著夏洛特檢查附設的衛浴間。夏洛特勾起一邊嘴角，彷彿是在說：很好，不過我懷疑背後有鬼。

她真正想看的是房裡的照片。等到伍茲太太帶她看完公寓裡所有能夠藏下──但其實沒有──不檢點的女人的空間，夏洛特模仿漢莉葉塔的神態揚起下頷，直直走向爐架。

這裡陳列的照片都是一吋半乘兩吋的小尺寸，全是風景照。

夏洛特凝目注視。

「真的，庫伯蘭太太，他的照片不會有任何問題。」

夏洛特看過這些照片。

而且是最近。

就是她進去馬伯頓太太在克拉里奇飯店的套房調查那次。馬伯頓太太是莫里亞提太太的化名，也就是蘇菲亞．隆戴爾本人。

當時以兒女的名義隨她一起入住的兩名年輕人——法蘭西絲．馬伯頓與史蒂芬．馬伯頓，在全國各地旅行攝影。旅途中，他們拍了大量風景照，完全看不出拍攝地點。不過看不出拍攝地點並不代表夏洛特不記得照片長什麼樣子。

她拆開相框。

「庫伯蘭太太——」

「噓。」

她現在的態度比漢莉葉塔還要惡劣。不過她演出來的狠勁挺管用的，伍茲太太乖乖閉上嘴巴。

拆完所有相框，她終於找到目標：其中一張相片背後還塞了另一張照片，這張照片中有兩名男子，一人背對鏡頭，另一人直視鏡頭。

夏洛特馬上就認出面對鏡頭那人。雖然頂著大把鬍鬚、身穿緊身外套和長褲、拿著手杖，但她其實是女人。是法蘭西絲．馬伯頓。

她把照片遞向伍茲太太。「這是芬奇先生現在的模樣嗎？」

「喔，不是的，這個人不是芬奇先生，不過我見過他。他是卡拉威先生，芬奇先生的朋友。」

這就可以解釋房裡的女性嗓音了——夏洛特對這道聲音記得很清楚，不過先前她只聽過一次法蘭西絲．馬伯頓說話，當時她操著一口濃厚的倫敦土音，鼻音裝得很徹底。昨晚很可能就是她在門板的另一側拿槍蓄勢待發。

「芬奇先生現在還是中等身高、身材偏瘦、棕色雙眼，頭髮帶了點紅？」

「是的，他一搬來就留起鬍子，不過沒錯，我也會如此描述他的外表。」

夏洛特放下照片。

史蒂芬．馬伯頓和馬隆．芬奇是同一個人嗎？她認為並非不可能。馬伯頓先生前陣子與她的人生短暫交會後，她對於他的過去，以及至今的人生一無所知。或許他當了大半輩子的馬隆．芬奇——亨利．福爾摩斯爵士的私生子，英古蘭夫人出嫁前的不幸追求者，直到他加入馬伯頓太太，成為某個計畫的幫凶。

但是相較之下，他其實不是馬隆．芬奇的可能性要大上許多。

假如他們是兩個完全不同的人，不就能解釋許多疑點了嗎？史蒂芬．馬伯頓沒有到紀念廣場赴約，因為他完全不知道英古蘭夫人和他假冒的男子之間的祕密約定。同樣地，英古蘭夫人日漸崩潰，但他卻每天過得開開心心。當然了，在圓塘那天，兩人就算直視彼此，也不會有任何反應。

可是他為什麼要假扮馬隆．芬奇？

真正的馬隆．芬奇人又在哪裡？

她的哥哥到哪裡去了？

她握緊雙拳，終於知道這件委託爲何令她煩亂不安，也了解到她昨晚爲何心急如焚，拋下一切顧忌。短時間內重回闖空門失敗的現場，堅持要進入這間套房，現在這個決定顯得無比明智。

是不是太遲了？要是史蒂芬・馬伯頓無法完全確定馬隆・芬奇不會突然現身、破壞一切計畫，他還能明目張膽地假冒後者嗎？

假設史蒂芬・馬伯頓沒有欺騙房東太太，眞的到別處去了，待在房裡、自以爲安全無虞的法蘭西絲・馬伯頓半夜聽見有人想撬開門鎖，她會如何離開？首先要徹底收拾所有證據——大概不會太多，畢竟他們是隱密行動的行家。接下來，她有沒有留下訊息告知同夥？

她知道有人對這個據點深感興趣，也知道此處即將遭到搜查，如果她要留訊息，一定會藏在旁人不放在眼中的角落。

夏洛特想到小房間裡的空白筆記本。轉回去仔細一看，紙上依舊一片空白，但是從側邊觀察，接近中央的其中一張紙比其他頁面厚了一些。她翻到那一頁，發現上頭被針扎出小洞。

她閉上眼睛幾秒鐘，將筆記本偷偷塞進手提袋。「伍茲太太，請告知芬奇先生，說我們對他極度失望。他得向我們好好解釋清楚。」

□

夏洛特以爲會是摩斯密碼，但是等她把戳出一個個小洞的筆記本舉起來對光一看，才發現原來是點字。

點字。

這種密碼本身沒有特殊之處，只是她前幾天才在一名死者的外套內側找到一組點字密碼。

她緩緩放下筆記本，闔上書頁，感覺像是蓋上棺蓋似地。她以爲自己總是準備好面對最惡劣的情勢，然而得知壞事可能會發生，以及直接面對這份必然性的差異——就好像配著熱茶和水果蛋糕翻閱法國棍術的教科書，與實際上陣，手臂震得發麻、大腿顫抖、呼吸濁重完全是兩回事。

她給自己半分鐘冷靜下來，敲敲馬車車頂。「我要在這裡下車！」

從聖詹姆士回華生太太家路上會經過公爵街與牛津街的交叉口，那是最適合下車的地點。因爲她決定前往波特曼廣場。

第十五章

崔德斯探長很少希望受訪民眾不要太過積極地提供資訊，但他完全無法阻止艾伯特太太這位滿頭灰髮的嬌小寡婦。

她過度冷靜的模樣令人害怕。

在書房裡接待崔德斯及麥唐諾警長後，她立刻取出一疊文件。等兩位過目後，我請人送茶進來。

她與亡夫在倫敦一帶少說擁有五十間屋舍。他在六年前過世，雖然兩人的兒子都大了，他還是將所有房產留給她。「他很清楚我們家這幾個孩子對生意一竅不通。他們都是好孩子，可是沒有一個能顧好我們建立的事業。」

一瞬間，崔德斯在氣勢磅礡的辦公桌前看到的不是艾伯特太太，而是自家妻子的身影。如此公事公辦、講求效率，就連一杯茶、一些點心也無暇提供。

他這輩子第一次祈禱大舅子能夠健康長壽。

「你問起的屋子建於六九年。」艾伯特太太說道：「頭幾年的房客是一個小家庭。到了七二年冬季，丈夫和孩子全都死於流行性感冒，僅存的妻子於夏季搬離。我們繼續招租，在報紙上登廣告。通常對空屋有興趣的人會先寫信約時間看房。可是呢，德雷西先生只問我們是否接受以郵政匯票收取一整年的房租。」

「我們不反對預收一年分的租金。確定郵政匯票入帳後，我們照著指示，把房子鑰匙寄到郵政總局讓他領取。我們達成協議，每年至少會派管理員去看看房子的狀況，若有疑慮，會增加探訪次數，他馬上就同意這項條件。」

她取出德雷西先生的來信、回信副本、註銷的郵政匯票、整整齊齊紀錄租金和維修費用的帳簿。

「這是我們與德雷西先生最開始的接觸。在接下來的數年間，他總會提早一個月以郵政匯票結清房租。如兩位所見，我們每年都會寫信告知派人探視的日期，他總是直接同意我們提出的時間——而且總是說他那段日子人不在倫敦，我們派去的管理員可以拿鑰匙自由進出。」

「這裡是所有的探訪報告。現在想起來還真是不可思議，怎麼會有像德雷西先生這樣優秀的房客呢。可是我旗下有幾百名租客，有的實在是令人髮指，因此遇到完全不惹麻煩、房租絕不遲繳的房客，我樂得不去在意那些小小的怪異之處。」

崔德斯面對一頁頁清楚明白的紀錄，期盼艾伯特太太能再侷促不安一點。要是察覺到她有所隱瞞，他就有施力點可以下手了。可是她坦蕩蕩的態度逼得他做出他最害怕的結論：正如至今的每一次調查成果，這又是一條死胡同。

他假裝仔細研究文件，甚至還問了些問題。不過最後離開艾伯特太太家時，他仍然一無斬獲，只帶著滿心恐慌，生怕自己連事件表面都還沒摸到。

他覺得自己像是困在沉船船艙裡，想要摸索著回到數百哩外的海面上。

「福爾摩斯小姐，請確認我是否理解正確。」班克羅夫特爵爺說：「第一，妳斷定在豪斯洛找到的死者姓氏是芬奇；第二，他恰好是妳同父異母的兄長；第三，目前他遭到史蒂芬·馬伯頓冒名頂替。」

他和夏洛特坐在配色刺眼的客廳裡，此處是他第一次求婚前，自信滿滿地準備當作兩人婚後新房的宅邸，置入了他認爲合她胃口的家飾。夏洛特還沒從英古蘭爵爺口中聽到完整的來龍去脈，不過可以合理假設在班克羅夫特爵爺求婚失敗後，決定將此處用來辦公。而且是維護王室安穩的機密公務。

一般而言，夏洛特可以在這間屋子裡待得很開心——班克羅夫特爵爺精準地捕捉了她的品味，大概只有百分之三的差距。可是今天她腦海中只浮現豪斯洛那名死者的身影，臉龐僵在痛苦震驚的一瞬間。

這是她與芬奇先生的初次見面，同時也是最後一眼嗎？

「沒錯。假如芬奇先生往日的戀人沒有前來求助，認定他遭逢厄運，那麼不會有人知道他已經失蹤，警方也只是多了一具身分不明的屍體。」

「這倒是有點出入，死者已經由他的朋友指認是理查·海沃先生。」

夏洛特還不知道這個消息。「讓我猜猜。海沃先生剛來到倫敦，至少在這個朋友眼中看來是如此。他朋友對他的出身一無所知，而警方也無法查出更多背景。」

「這……剛好是如此。」

「那麼死者叫什麼名字都不重要啦。」

「先暫時別管他姓啥名誰。我只是不懂為何史蒂芬．馬伯頓要接近莉薇亞小姐，親近她就會引起妳的注意。只要被妳撞見，他就再也無法維持偽裝——目前差不多就是這個狀況。妳想說的是馬伯頓那夥人根本不知道莉薇亞．福爾摩斯和夏洛克．福爾摩斯之間的關聯？」

很好。他沒有一開口就否決她的理論，而是以邏輯來挑戰她，讓她為自己的假設辯護。

他認真看待她的行為替他加了不少分數，但以人性的角度來看，倒是挺可悲的——這應當是交際往來間最基本的態度。

「薩克維命案即將收場前，馬伯頓太太寫信給我，裡頭特別提到希望夏洛克．福爾摩斯生意能夠成功——那夥人如此神通廣大，要是假設他們不知道我正是名聲掃地的夏洛特．福爾摩斯、亨利．福爾摩斯爵士的女兒，那就太不謹慎了。至於馬伯頓先生接近莉薇亞的原因，我只能猜他有這麼做的必要。」

「芬奇先生是刻意遭到滅口，馬伯頓先生也是刻意要假冒他。有可能他相信芬奇先生周遭的人士知道某些事情——某些關鍵情報。」

「可是妳剛才也說了家中沒有人曾與芬奇先生私下往來。」班克羅夫特指出癥結。「令尊都是透過律師聯繫，令姊抗拒與她們同父異母的兄長扯上關係。他們怎麼可能對素未謀面的人了解分毫？」

「有時候我們不知道自己其實知道某些事情。我完全不認識芬奇先生，只知道他死了好幾天了——甚至還檢查過他的遺體。但直到更多資訊浮上檯面，我才知道自己究竟知道什麼。或許馬伯頓先生只想找到一條線索，而他相信我們家有人無意中掌握著他需要的情報。」

班克羅夫特爵爺皺起眉頭——他眞的長得不難看。「福爾摩斯小姐，我無法完全相信妳的理論，不過我願意調查芬奇先生的相關事務。」

他又多了一分：不但願意聽，還願意行動——即便只是對下屬發布簡單的命令。「眞正的芬奇先生，還是頂替他的人？」

「都查。」

她的理論還沒結束，不知道他對於接下來這件事有何看法。「薩克維命案落幕後，我到薩莫塞特府查詢蘇菲亞·隆戴爾的結婚紀錄，發現她丈夫姓莫里亞提。後來向英古蘭爵爺問起這件事，他去找您，您警告他要和這名男子畫清界線。」

「沒錯。」

「蘇菲亞·隆戴爾在官方紀錄上已經過世多年，我這邊查到她是死於滑雪意外。得知莫里亞提絕非善類後，我猜她漸漸無法忍受繼續和他在一起，計畫以詐死脫身。不過現在我沒有那麼篤定了。」

「如果說，這並非單向的計策，而是兩人共謀呢？說不定他們發覺她是他潛在的弱點——敵人可以透過她來傷害他。只要敵人相信她死了，就能移除這個重大的弱點。」

班克羅夫特爵爺稍稍向前傾。「妳是在暗示莫里亞提涉入此案？」

「不只是暗示。」夏洛特說道：「我就明說了，我總覺得維吉尼爾密碼太過極端，死者衣服上的點字也是意外複雜。接著我想到馬伯頓太太首度來訪時交出的密碼，自然是簡單許多，但那種古典精緻的風格相當雷同。」

「或許對於莫里亞提周遭的人士來說，透過密碼通訊就像出門要戴帽子一般，是必要且不可或缺的行爲。我可以斷言被我解開的維吉尼爾密碼裡頭沒有關鍵情報，只是爲了測試接收者能不能找到豪斯洛的那棟屋子。我進一步推測死者身上的點字密碼不是留給倫敦警察廳的警官，目標是組織的成員，知道要四處尋找線索，特別是最意想不到的地方。」

「妳認爲死者芬奇先生是他們的同夥？」

「是的。」

「這代表組織裡出現分歧，導致他們自相殘殺。」

「是的。」

班克羅夫特爵爺露出腦袋高速運轉的神情。「希望妳是對的，他們的分裂對我來說是好消息。」

「可能無法維持太久。剷除異己後，他們會變得更強大、更無情。」

「也有可能讓組織人心惶惶，尋仇惹事。」他直視著她。「福爾摩斯小姐，我是個機會主義者。我得要準備好抓住所有轉機。」

比方說曾拒絕他的女性發現她不再有拒絕的理由？「這是當然了。」

「身爲機會主義者，我得要逮住這個時機邀請妳留下來共進午餐。」

夏洛特看看懷錶。確實快到午餐時段了，不會虧待自己的——或是她的——肚子這點又替他加了一分。「謝謝，我很樂意。」

飯還是得吃，即使才剛發現那具無名屍很可能正是她素未謀面的兄長。

□

午餐是早、晚餐之間的墊檔。早餐一定得吃，晚餐得要鋪張豪華，茶點是大家的最愛，可是午餐往往只有前一天晚上留下的幾塊肉，加上少許麵包和起司。

不過呢，班克羅夫特爵爺的午餐桌上放著炸得酥脆的雞排、美味的小牛肉火腿鹹派，甚至還有美味的水果冷布丁，以及沾煉乳享用的大量夏季莓果，夏洛特還沒有試過這種組合。

她知道煉乳在美國很流行，曾經是南北戰爭時期常見的軍隊配給品。不過在英國，煉乳可說是毀譽參半，然而她無法否定草莓沾上少許甜膩的煉乳實在是人間美味。

「我不知道煉乳除了取代母乳拿來餵嬰兒之外，還有別的用途。」她說。

「我家的廚師還想出更妙的招數。」在和客廳一樣俗麗的用餐室裡，班克羅夫特爵爺一副穩如泰山的模樣。此處與她想像中的豪華妓院沒有太大差異（只是她也無從查證）。「將煉乳隔水加熱兩三個小時，它會變成類似牛奶醬的質地，嚐起來很像柔軟的焦糖。」

「天啊。」

「和我的反應一樣。」班克羅夫特上下打量著夏洛特。「希望這個資訊能爲我的求婚再增加一分勝算。」

「確實。」夏洛特不得不承認。

她認爲浪漫愛情總會凋零，只能維持一陣子的新鮮美味，接著漸漸走味，或是直接腐壞。身爲不把愛情視爲首要目標的女人，她應該要欣然接受他的求婚。

唉，可是她的心終究還是偏了一邊：她個人是舉雙手贊成嫁給班克羅夫特爵爺。唯一的問題在於，遇到這種時刻，她要如何顧及已經偏頗的心思呢？

「很好。」他說：「或許妳、華生太太、里梅涅小姐可以考慮找一天來我這邊吃晚餐？能招待三位是我的榮幸。」

先前他說不反對她繼續與華生太太往來，她解讀成他未來不會禁止她偷情似地溜出去拜訪華生太太。她不知道他竟然願意在自己家裡接待華生太太和里梅涅小姐。「我很樂意轉達您的邀約。」

她還是不太敢問他是否改變心意，認同她繼續以夏洛克．福爾摩斯的身分替客戶解惑。

班克羅夫特爵爺腦袋微微一歪。「還有妳的姊姊，她們都還好嗎？」

啊，他很清楚要往哪裡進攻。這點她也不覺得反感，他們都是成年人了，兩人的婚姻更接近某種協商，他當然可以運用各種手段提醒她眞的沒有多少協商的籌碼。

她還來不及回話，一名僕人進房宣布道：「爵爺大人，英古蘭爵爺來訪。」

英古蘭爵爺穿得一身灰，半正式的套裝剪裁寬鬆，質料普通——不知情的人可能還會把他當作單車快遞員呢。他的靴子和褲腳濺滿泥水，髒污的程度不像是在倫敦沾上，畢竟城裡鋪設了便利所有人的結實路面，以及排水系統。

那麼就是鄉間的泥濘了，距離現在兩個小時以內的事。報紙可以告訴她哪些火車車程兩個小時內的地區出現這種天氣。報紙甚至可以提供他捨棄加密電報，趕回倫敦親自見班克羅夫特的蛛絲馬跡。

夏洛特和莉薇亞不同，她覺得報紙相當具有啓發性，只是要知道該看哪些版面——通常是登不上頭版的小報導，或是在幾十句開場白後的段落才會在無意間透露的眞正關鍵情報。

英古蘭爵爺對於她出現在自家兄長的餐桌旁的反應不出她所料，驚訝——是不是還有一絲警覺？——在一瞬間收起。「福爾摩斯小姐，別來無恙？班克羅夫特，借一步說話。」

班克羅夫特爵爺告罪一聲，兄弟倆一同離開用餐室。過了幾分鐘，英古蘭爵爺獨自歸來，找個位置坐下。「福爾摩斯，代替班克羅夫特向妳致歉。他有急事要辦。」

聽到從他口中說出「福爾摩斯」，她不該感到如此寬心，但事實就是如此。福爾摩斯代表兩人關係良好，或者至少是不好不壞。「當然了，爵爺大人，你近來可好？」

在發現豪斯洛那棟驚人的屋子之後，兩人便沒有再見面。在這段期間，他剪了頭髮——不過最吸引她目光的還是他更加突出的臉頰線條。

「還不錯。妳呢？」

她想到那塊髒兮兮的薄布——想到自己毫無感情地將它掀開，露出下頭的屍體。「一樣。我猜我不該過問上星期六你倉促拋下我之後，做了些什麼事。」

「妳可以問，只是我無法回答——還請見諒。那麼妳這幾天做了什麼？」

他妻子那封接近瘋狂的信件浮上心頭，還有上回見到她時，她眼中脆弱的希冀。不對，我想你們弄錯了。你們一定是找到另一位芬奇先生。

還眞的被她說中了。

「說來還眞有意思，我也無法回答。希望你能原諒我。」

英古蘭爵爺的目光射向夏洛特。他的心思運轉模式與她大不相同：她依照邏輯與事實進行冰冷又迅速的計算；他則主要是依賴經過嚴格歷練的直覺。在她眼中，良好的直覺也是邏輯與事實的產物，只是並非透過大腦運作——或許他無法一一舉證分析的過程，但並不代表他得出的結論有任何不足。

「妳做了某些事情。」他說：「妳不像我，不會說客套話道歉。但妳現在卻要我原諒妳。」

她把覆盆子沾上煉乳，手停在碟子上。「你說的沒錯。」

他往後靠上椅背。「我只能得到這點答案嗎？」

他的視線對著她的手指，看著那顆覆盆子在煉乳裡打轉。他一手環上隔壁椅子的椅背，姿勢既放鬆又隱約散發力量。在樸素的棕色背心及質料普通的白色襯衫下，他的胸口穩定起伏——他在等待。

她讓他多等了一會，以疲憊的蝸牛般的速度吃完覆盆子——這回她嚐不到半點味道。

他微微挑眉。

她暗自嘆息。「嚴格來說，我沒有做錯任何事。然而狀況很複雜，或許我要爲我自己的決定負責，因爲我把身爲調查人員的保密原則看得比對朋友的忠誠還要重。」

「妳通常說話會更清楚直接。」他的雙眼移向她的臉龐。「根據這串廢話，我是否可以推測妳做了某些事，可能會導致妳對我不忠？」

她點點頭，注意力瞬間被他緩緩撫摸身旁椅背上緣的大拇指引開。

「在妳以夏洛克．福爾摩斯的名義辦事的期間？」

她再次點頭，注意力仍放在他摩擦著椅子上刻痕與漩渦圖案的手指。

「說得更具體一點。」

她有點心虛地移開目光。「我做不到，我不能再多說了。」

「妳認爲這件事會惹惱我？」

要是點頭可以消除雙下巴，那麼她的下巴肉現在大概只剩一點一層了。「可是你不知情也不會吃虧。」

兩人的視線相觸，他的雙眼冰冷陰鬱。「妳這是要我信任妳？」

「我是讓你知道我正在處理一件你如果知道內情會不太開心的事情。」

他瞇細雙眼。「我討厭的事情多得很。可是呢，打個比方來說，輸掉馬球賽和我家燒得一乾二淨是兩回事。」

她只能重複道：「我不能多說了。」

他沒有回話。

「抱歉。」她聽見自己如此低喃。

他的指尖無聲地輪流敲打椅背。「幾年前，妳告訴我一件事。我記不得實際用詞，總之妳說就連最明智的男人，也會陷入他們認為能夠找到完美女人的迷思。最大的問題不是追求完美，而是對完美的定義——美麗的女性，能夠充分地融入男人的生活，擁有足夠智能與知識，不會牴觸他的利益，使得他人生的每一個面向都充滿光彩。」

她還記得那次談話，兩人間的氣氛難得劍拔弩張，主題是未來的英古蘭夫人。

「妳警告我不要陷入那個幻象迷思——我非常不悅。我當時沒有說出口，但是我們不歡而散之後，我心想妳絕對不會被誤認為完美女性。有太多徵兆可以證明妳永遠無法融入任何一名男士的生活，也沒有人會認為妳會將人生重心放在除了妳以外的人身上。」

「那些都是很不厚道的想法。它們在我腦中盤旋，帶著濃濃的譏諷——甚至是惡意。對了，我對妳的看法沒有改變，只是現在我的態度是認份，以及更多的敬佩。」他們的視線再次交會。他的眼眸依舊神祕陰鬱，只是現在添了點暖意，當他說出認份及敬佩時，裡頭又參雜了一絲深情。「相信等我知道妳最近幹的好事，我一定會拋下所有理智，指責妳是如何不忠不義，可是別以為我不知道自己面對的是誰。我們常常意見不合，這是我們友誼的一大要素。」

他的手橫越桌面，取走莓果和煉乳碟子。「為了懲罰妳，而且我比妳還要餓，我要沒收這些東西。」

□

她看著他默默進食。人爲什麼會偏心？因爲五官的排列，或是嗓音的抑揚頓挫？絕對不能說班克羅夫特爵爺不比英古蘭爵爺睿智或是有權有勢。可是其中一人只在她心中激起冷淡又漠然的認同，另一人卻是……

「或許你不太清楚，這些可是禁果。」她說：「我要從中收取價差。」

「哈。」他回覆道。

「我想這棟屋子裡有暗房。我認爲如果時機許可的話，你會在這裡替班克羅夫特沖洗照片。我要你幫我複製一張照片。」

「什麼照片？」

「豪斯洛那棟屋子裡死者臉部的清楚影像。」

他放下叉子。「妳爲什麼要那張照片？」

她說明來龍去脈，省略了英古蘭夫人的名字，以及大部分的背景故事。他有些難以置信。「妳該知道那個男人是妳哥哥的可能性不高。」

「我很清楚。可是在找出反證之前，我只能如此認定。我需要拿照片給眞正認識他的人看，如此一來我就能確定到底眞相是如何。」

「妳不該繼續深入這件事。要是眞如妳所說，莫里亞提和他的同夥也牽涉其中……」

「我只是想查明他究竟是不是我哥哥。」

「如果證實無誤，妳要怎麼辦？」

「那我就請班克羅夫特把這件事情查得水落石出。如果你是擔心這件事的話，我不打算自己出頭，親手逮到凶手。」

「這是妳的承諾？」

「對。」

「最近妳承諾了不少事啊。」他毫不掩飾眼中的狐疑。「妳在這裡等著。」

又過了幾分鐘，他帶了個信封回來。「不要濫用我的信任。」

「不會的。」

她伸手要接過信封，可是他不鬆手。「這和妳之前的道歉無關，對吧？」

「是的。」

「妳沒有直視我的眼睛。」

她盯著他的雙眼。

他別開臉，莫名地無法與她對望。

她從他手中取走信封。「謝謝，爵爺大人。我會自己離開。」

□

華生太太長期捐款支持大風車街的慈善廚房。身為資助者，她曾到現場視察，根據這點薄弱的印象，她自告奮勇去調查伯恩斯太太何時還會出現在那裡。一開始她打算寄信就好，不過最後她決定親自走一遭，這樣一來，若是眞的遇到伯恩斯太太，她還能搬出一些義工的經驗和對方聊聊。

她無法完全確定，但似乎沒有人跟蹤她，眞是太好了。她的好運持續到慈善廚房。管理工作人員的女子一身狼狽，看了她一眼，說道：「女士，幸好今天有伯恩斯太太在。她會告訴妳該做什麼事。」

才走了半間廚房，華生太太已經滿身大汗。她今天輕裝出門，知道廚房裡必定熱得像熔爐，然而熱氣與濕氣仍舊像一堵磚牆似地撞向她胸口，逼得她忍不住用力換氣。

「伯恩斯太太。」女子一頭探入與廚房相連的房間。「這位捐款人想來幫忙，可以請妳帶她看看能做什麼嗎？」

她的語氣帶著哀求。伯恩斯太太坐在一堆蕪菁後頭，對於這等禮遇看起來沒太大反應。她從小凳子上起身，讓女子替她介紹，向華生太太打招呼。等到女子匆忙離開，她問華生太太能不能拿小刀替蕪菁削皮，而不會傷到自己。

華生太太遲疑了幾秒。小時候她常在家裡廚房幫忙，可是到了這個年紀，她已經好一陣子沒做過這些僕役的活兒了。

「如果妳不會削皮，我只能派妳刷洗這些蔬果了，這可是更粗重的工作。」

「我以前削過不少馬鈴薯和蕪菁，只是有一陣子沒動手了。可以讓我拿幾顆試試，看能不能想起那些訣竅？」

幸好對那些簡單技巧的回憶很快就回來了——她以前還曾經一刀削完整顆蘋果呢。伯恩斯太太沒有掩飾驚訝，也沒費神稱讚華生太太在廚房裡的表現。「很好，要削的蕪菁還多著呢。」

乍看之下，伯恩斯太太的相貌沒有特別之處，不過仔細觀察，這位管家身形柔和、骨架精緻。她認眞削皮的神態像是在祈禱——或是規畫戰術。

華生太太也將注意力全放在蕪菁上頭，直到消滅了三分之二的存貨。有人進來拿整籃削好的蕪菁，兩人幫忙將沉重的容器扛到廚房桌上，讓其他人剁碎丟進幾個大鍋。

等她們回到削皮區的凳子上，華生太太評估這是展開話題的好時機。「伯恩斯太太，妳是這裡的雇員嗎？」

伯恩斯太太搖頭。「華生太太，我是義工。」

「可是妳看起來經驗很豐富，妳常來嗎？」

「一週一次。」

「眞是敬佩妳的奉獻精神。」

伯恩斯太太聳肩。她的舉止帶著高雅的氣質，要是換上適當服裝，她絕對不會被史汪森醫師同僚的妻子比下去。華生太太先前以為是莫利斯太太多慮了，但實際見到伯恩斯太太——又聽過史汪森醫師的讚美——她釐清了一件事：如果伯恩斯太太有意成為第二任史汪森太太，成功的機會相當高。

「伯恩斯太太，妳是不是剛好在別人家幫傭？」

這個疑問引來伯恩斯太太警覺的目光。「是的。」

「妳犧牲了半休日來這裡幫忙。」

「今天不是。我的雇主出門渡假，所以我可以自由活動。」

「妳沒有趁機到別的地方玩個幾天？」

「屋裡還有幾個女僕，得要有人盯著她們。而且渡假很花錢。」伯恩斯太太的神情帶了一絲惋惜。「現在省下越多，我就能越早脫離替人幫傭的工作。」

要是伯恩斯太太密謀嫁給雇主以擺脫傭人的身分，會這麼計較金錢嗎？

「妳還年輕得很，離退休還有好多年吧。」

伯恩斯太太眼中首度閃現光彩。「啊，根據我自己極度保守的估計，我再過三年就能退休了。」

「真的嗎？」

華生太太訝異極了。她知道僕役能存下不少錢，畢竟他們吃住都靠主人家提供。可是無論哪一行都少有人能節省到最低限度的開銷，這太違背人性了，特別是工作單調無趣的人，他們往往會下重本追求歡愉。

「我曾是某位夫人的貼身女僕，非常擅長梳理髮型——其他夫人會求我的女主人把我借給她們梳頭。我相信以後可以在倫敦多待一陣子，向年輕女孩傳授整理髮型的技巧。就算不靠這個，我應該也有足夠的生活費。」

華生太太忍不住搖頭。「真是太了不起了。」

「我知道，再過三年就好。不過有時候一天感覺比三年還要漫長。」

「妳家的主人夫婦很刻薄嗎？」

「男主人很好。沒有女主人——他是鰥夫。但是他的女兒搬來和他一起住，她打從一開始就討厭我了。」伯恩斯太太扯扯嘴角。「她沒有擺臭臉什麼的，可是妳就是知道那種有人希望妳消失的氣氛。她的丈夫出海去了——希望他早點回來，這樣她就會離開了。只剩下三年——我不想換到其他人家去。」

她把削好皮的蕪菁丟進籃子。「不過有必要的話，我還是會走。」

第十六章

「妳覺得妳哥哥死了？」華生太太和潘妮洛異口同聲地嚷嚷。

福爾摩斯小姐在午茶時間向兩人報告今天調查伍茲太太公寓的結果，以及上禮拜解開班克羅夫特爵爺送來逗她開心的維吉尼爾密碼後引發的事件。

「班克羅夫特爵爺存疑，我不怪他，畢竟沒有任何直接證據。目前爲止，我們還不知道芬奇先生爲何會遭到勒斃、棄置在空屋裡，還身穿隱藏線索的外套。因此我得先確認死者身分。」

華生太太感覺彷彿有人將冰冷的手掌貼上她的後腰。「怎麼做？」

「我已經寫信給英古蘭夫人，請她今晚來訪。」福爾摩斯小姐從手提袋裡取出一個信封。「裡面裝了死者的照片，我打算讓她看看。」

□

英古蘭夫人的手顫抖不已。

潘妮洛無法呼吸。令她不安的不是死亡——她已經上過太多堂解剖課了。死者照片對她的影響更小，然而今晚她無法凝聚起醫學生必備的情緒抽離能力。今晚她徹徹底底地暴露在死亡的暴力，以及死亡對於深愛死者的人造成的衝擊之中。

英古蘭夫人掀起信封封口，沒有取出內容物就鬆開手指。她再次掀開信封封口——接著整個信封落到她膝頭。

「不好意思，我眞的難以理解妳現在說的一切。」

她的嗓音打顫，身上那套高貴禮服裙襬的水晶珠彼此敲擊，她顫動的膝蓋帶出一段和聲。現在已經很晚了——她稍早送來短信，說她可能要到深夜才能溜出她參加的舞會，來到上貝克街。打在她慘白臉頰上的燈光顯得太過刺眼。

「上回我們見面時，你們說芬奇先生過得很好。你們說他去渡假，還迷倒了他的房東太太。爲什麼突然跑去找警察？」

潘妮洛已經說明照片來自他們在犯罪調查部的內應，仔細想想，這番說詞也不全是謊言。「因爲妳堅持我們找錯人了，我們決定認眞考慮妳的想法。如果眞的找錯人的話，該怎麼做？要是眞正的芬奇先生眞的出事了呢？如果他遭逢不測，警方遲早會得知此事。我們找不到芬奇先生的死亡紀錄，因此我們要求查看身分不明的屍體。」

「這位男士很年輕，在不幸身亡前似乎過得不錯，感覺不該是失蹤得不明不白。」

「是在哪裡找到他的？」

「我們無從得知——光是取得這張照片就已經是大費周章了。不過我們認爲讓妳來這裡看照片，會比帶妳去蘇格蘭警場一趟好過許多。」潘妮洛停頓幾秒。「我想妳已經考慮過這個可能性了。」

英古蘭夫人別開臉。「當然了。上回聽妳說他近來過得無憂無慮，我一次又一次希望他眞的死了。現、現在我覺得像是我把他咒死似地。」

潘妮洛受到英古蘭夫人絕望的餘波感染，雙眼被淚水刺得發痛。「很抱歉讓妳如此悲傷，夫人。照片上的人也可能不是芬奇先生，我們只是希望排除這個可能性。」

英古蘭夫人嘴角抽動，但是與笑意完全無關。「所以我只能接受他不是死了，就是快快樂樂地把我拋在腦後。」

「抱歉。」

「妳不用道歉。我知道到頭來你們不可能查出什麼好結果，可是我期盼能有千分之一的機會……」

她雙手一握，拿起信封，抽出照片。臉上的表情難以言喻，介於厭惡及狂喜之間。「這個人——不是芬奇先生！」

潘妮洛吞下一大口氣。「不是嗎？謝天謝地！」

英古蘭夫人將信封和照片丟到一旁，呼吸沉重，雙眼緊閉。「雖然我寧願他忘了我，但我從未想過眞的會有這麼一天。現在這一天眞的來臨了。」

潘妮洛撿回照片，收回信封裡，死者扭曲的面容讓她打了個冷顫。

她沒想到英古蘭夫人竟然從她手中取回信封，再次抽出照片，翻到正面，凝目而視。過了幾秒，她喘了口氣。「抱歉，剛才我突然有點懷疑我是不是看得不夠清楚？會不會因爲希望他活著的欲望而讓我看走眼？」

她把信封還給潘妮洛。「可是呢，不是，他眞的不是芬奇先生。」

潘妮洛心想她會不會承受不住這份折磨。儘管曾經心碎，她仍然是個養在深閨的女子，從未面對過任何風浪。她不知道該說什麼，只能攪拌手中的熱茶，讓英古蘭夫人靜一靜。

過了幾分鐘，英古蘭夫人起身，這個動作一定是引發了背痛，她整個人瑟縮了下。「我該走了，不然別人會注意到我不在場。」

「這是當然。」

她重重嘆息。「上回妳訓了我一頓。福爾摩斯小姐，我想我終於懂了：繼續調查是不會帶給我任何好處的。」

「很高興芬奇先生沒死，希望他如妳描述的那樣快活。我明年會遵守約定，再去艾伯特紀念廣場一次——接下來的每一年也是如此。或許某天我會再見到他，或許不會，總之我不該繼續勞煩你們了。」

□

「所以說芬奇先生還活著。」華生太太鬆了一大口氣，四肢發軟。「至少在豪斯洛遇害的男子不是他。」

英古蘭夫人離開了。留在上貝克街十八號的三人聚在客廳裡喝茶吃餅乾。準確來說是福爾摩斯小姐負責熱茶和餅乾，華生太太和潘妮洛各自捧著一小杯威士忌。大座鐘不久前敲了十二下，可是她們毫無撤退回房的意思。

福爾摩斯小姐吃下一塊瑪德蓮。「我最好請人送信給班克羅夫特爵爺，告知我高明的假說完全被事實推翻了。」

她和平時一般不動如山，不過方才英古蘭夫人宣布她不認識照片裡的男子時，她舒了一大口氣，光是這點就足以證明她很慶幸自己想錯了。

「那麼我們接下來要拿芬奇先生怎麼辦？」華生太太問道。英古蘭夫人或許恢復了理智，可是她們找到的芬奇先生卻是個冒牌貨。

「還記得麥斯先生假扮的律師，吉雷斯比先生嗎？」福爾摩斯小姐又倒了一杯茶。「今天下午回來的路上，我繞去他的事務所一趟，約了明天和他見面。不過我還沒準備好說詞，不知道要如何盡量從他口中套出情報，卻又不會讓我父親得知我涉入此事。」

「我有個點子。」潘妮洛說：「我可以扮演英古蘭夫人的角色——當然會換個名字。重點是我可以借用她的故事，告訴吉雷斯比先生說芬奇先生失蹤了，一點一點問出些線索。」

「我喜歡這個點子。」福爾摩斯小姐果決說道。她轉向華生太太。「女士，剛才我一直沒有機會問，妳今天去慈善廚房有沒有什麼收穫？」

華生太太轉述她與伯恩斯太太的對話。「看來她對雇主毫無興致。當然了，也可以說她格外謹慎精明，不會對陌生人透露眞正的心思。只是我覺得她很眞誠，是個直腸子。」

福爾摩斯小姐點點頭，沒有對華生太太的觀察發表評論。她們繼續討論計畫。華生太太星期六再去慈善廚房一趟——伯恩斯太太那天應當還會再去幫忙。里梅涅小姐婉拒陪布盧瓦家的兩位女士去巴斯遊玩，騰出時間與吉雷斯比先生見面。

「我陪里梅涅小姐一起去。」福爾摩斯小姐說：「有朋友在場，能讓里梅涅小姐的發言更有說服力。」

「妳確定見到與令尊相關的人士是明智之舉嗎？」華生太太忍不住想像福爾摩斯小姐身分曝光後會引發的負面後果。

「吉雷斯比先生和我從未見過面。就算他知道我的長相，在這個節骨眼，我願意負擔這個風險。」

三人沉默半晌。華生太太忙著思考要如何用舞台化妝改變福爾摩斯小姐的面容。

潘妮洛清清喉嚨。「福爾摩斯小姐，希望我這麼說不會嚇到妳——我已經得知班克羅夫特爵爺有意娶妳爲妻。」

華生太太也隨之清清喉嚨，對於將這件事情當成八卦似地告訴他人而感到尷尬。不過正如潘妮洛所說，福爾摩斯小姐沒有露出半點受驚的神色。

她只是等待潘妮洛繼續說下去。

「妳今天——該說是昨天啦，都已經過了半夜了——與班克羅夫特爵爺見面，我很好奇他是否逼迫妳給予回覆？」

「有的，不過沒有說太多。」福爾摩斯小姐小口喝茶，視線移向盤子上剩餘的瑪德蓮，眼中帶著企盼與歉意。「我認爲班克羅夫特爵爺把我當成他心目中的完美女性。」

「聽起來妳對此不怎麼開心。」潘妮洛指出重點。

「被視爲男人心目中的完美女性並不是讚美，那更像是男人對自己的看法——以及他的需求。」福爾摩斯小姐嘆息。「要是我們結婚了，要不就是我努力維持他的幻象、累得半死，要不就是班克羅夫特爵爺對他的決定深感失望。或許兩個結果會同時發生。」

華生太太忍不住開口：「那麼英古蘭爵爺對妳有何看法？」

「英古蘭爵爺？」福爾摩斯小姐的嘴唇勾起像是微笑又像傷感的弧度。「他一直都很清楚我是世界上最不完美的女性，謝天謝地。」

第十七章

星期五

莉薇亞盯著紙頁，驚嘆不已。

她正在寫夏洛克·福爾摩斯的故事，振筆疾書的瘋狂模樣彷彿是即將面對絞架的罪犯。

兩個決定解決了她的瓶頸。第一，不從整樁罪行的開端寫起，反正重點是夏洛克·福爾摩斯。第二，原本嘗試從他的角度來描述事件，但發現這條路行不通，於是她改用虛構的角色，男性版本的華生太太來取代。

眞是太完美了。每一個曾經以讚嘆又不安的眼神凝視夏洛特的人——以及每一個要求夏洛特鉅細靡遺解釋推理過程、說過「我早該猜到」的人，皆化身成華生這個角色。

他們去過犯罪現場。他們造訪一名警員，他沒有察覺在現場外閒晃的醉漢正是凶手本人，回來尋找不愼落在現場的重要物品。（莉薇亞尚未決定那會是什麼東西。浮雕胸針？項鍊吊墜盒？沒差，她晚點再處裡。）現在夏洛克·福爾摩斯登報招領那樣關鍵物品，目的是把凶手引來。

可是凶手眞的會來嗎？

莉薇亞打了個呵欠。她四點半就起床寫作，現在快要七點了，她不想吃早餐，但是眞的需要喝杯熱茶。

她來到晨間用餐室，替自己倒茶，拿著報紙坐下，瞬間瞄到留言版面上的Cdaq Khuha訊息。

CDAQKHUHAGDHRMNSNTQXQNSGDQXTSXDVAQD

親愛的莉薇亞他不是我們的哥哥可是要小心

她雙手掩嘴。他不是她們的哥哥？他不是她們的哥哥！

已經好久沒聽到這樣的好消息了。

她奔上樓，撲向床鋪，躺在床上氣喘吁吁，因爲痛苦忽然解除而說不出話來。感謝上帝，一切仍舊錯得離譜，不過感謝上帝，她的戀情不是亂倫的情感。

過了整整五分鐘，她坐起來，眉頭緊鎖。她當然會小心，可是如果不是她們大哥，那他又是誰？

□

被指控殺害理查·海沃的凶手德雷西即便不是全身吸滿河水，體型依舊相當可觀。

在泰晤士河裡泡了好一陣子，難以判斷他究竟是渾身肌肉，還是滿肚子肥油。

或許是介於其間吧，總之崔德斯探長一點都不想在暗巷裡遇到這傢伙；不過要是眞的遇上了，他也不會過度恐慌。

「這圍巾有意思。」麥唐諾警長評論道。

男子不太注重打扮，可是脖子上紅白相間的夏季圍巾鮮艷搶眼，即使蓋了一層泥巴也遮不住繽紛的花色。

崔德斯探長搓了搓布料。絕對是絲綢，輕盈又結實。「麥唐諾，你看過初步報告了。病理學家認爲他是被這條絲巾勒死的？」

「這是他提出的理論，長官。他說脖子上的瘀痕顯示曾遭人勒住。但他等要先把這傢伙切開檢查肺部，才能確定死因不是溺水。」

崔德斯又繞了死者躺臥的檯面一圈。「我們找目擊證人談談吧。」

□

夏洛特拒絕讓華生太太把她打扮得滿臉黑斑，看起來至少老了十五歲。「夫人，我坐的位置離他有四呎遠。濃妝艷抹只會更加吸引他的注意，沒有低調的效果。」

可是現在眞的坐在吉雷斯比先生對面四呎處時，她心想方才怎麼不多考慮「濃妝艷抹」一下。他沒有直盯著她看，可是兩人一踏進他的事務所，他便迅速眨了幾下眼。就算勉強聽著里梅涅小姐的陳述，他不斷移動辦公桌上的小東西，活像是過度熱心的祕書。

「吉雷斯比先生，你在聽我說話嗎？」里梅涅小姐直言道。

律師用力擠出笑容。「當然了，小姐。請繼續。」

然而里梅涅小姐的直覺沒有錯，他沒在她身上投注絲毫關注，只是逼迫自己這麼做，瞪大雙眼，眨個不停，也不斷皺眉，甚至搖了幾次頭，這些都不是視若無睹的表示，而是有如遇到了不可思議的狀況，確認自己是否身在夢中。

與她們預料中年長男子面對聲淚俱下的妙齡女子時，應有的同情反應大不相同。

等到里梅涅小姐說完她悲痛萬分的經歷，他細細打量她。「妳在開玩笑吧？這位——」

「吉本斯小姐。」里梅涅小姐連忙提醒。

「是的，吉本斯小姐。相信這是一場惡作劇。」

「你怎麼能說這種話？」里梅涅小姐驚慌失措的神情演得入木三分。

「因爲妳不是第一個前來告訴我同樣故事的女人。」

「什麼？什麼？」

里梅涅小姐嗓音拔尖，下一秒則頹然倒向夏洛特懷裡。

「喔，天啊，喔，天啊！」夏洛特驚叫，不過一會就停下來，手指擰成一團。

「要不要——要不要讓我找醫生來？」吉雷斯比先生的表情像是不確定該笑還是該灌下幾杯酒。

夏洛特差點就要直接詢問他是否知道她的身分，但她決定繼續演下去。「這樣會害她窘困到極點，看看她能不能自己醒過來。」

兩人盯著里梅涅小姐，夏洛特拍了拍她的臉頰，發現她沒有「甦醒」的意思，判斷里梅涅小姐打算要自己接下整個任務。

「我曾經警告過她，吉雷斯比先生，眞的。我說尋找一個不想被找到的人眞的是有勇無謀，可是年輕人就是什麼都不聽，對吧？」

「是啊，現在的年輕人就是這樣。」

他的表情冷靜許多。他是不是和她一樣，選擇把這齣鬧劇演下去？

「先前來找你的女士是不是身材修長苗條、健康膚色的美女，棕色雙眼，大約二十六歲，嘴角有顆美人痣？」

「喔，是的。」

夏洛特揪住馬甲的釦子。「喔，那個無賴！我們曾經看他和她走在一起，他發下毒誓說她是從斯多克斯來訪的表親。」

「得知芬奇先生如此沒有定性，我深感悲痛。但他是個私生子，妳這位小姐也不該把他的人格看得如此高尚。」

夏洛特誇張地嘆息。「喔，她還很年輕，希望能從這件事學到寶貴的一課。」

有人敲門。吉雷斯比先生的祕書的腦袋探了進來。「麥爾坎先生來了，他急著要見您。」

聽到這句話，里梅涅小姐緩緩起身，喃喃說道：「天啊，我覺得渾身不對勁。發生什麼事了？」

「親愛的，我晚點再和妳說。」

「等等。」里梅涅小姐轉向吉雷斯比先生。「你有芬奇先生最近的住址嗎？我一定要問到。」

吉雷斯比先生露出天人交戰的神情。

里梅涅小姐站起來跺腳。「快點給我，沒有拿到我是不會離開的。」

「好的，好的，當然可以。我很樂意提供。」

夏洛特知道他一點都不樂意。離開吉雷斯比先生的事務所之後，她要里梅涅小姐把律師給的紙條丟給收廢紙的商人。

里梅涅小姐一驚。「住址不對嗎？」

「嗯。不過我看到他從卷宗裡拿出來的文件，剛才他只是假裝抄給我們。」

「他不是用手擋住了嗎？」

沒錯，不過只要一瞬間就足夠夏洛特從反方向看見那個住址，記得清清楚楚。

「那沒關係，我想我們做得很好。」

□

酒吧裡環境不佳，瀰漫著便宜麥酒和粗食的氣味。不過這裡比其他店家乾淨明亮許多，而酒吧女老闆也散發出類似的氣質，這名外表冷漠的女子從未有過堪稱美人的時期，但她的五官、打扮很精緻，有如瑞士手錶的零件。

崔德斯不知道他為什麼知道，可是他確定這名女子曾經下過海。他眞的不喜歡找妓女問話。

「班伯太太，死者被沖上岸的地點離這間酒吧的後門不遠。我們找來當時的路人，其中有一名妳的顧客，宣稱他前天晚上曾在此處見到死者，和對方聊了一個小時，妳卻反駁他，說死者從未進過妳店裡。」

「是的。」

「妳是否顧慮如果說了眞話會惹來麻煩？」

「我說的都是眞話。我知道光顧的人誰是熟客，誰是新面孔——我對新面孔多加留意，怕他們大打出手或是喝霸王酒。前天晚上確實有一名男子和小波依德聊了好一會，可是他絕對不是死者。」

「班伯太太，妳以前是做那一行的，我要如何相信妳呢？」

女子先是一僵，接著拋出輕蔑的眼神。「探長，如果你無意相信我，那就別來浪費我的時間。小波依德就坐在那裡，去問他吧，你還可以叫他幫你朗讀今天的報紙頭條呢。」

崔德斯摸不透爲何是她瞧不起他。不過她的眼神讓他莫名地覺得自己很……低俗。他草草道謝，移師到小波依德身旁。

「波依德先生，我們對於你前天在此遇到一名男子的證詞很有興趣。」

還不到中午，小波依德已經泡在酒精裡，他看起來像是討喜的醉漢——至少算得上安全無害。他伸出顫抖的手，笑得燦爛，滿臉熱忱——顯然是想喝免費的酒。崔德斯不情願地打手勢點了一杯。

「他是個好傢伙。長得很大一隻，人很好，一直請我喝酒。等到我們有點酒意的時候，他問我能不能保密。」小波依德是崔德斯見過的人之中最管不住嘴巴的傢伙。

「我說當然！他們可以在倫敦塔上對我嚴刑拷打，但我絕對不會說出來的。然後他說他是職業殺手，收錢替人辦事，過得還不錯，不過也不算太好。最近他惹上麻煩，準備要跑路。」

「我就問他怕不怕警察。他哈哈大笑，說只有娘娘腔才會怕警察。他怕的是花錢請他的人。他們希望事情辦得乾淨低調，可是警察在豪斯洛逮到他的尾巴。現在請他的人想要解決他，不讓警察順著找到他們。」

「你有沒有問他們是誰？」

「他說他們是罪犯。不是扒手那種小賊，甚至也不是他這種職業殺手。他們是犯罪大王，很少弄髒自己的手。他殺的人想要出賣他們，現在他們跑來追殺他。這傢伙，他說他叫德雷西，他覺得自己時間不多了，天啊，他說的眞準。」

崔德斯狐疑地看著小波依德，心想他是不是把報紙上看到的東西混在一起編故事——直到德雷西這個名字從他口中冒出。他也是不久前才知道這個情報，而且絕對沒有公開過。

「他和你說了他的名字？」

「他還說這只是他的代號，不是本名，他也不是第一個用這個名字的人。」

「然後呢？」

「然後他離開店裡。我沒想過還會再見到他——以爲他遠走高飛，躲到安全的地方去了。可是今天早上他就躺在河邊，死透了，整個人腫得好噁心。」

崔德斯試著套出更多訊息，可是小波依德反反覆覆說著同一件事。崔德斯又點了一杯酒，卻只換來加油添醋的老調重彈。

發覺證人已經毫無用處，崔德斯道謝後起身。

「對了，波依德先生。」麥唐諾說道：「可以請你唸出報紙頭條嗎？我想你應該識字吧？」

「當然可以。」小波依德瞇眼盯著斗大的字體，眼睛瞇得更細，最後他喃喃自語，從口袋裡掏出一副歪曲的眼鏡。「女王前往巴摩拉堡。」

崔德斯心裡暗罵。「你遇到德雷西那天晚上有戴眼鏡嗎？」

「怎麼可能。除了看字我根本不戴眼鏡——而且我很少看字。可是我看得夠清楚，有辦法自己找到酒吧門口——而且我把他那條花稍的圍巾看得一清二楚。」

□

「英古蘭夫人並沒有全然坦誠，不知道爲什麼這件事讓我如此驚訝。」得知英古蘭夫人曾經拜訪吉雷斯比先生，華生太太腦中亂成一團，好半晌說不出話。「仔細想想，她自然不會透露不需要告訴我們的事，畢竟這是應該要保密的出軌戀情。」

「而且找上偵探之前先去找律師也很合理。等到走投無路了，她才會想到夏洛克．福爾摩斯。當然了，這代表吉雷斯比先生給的住址必定毫無用處。」

她用了過大的力道綁緊帽帶。「好啦，福爾摩斯小姐，別再聽我碎唸這些妳早就知道的事了。」

兩人又來到牛津郡，吉雷斯比先生卷宗內紀錄的芬奇先生近期住址帶著她們來到風景優美的小村莊。華生太太在倫敦住久了，熱愛綠意盎然的景象、遼闊的鄉間風光。在這個傳統的英國小鎮中央建了一座石磚砌成的教堂。她的少女時期就是在這樣的村子度過，但她難以抵擋村民對於外來者的偏見，特別是針對那些抱有離開念頭的外來者。不過她秉持著人性本善的理念，不會因爲某個地方對她不友善，就對所有鄉間小鎮反感。她想像大部分村民都和周遭景色一般可親，平靜的鄉村生活與好奇、寬容的性情是共存的。

她在村中酒吧點了一盤香腸配馬鈴薯泥，福爾摩斯小姐選了牛排腰子布丁，並用酒吧自釀的新鮮淡麥酒搭配這些樸實又豐盛的菜色。酒吧老闆娘前來詢問是否要加點甜點時，她們展開熱烈的討論，猶豫究竟是要爲了悼念即將逝去的夏日選擇夏季水果鬆糕，還是她們好一陣子沒吃到的果醬布丁捲加熱卡士達醬。

等到老闆娘回來點餐，她們決定兩種點心各來一份，華生太太順勢搭話：

「格洛薩普太太，請問妳現在有空嗎？想跟妳問問某個可能在這一帶住過一陣子的年輕人。」

格洛薩普太太瞪大雙眼。「妳們該不會是對馬隆·芬奇先生有興趣吧？」

這回華生太太一點都不吃驚。要是英古蘭夫人不好好運用芬奇先生的住址，那她何必大費周章地查出來呢？

「是的，我們代表夏洛克．福爾摩斯先生的客戶前來尋找芬奇先生的下落。」

格洛薩普太太對夏洛克．福爾摩斯的名字毫無反應，她以好奇又謹慎的神情仔細打量兩位女士。「妳們是私人調查員？」

「家兄是顧問偵探。」福爾摩斯小姐說：「哈德遜太太和我提供一些協助。目前他的身體不比以往，因此外出的任務就落到我們身上。」

「妳們眞是勇敢。」

「我們試著推掉需要大量奔波的委託。」華生太太謙遜地說道：「可是呢，不久以前，一位女士找上我們，擔心芬奇先生沒有出現在他該去的地方。既然在倫敦找不到他的蹤影，我們只好來他以前待過的地方，看是否有人知道他的消息。」

格洛薩普太太搖搖頭。「我是很想幫忙，可是我什麼都不知道。說起知道最多事情的人，那就是我了，對吧？一個月前，那個男人向我問起芬奇先生的事情，我很好奇，就問了格洛薩普先生。他叔叔是上一任酒吧老闆，二十年前娶了寡婦芬奇。」

「她在這裡無依無靠——就只有她和兒子，在甜薔薇巷的老房子住了十年，然後她嫁給老格洛薩普先生。這裡的人和她不太熟——就算嫁給酒吧老闆，她還是不太與人往來。他們與她兒子更不熟。他很早就被送去上學，他們說他在學校打板球，可是放假回到村裡也沒看他和其他男生玩。他成天忙著照顧老格洛薩普先生的馬兒，還有看書。」

「大家最後看到他是在十多年前，他母親和老格洛薩普先生的葬禮上——那兩人在兩天內相繼過世。那年冬天的肺炎特別凶猛。格洛薩普先生和我對老格洛薩普先生一點都不熟，連他的死訊都不知道呢。他的律師寫信說他把酒吧留給我們，差點把我們嚇死。發現芬奇先生沒有分到酒吧，格洛薩普先生很過意不去，寫信告訴芬奇先生他隨時都可以回來住。」

「他寫信到哪裡？」福爾摩斯小姐問。

「喔，寄到他的學校，他讀的是牛津附近的男校。芬奇先生的回信很有禮貌，說非常感謝，但他短期之內不打算回來。隔了一兩年，格洛薩普先生又寄了一次信，芬奇先生的回信內容和上次一樣。之後我們就沒有他的消息了。」

福爾摩斯小姐有了新的問題：「你們寄第二封信的時候，他還在學校嗎？」

「我們寄到學校的住址，不過一定是有人幫忙轉寄了。他的回信上附的住址是牛津的某個地方。那個人問起芬奇先生時，我給了他那個住址。後來格洛薩普先生和我到牛津城裡時，還特別去看了看，不知道爲什麼有那麼多人來找他——」

「等等。」華生太太打斷她。「還有其他人問起他的下落嗎？」

「喔，我還沒講到那裡嗎？對，那個男的走了以後，我四處問有沒有人知道芬奇先生的事情，村裡的人什麼都不知道。之前我沒想過要問我丈夫——我想他知道的不會比我多。後來才偶然得知四月有兩個男人來問起芬奇先生，那幾天我感冒休息，他忙著招呼所有客人，完全忘記這件事，直到我提起後來的這個人。」

「格洛薩普先生能認出這個人是不是四月來的那兩人其中之一嗎？」福爾摩斯小姐遞出一小張照

片。

「我去問問。」

格洛薩普太太兩分鐘後回來，難掩興奮之情。「沒辦法完全確定，但他覺得是。」

華生太太伸手收回照片。這是福爾摩斯小姐在伍茲太太的租屋處找到的馬伯頓雙人組照片中，法蘭西絲・馬伯頓面對鏡頭的那張。

「還有其他人來找芬奇先生嗎？有沒有女士找上門？」

「就我們所知沒有。除了妳們以外，沒有別的女士了。」

「上個月一個人來的男子，可以請妳描述他的外表嗎？」

「我猜他四十來歲吧，身高中等，瘦瘦的。有拿手帕擦頭頂的汗——他禿了半顆頭。記不得他的長相了——就是那種大眾臉，妳們也知道的。」

福爾摩斯小姐點點頭。「如果妳不介意，想請妳回到剛才說到一半那邊，格洛薩普太太。妳說上回妳和格洛薩普先生一起去牛津？」

「對，我們想去芬奇先生給我們的住址看看。那個地方已經不在了。我的意思是，屋子還在，可是已經不是宿舍了。有個裁縫接手那棟屋子，一樓是店面，她和其他裁縫小姐住在樓上。」

格洛薩普太太笑開了臉。「格洛薩普先生在那間店幫我買了條披肩，妳就知道最近的生意有多好。」

□

離開酒吧後，華生太太和福爾摩斯小姐拜訪了村中的教堂和墓園。教堂的登記資料註明了寡婦芬奇是在哪一天嫁給老格洛薩普先生。墓園記載了這對夫婦過世的日期。心地善良、外表有些虛弱的教區牧師在這裡待了十六年，證實格洛薩普太太的說法——大家都對馬隆·芬奇這個人了解不多，他也完全不提自己的事情。

「福爾摩斯小姐，妳是否覺得芬奇先生或許有些冷漠呢？」華生太太問道。「我能理解私生子的身分或許會構成結交朋友的阻礙，可是在這座村子裡成長，卻沒有和任何人建立起值得一提的關係？」

在失去父母後，她對於自己生長的村莊沒有多少好感，不過等她逃到更廣闊的世界後，依然與過去一直對她不錯的年輕女孩維持書信往來，直到對方死於難產。

「不過我想他確實有可能深深愛著某個人，同時遺忘成長過程中周遭的其他人。」她回答了自己的疑問。

前往牛津的路上，她們繞到英古蘭夫人的娘家，這棟小宅邸打理得乾淨整齊——多虧英古蘭爵爺的金援。

附近的村子裡沒人聽說過馬隆·芬奇這個名字，也沒有人知道葛瑞維小姐出嫁前有過任何愛戀糾葛。不過他們證實曾經傳出一些謠言，說葛瑞維一家表面上去了南法和義大利遠遊，但其實是住進牛津的一棟破屋子。

「他們或許就是在那裡相遇。」華生太太推論道。

福爾摩斯小姐沒有提出意見。

華生太太既開心又有些傷感。福爾摩斯小姐剛住進她家時，她費了不少心思與她談話。現在知道沉默是她的習慣，華生太太很慶幸她能夠安心地閉口思考，必要時刻才會開金口。然而這不代表福爾摩斯小姐不是個好伙伴，雖然她有時說出令人坐立不安的事實。

兩人來到格洛薩普太太提供的住址，確認此處曾是城裡年輕受薪階級男士的宿舍。離午餐時間已經過了兩三個小時，華生太太以爲福爾摩斯小姐會四下尋找迷人的茶館，沒想到她卻問：「夫人，妳有沒有參觀過牛津大學？」

「我想應該是沒有。」

「可以一起去走一小圈嗎？我也沒有來過呢。」

當然了，福爾摩斯小姐想要受教育，她一定會對國內頂尖大學的女子學院深感興趣。「沒問題。」

她們度過了愉快的午後時光，踏著青翠草皮穿梭在各個學院間，欣賞雄偉的校舍，搭船暢遊水波徐徐的查維爾河。

坐上回倫敦的火車，華生太太才突然想到一件事。「妳覺得上個月來探聽芬奇先生消息的人會是誰？英古蘭夫人來找我們之前是不是先請了別人？」

「我完全沒有頭緒。」福爾摩斯小姐停頓一會。「不過我很高興他應該不是英古蘭爵爺。」

華生太太直盯著她。「妳以為英古蘭爵爺——妳覺得他可能涉入這整件事嗎？」

「目前我只知道我們了解的有多麼淺薄，英古蘭夫人沒有說出全盤事實。我們為何能肯定英古蘭爵爺對於這一切毫不知情——或是毫無瓜葛？」福爾摩斯小姐緩緩呼了口氣。「但是正如我所說，我很高興那個男人應該不是他。」

□

崔德斯探長下班前不久收到病理學家的正式報告：死者肺中沒有積水——他是遭到勒斃。他的手指輕輕敲打報告。上頭沒有出乎意料的情報，老實說就算「德雷西」是溺死的，情勢也不會出現多大改變。

他思考是否要寫出在腦中打了半天草稿的報告。

年輕男子理查．海沃為了特定理由編造假名住在倫敦。他透過非法手段獲取財富，等到他的非法途徑反撲，他遭到名為德雷西的職業殺手殺害。德雷西引來警方注意，生怕他也要面對那股除掉海沃的犯罪勢力報復。在酒精的影響之下，德雷西向來自蘭貝斯的路卡斯．波依德先生透露他的過往，在此附上這部分的筆錄。

菁英罪犯對蘇格蘭警場來說影響不大，對女王陛下的危害較大。要是他遞交這份報告，上司必定會無比滿意。崔德斯，幹得好。任何人費盡全力也只能查出這麼多了，建檔之後來看看這個剛進來的新案子。

然而他很清楚這個版本就算不是徹底的謊言，也至少是鋪天蓋地的幻象。有人大費周章地利用小波依德的酒量加上糟糕的視力，確保他向警方大肆宣傳這個故事。那個人還宰了某個人——或者至少是找到一具屍體——丟在小波依德必經之處，讓他指認那條顯眼的絲巾。

即便知道背後藏著這麼多機關，崔德斯仍舊無法確定自己不會提出這麼一份報告。

他踏進舒服的自家，關門聲響在空無一人的屋內迴盪。妻子一定是去參加女性團體的聚會了——她從半年前加入那個團體。平時他會掛記著她怎麼還沒回來，不過今晚他很慶幸她不在家。這樣她就不會看到他這副模樣，努力掙扎著在上司面前展現出自己傑出的競爭力，以及辦事效率——或許他已經輸給了這份欲望。

這份欲望並非源自愛麗絲，而是與夏洛克．福爾摩斯有關——他不希望自己的工作表現被女人比下去。可是愛麗絲她……自從得知她曾經——或許現在依然是如此——懷抱著與他們的家庭生活毫無關聯的雄心壯志，他看待她的心態再也無法回到以往。

他好想在事業上功成名就，好讓她永遠不會再次夢想經營考辛營造公司。他想讓她生下一群寶寶，再也不會有多餘的時間。可是上帝似乎無意達成後頭那個願望。至於前者——他眞的會寫下充滿謊言的報告，只為了更加接近下一次的晉升？

他不知道。

這是最讓他害怕的事情。

□

過了十一點，夏洛特情緒有點不穩。這種狀況不常有，一旦發生了，她不太擅長排解那股陌生的焦躁，無法和情緒講道理，或是靠著堆積如山的蛋糕來消滅。

她在房裡踱了幾圈，換上衣服溜出門外——她想重讀《羅馬遺跡之夏》，而這本書正擺在夏洛克·福爾摩斯的書架上。

上貝克街十八號屋內一片黑暗。她伸手點燈，煤氣火焰燃起，照亮通往二樓的樓梯。

上方傳來細細聲響，是建築物夜裡冷卻收縮造成的？還是閣樓裡有老鼠？她爬上二樓，走進客廳。

「晚安，福爾摩斯小姐。」

樓梯的燈光往房裡照出一塊琥珀色亮區，其餘各處仍是陰影。這聲招呼從陰影裡竄出。

她轉向聲音來源。「我猜是馬伯頓先生？」

輕柔的笑聲。「看來夏洛克·福爾摩斯的才智名不虛傳。」

「用不著什麼才智。我們之前說過話，就算只有三言兩語，我絕對不會忘記別人的嗓音。」

她打開門邊的燈。馬伯頓先生站在大座鐘旁，拿著一把手槍。

「我來幫你泡茶——馬伯頓小姐呢？她需要醫師照顧嗎？」

「妳怎麼——」

「空氣裡帶著血味，你看起來又沒有受傷。」

史蒂芬．馬伯頓嘆息。「馬伯頓小姐沒事，子彈只擦傷了她的肩膀。我用了你們的上好威士忌清洗傷口，塗上硼酸藥膏後包紮起來。」

夏洛特點點頭——醫生頂多也只能做到這一步。她進臥室看到靜靜沉睡的馬伯頓小姐。「有沒有讓她喝一點夏洛克的上好鴉片酊？」

華生太太準備了臥床病人身旁該有的常備成藥和酊劑。

「有，謝謝。」

她摸摸年輕女子的額頭，沒有發燒。不過槍傷還很新，不知道會不會有感染。她讓馬伯頓小姐好好休息，拿酒精燈燒水，在盤裡放了幾片瑪德蓮。「你們吃過了嗎？」

「吃了。不過有瑪德蓮能吃是再好不過，可以分我一些嗎？」

母語是英文的人大多無法一瞬間叫出這種貝殼狀小蛋糕的名字。可是史蒂芬．馬伯頓說話帶了一絲口音——與其說是擁有外國血統，他在國外住過一陣子的可能性比較高。「我只拿了自己的份——你可要快狠準才有機會分到。」

他微微一笑，她沒有回應他的笑容。他很年輕——比她還小，顯然是左撇子，前陣子還住在氣候炎熱的地方。愛看小說，服裝打扮時髦，但還不到影響實用性的地步。

「是你向警方通報豪斯洛的那具屍體？」

警員收到那棟屋子裡發生不法勾當的電報才會到現場查看。

他輕輕搖頭，不過並非否定她的說詞。「夏洛克・福爾摩斯當然都知道了。」

半點的鐘聲響起，指針繼續滴答行走。

「謝謝妳如此寬宏大量，讓我們留下來。」他說。

「說說你爲什麼要冒充芬奇先生。」她同時開口。

他嘆了口氣，坐到她對面，伸手拿了片瑪德蓮。「芬奇先生身上有我們要的東西。」

「我們是誰？」

「我的家人——雙親、姊姊，還有我自己。」

「令堂是馬伯頓太太？」

「是的。」

「令尊呢？」

「當然是馬伯頓先生囉。」

「馬伯頓先生又是誰？是莫里亞提先生的親戚嗎？」

「他們不是同一個人，希望這有回答到妳的疑問。」

夏洛特啃了一小口瑪德蓮。「我就當作你與名爲理查・海沃的男子之死無關，可是這對你而言也不算意外事件。」

「我們一直在監視那棟屋子。也不是多重要的地方，也好一陣子沒人使用了。先前的住戶靠著噁心的勾當賺錢。他曾經是莫里亞提的手下，是那種不在乎爲什麼要執行那些命令的類型。即便如此，他還是我們少數的線索之一。」

「令堂對莫里亞提的組織認識不深？」

「她幾十年前就離開他了。」

「她目前沒有爲了自己的利益與他合作？」

「就我所知沒有。」

她凝視著他。「這答案不太可靠。」

「我很清楚我母親的生涯。莫里亞提追捕我們將近十五年，我們之間不能有任何祕密。只要有個疏忽，露出破綻讓他有可趁之機，就會害死全家人。因此我不知道什麼叫作可靠的答案。」

強硬的反駁。她還是無法完全放心，但他的理由足夠具體。她拿起水壺，往茶壺裡倒水。

「芬奇先生爲何對你們如此有價值？他替莫里亞提做事嗎？」

「是的。」

得知芬奇先生尚在人世時，她曾期盼他與莫里亞提毫無牽連。她當然知道這是徒勞的期盼，但就是無法克制。

「從什麼時候開始？他是如何找到莫里亞提——或是莫里亞提如何找上他？」

「我不知道他從何時開始替莫里亞提效命。莫里亞提偏好那些出身不太光彩的人士——他們往往渴求成功，以冷酷回報對他們無情的世界。就算他們突然消失，也不會有太多人懷念，而且總有不少生錯襁褓的年輕人野心勃勃地準備遞補。」

「所以你說他身上有你們想要的東西，你指的是莫里亞提的東西。」

「沒錯。」

「那是什麼？」

「我們也不太清楚。只知道是一份卷宗，裡頭裝著明年即將啓動的計畫。那些文件隨著芬奇先生和詹金斯先生——也就是理查・海沃——一起消失。莫里亞提對於機密資料失蹤，以及手下的背叛極度不悅。」

「你怎麼會知道這些事？」

他露出超齡的苦澀笑容。「妳知道得越少越好。」

「好吧。這位詹金斯先生也是私生子？」

「應該是。我知道他和芬奇先生上同一所學校，住同一間宿舍。」

所以她說對了，詹金斯先生確實是孤兒。像她哥哥和詹金斯先生這樣的年輕人，不被那些遠在天邊、出身良好的父親當成自家孩子對待，有如隨意棄置的垃圾，他們心中到底有什麼感覺？像莫里亞提這樣的人，要輕易獲得他們的信任與忠誠——就算爲期不長——似乎也不算太難？

「芬奇先生和詹金斯先生爲何會帶著那些文件潛逃？」她問。

「對此我沒有可靠的情資，只能瞎猜。」

「那你又是如何猜測？」

「那些計畫或許可以用來敲詐——莫里亞提給的酬勞不錯，但人們心中總是懷抱著發財夢。」

「那樣的夢想必定會遭到激怒莫里亞提的恐懼壓抑。」

「因此我不太確定這個論點是否正確。另一個可能性是他們想離開莫里亞提的掌握——相信擁有這些文件就能確保安全。」

「你們爲什麼要插手？離莫里亞提越遠越好不是你們的目標嗎？」

「這十五年來，我們很少在同一個地方待超過三個月——除非我們覺得那個地方夠安全，我們躲得夠好……」他深吸一口氣。「我們想要抓住莫里亞提的把柄，讓他反過來對我們感到不安。我們想靠那份文件逼他別再糾纏，不然就要毀了他。」

「你爲什麼要靠著冒充芬奇先生來達成這個目標？」

「我們找不到他，所以我們只能希望他會來找我們。」

「藉由接近他的親人？」

「我們認爲要是明目張膽地接觸妳的家人，或許會惹惱令尊，讓他透過律師轉達嚴厲譴責，使得芬奇先生察覺有人冒充他。」

「所以呢？」

「我們寫了三封信給令尊，每次都附上我們的住址，希望芬奇先生從亨利爵士那邊聽聞此事後會來找我們。接著我們就和他談條件：用卷宗交換他的安全。」

「你們要如何擔保他平安無事？你們連自己的安全都無法保證了。」

「至少經過莫里亞提多年追殺後，我們還活著，沒有缺手少腳。還有誰更有資格幫他保住他的小命？」

這倒是有幾分道理。海沃—詹金斯先生退出莫里亞提的組織後，顯然沒有多活太久。

「說到保住小命……馬伯頓小姐遇到什麼事了？」

「今晚我們回到伍茲太太那邊的住處。妳那次深夜來訪，她原本以爲是芬奇先生，便在隔天發電報通知我。她想溜回屋裡時，看到妳和伍茲太太在談話。只有妳在，我們不認爲回到據點會有什麼危險。事實上我們只怕被伍茲太太撞見。」

「我們完全沒有料到會遭人埋伏。幸好當我們在工作用的樓梯等待通道淨空時，維克里醫師晚間出門返家，進了他的房間。這時我們看見有人從屋內拉開我們的房門又關上。」

「我們本來認爲不是妳，就是芬奇先生。不過我們還是提高了警覺……總而言之，我們終於甩掉了追兵。」

「你確定嗎？」

「這是我們的老本行。」

她很希望眞是如此，畢竟他們已經踏進了華生太太的屋子。「那你們爲什麼會跑來這裡？」

「我看到母親在薩克維命案結束前寫給妳的信。她看人很準，既然她信任妳，那我也可以信任妳。」

「你沒想過這裡可能也遭到監視？」

「今晚莫里亞提的黨羽忙著監視各個火車站，認爲我們會搭車逃跑。」

「我想這代表你們去過火車站，發現那裡設下了天羅地網。」

「正是如此。對了，我想問個問題。」

「請說。」

「妳爲什麼要找芬奇先生？」

「我代替一位客戶尋找他的下落，對方是芬奇先生的老朋友，兩人曾經約了要見面。」

馬伯頓先生挑眉。「那位客戶是誰？」

「我無法透露這項資訊。」

「那位客戶不知道妳和他的關聯？」

「我無法完全確定。馬伯頓太太一開始來見我時，她是否知道夏洛克·福爾摩斯與馬隆·芬奇有血緣關係？」

「她是爲了完全不同的事情來找妳。」

「你沒有回答我的問題。」

「不，我們不知道。後來得知這一層關係，我們確定妳沒有窩藏他，至少不是在這裡，因爲我們已經上下搜過一遍了。既然這裡有一間空房子，把他藏在華生太太家更不合理。」

夏洛特點點頭，檢查泡在熱水裡的茶葉，幫他倒了一杯。「你還有別的問題，對吧？」

他盯著她好一會。「應該吧。令姊還好嗎？」

「你見過她幾次？」

他往茶裡加糖。「三次。」

「超出必要的次數。」

他的臉是不是有點紅？「大概吧。她還好嗎？」

「莉薇亞過得不如意——一直都是如此。她是個聰穎敏銳的女性，認定自己的聰穎敏銳毫無價值。」

「妳一定也承受著同樣的壓力。」

「完全沒有。我花了好一番工夫才理解到這種壓力的存在——我對於旁人的意見很遲鈍，無論是來自個人，還是集體。可是莉薇亞都感覺到了，她太過明白自己應當是什麼模樣，而那個理想又與她的本質有多大的差距。她時時刻刻都意識到自己的缺點。」

史蒂芬．馬伯頓喝了一小口茶，雙手捧著杯子，像是在取暖似的。「爲什麼要告訴我這些？」

「讓你了解到她的脆弱，如果你還不知道。一點打情罵俏不會害她崩潰，只是她會無比痛苦。」

「妳這是警告我離她遠一點？」

「沒有，但我有必要告知可能的後果，讓你在決定下一步行動時清楚意識到這件事。」

她起身。「你一定很累了，我自己出去就好。」

第十八章

星期六

夏洛特起了個大早，從廚房拿了一籃食物，前往上貝克街十八號。發現昨晚的不速之客消失無蹤，她絲毫不覺得訝異，但是屋裡像是沒人碰過一般的整齊狀態令她佩服不已。

一張紙條塞在夏洛克的枕頭下。

多謝款待，希望能在更愉快的場合重逢。

□

得知監視華生太太家前門的婦人發電報在報紙上刊登廣告那天，夏洛特提出查閱《泰晤士報》檔案的要求，終於獲得許可。

她以爲辦公室裡會吵得震耳欲聾，不過當下印刷機尚未啓動，報社儘管忙亂，卻比舉辦晚宴的客廳還要安靜許多。

寬敞明亮的編輯室掌控著整間報社的運作，中央擺放一張橡木大桌，牆邊排了幾張小辦公桌，各種與寫作相關的工具設備一應俱全。帶路的辦事員介紹編輯室隔壁是編輯們的用餐室。

檔案室就在用餐室隔壁，收藏了創報以來每一天的《泰晤士報》。經過簡短的說明，辦事員放夏洛特自行瀏覽。

她原本猜測聖經內文節錄是每週見報，結果是每個月三回，每月的日期都一樣。她找出三年前的報紙，不過沒找到類似留言，不過仔細一看，她發現每個禮拜都會出現一組密碼，解碼後得出羅馬數字與阿拉伯數字的組合。XIII、260、XI、81、XIV、447，以此類推。

看起來不像是聖經章節。夏洛特起身移動到相連房間，十多名校對人員埋頭工作，四周擺了數百本字典和百科全書。她找到《大英百科全書》的第八冊，翻到兩百六十頁，上頭的條目是英格蘭。

其他組合也都有對應條目——如果它們真的是代表大英百科的冊數與頁碼。

可是這到底有什麼意義？

她又思考一會，搭車到波特曼廣場的那棟屋子，留了張紙條給班克羅夫特爵爺。

□

您給我的維吉尼爾密碼傳送的確切日期是何時？這項資訊非常重要。

伯恩斯太太沒有說謊，又來到慈善廚房削紅蘿蔔。華生太太綁好圍裙，朝著一堆西葫蘆進攻。

「偶爾也有別家夫人、小姐來幫忙，可是她們嬌生慣養，不想做太髒、太粗重、太熱的差事。華生太太，妳沒有這個毛病。」過了將近一個小時，伯恩斯太太終於開口。

華生太太輕笑一聲。「大概是因爲我不是什麼夫人、小姐，伯恩斯太太。我以前是音樂劇演員，就算嫁進公爵家，眞正的夫人、小姐還是瞧不起我。」

伯恩斯太太放下手邊工作。「妳不是在尋我開心吧？」

「伯恩斯太太，如果我想尋妳開心，我會說自己的出身有多高貴，而不是和妳講眞話。」

「所以妳眞的曾經在台上唱歌跳舞？」

「正如妳所說。」

「男士們跪在後台門外，懇求妳的青睞？」

華生太太又笑了。「是不到跪在地上的程度啦，可是沒錯，不時會冒出幾位男士想認識我之類的。」

「之類的？」

「喔，妳知道的。」

伯恩斯太太挑眉，不過她的表情還算愉快，沒有反感。「希望妳眼光好一點。」

「我在這方面有我自己的一套。」華生太太含蓄地回應。

伯恩斯太太搖搖頭，繼續削皮。「我可沒想過會在慈善廚房遇到女演員。」

「我常在書店、火車站見到以前的同行，有一次還是在本寧山踏青時巧遇。我們不是稀有動物——特別是在倫敦。」

伯恩斯太太又搖了搖腦袋，接著她直視華生太太，說道：「我總是對劇場很感興趣，當然了，不是登台表演——我不喜歡被陌生人盯著看。那種感覺一定很……自在，對吧？那裡每個人都是，呃，我不知道該怎麼說才不會冒犯到妳，就是——」

「嚴格來說，大家都不是那麼高尚可敬。」華生太太笑著替她說完。

「因此要靠自己的本領換取尊敬，因爲大家都是從同樣的起點出發。」

「如果妳想找到眾人平等的工作，我不確定劇場是最好的答案。爭權奪利的亂象就和社交季高峰期的社交圈同樣激烈。可是我喜歡演戲。表演會帶來一種魔力，還能得到溫暖的同志情誼，即使醜陋的瘋狂同時存在。」

一如人生。

伯恩斯太太沒有回話。廚房充滿刀鋒敲打砧板、鍋裡冒出蒸氣的聲響。

華生太太以爲伯恩斯太太的好奇心已經耗盡，卻聽到她再次開口：「劇場在我心中揮之不去的理由之一，和我以前認識的人有關。他呢，嗯，放感情的對象有點特別。」

「妳的意思是他對女人不會產生浪漫情感。」

「對，就是這樣。他也不是眞心要演戲——只是認爲在那裡，他這類人不是那麼受到排斥。」

「這也不算錯。我敢說像他這種人，在劇場裡面比在外頭多。他在劇場比較不寂寞——也安全多了。但這並不代表大家會善待他；看到他穿著戲服走過，劇組人員還是會用難聽的綽號叫他，比出失禮的手勢。」

「沒有所謂的烏托邦，是嗎？」

「恐怕是如此，我們也只能接受現實。」華生太太停頓幾秒。「說到妳，伯恩斯太太，或許這麼說有點唐突，但我覺得妳長得很美，妳幫傭時有沒有遇過什麼麻煩？」

伯恩斯太太聳聳肩。「老實說我不認爲只有好看的女人才會沾上這種事。男人並不是見到美女才突然感受到想將手伸進她裙裡的衝動。如果是那種男人，或許他在漂亮女人面前更管不住手腳，但就算她長得不怎麼樣，他還是會動手找樂子。」

答得漂亮，但華生太太想聽的不是這個。「希望妳現在的雇主沒有這方面的毛病？」

「喔，史汪森醫師人很好。話是多了一點，不過他很規矩。」

「要是他某天愛上妳了，向妳求婚的話，妳會怎麼做？」

伯恩斯太太咯咯輕笑。「喔，眞是太妙了。如果是這樣的話，我會說比起免費照顧他，我寧可靠著照顧他賺錢。」

「嫁給德高望重的醫師一定還有其他好處吧，比如說妳可以不用顧忌他那個煩人的女兒。」

「很誘人，只是還不夠誘人——我更希望別再看到她那張臉。而且啊，我心裡有人了。」伯恩斯太太湊近一些。「她名叫蓋布莉兒——在有錢的寡婦家工作，寡婦有三個夢想成爲伯爵夫人的女兒。總有一天，我們要到南法享受退休生活。」

「喔，可憐的醫生永遠沒機會啦。」

伯恩斯太太又輕笑幾聲。「如果他是公爵的話，我可能會考慮看看。我知道公爵夫人可以到處找情人，可是醫生一定希望他的妻子規規矩矩的。我也不是不正經的女人，只是我心裡只有蓋布莉兒一個人。要是聽到我只想和她同床共枕，史汪森醫師會嚇到中風吧。」

「說不定他會問能不能湊一腳，這種事很難說得準。」

伯恩斯太太目瞪口呆幾秒，接著冒出一串笑聲。兩人笑了好一會，開始朝一整籃的馬鈴薯下手。

□

「嗯，陰謀是更加撲朔迷離——還是漸漸明朗？」潘妮洛問道。她阿姨去睡午覺了，福爾摩斯小姐簡單轉述華生太太在慈善廚房得知的內情——夏洛克．福爾摩斯的生意永遠不嫌無聊。「如果伯恩斯太太對史汪森醫師沒有半點興趣，那麼這一切都是莫利斯小姐庸人自擾囉？」

「除了第一次面談，她沒有繼續抱怨健康問題。」福爾摩斯小姐應道：「後來每次見面，她總是健壯如牛，也對此沾沾自喜。」

「妳打算怎麼做？」

「我再去拜訪莫利斯太太一次，多問幾個問題。」

潘妮洛搖搖頭，慶幸這不是她的問題。兩人聊到布盧瓦家的兩位女士，她們已經從外地寄來兩張明信片了。接著，潘妮洛認爲閒聊應該到此爲止。

「福爾摩斯小姐，妳眞的對英古蘭爵爺起疑心了嗎？」

福爾摩斯小姐的面容寧靜如聖母像。「還好。」

「可是昨天妳和瓊阿姨說到處找芬奇先生的男人可能是他。」

「也可能是他派去的人馬。」

「妳沒想過他有可能會對芬奇先生做什麼事嗎？」

「沒有。可是我無法確定他有沒有想方設法地調查一切？」

潘妮洛努力想像英古蘭爵爺躡手躡腳地收集英古蘭夫人往日舊愛的情報。她做不到——然而她和福爾摩斯小姐一樣，無法完全排除這個可能性。或許他已經不愛英古蘭夫人了，但她依舊是他的妻子，也是他孩子的母親。除了當事人，誰能打包票說他有沒有做過哪些事？

「家父自以爲是個聰明人。」福爾摩斯小姐繼續道：「他相信家母腦袋平庸，於是他遮遮掩掩地暗示偷情的事實。不過根據我的了解，不用那些訊息，她早就知道了。」

「家庭裡可以藏住很多祕密，可是英古蘭爵爺眼睛很利。或許在今年夏天之前，英古蘭夫人還能瞞住一切。但自從芬奇先生失蹤後，她出現種種脫序的行爲，他會察覺到不對勁絕對不是怪事。」

「剛才提到的那個男人——妳認爲是英古蘭爵爺的手下——他是在一個月前造訪芬奇先生待過的村子。而芬奇先生是在之後才失蹤的吧。」

「不能完全信任英古蘭夫人的說詞。她說她毫無頭緒，卻跑去找過家父的律師，顯示她不像自己說的那樣一無所知。既然她撒了這個謊，其他細節也可能不是眞話。」

潘妮洛嘆息。「眞想確認英古蘭爵爺沒有涉入此事。」

「是有這個可能——他沒有主動出手。可是無論如何，既然他妻子身在其中，他也擺脫不了干係。」

潘妮洛一定是露出了失望的神色，因爲福爾摩斯小姐溫柔地說道：「里梅涅小姐，我有個醫療方面的問題，可以請妳協助嗎？」

□

英古蘭爵爺已經好幾年沒有踏進妻子在自家的臥室了。房裡有些變化——爐架上的新座鐘、兩幅他不記得曾經造訪過的海灘油畫，不過整體而言，這房間是如此熟悉，他幾乎以爲會透過梳妝鏡對上她的視線，看到她梳理美麗的長髮，臉上掛著喜悅的笑容。

不，喜悅的笑容是結婚初期的景象。上回他走進這個房間時，她確實笑了，只是那個笑容只剩敷衍，幾近虛僞。

他曾經希望與她歡好，期盼肉體接觸能縮短兩人的距離，那是無論他怎麼做都無法跨越的鴻溝。然而最後他只留下一句晚安和些許客套話就離開了，在她的私人空間裡，他感受到自己遭到抗拒。

隔週，教父猝逝，他對她說只繼承到每年五百鎊的遺產，沒有提及教父遺囑裡的財富。她勃然大怒。她可是抱持著他將會得到大筆金錢的期盼嫁給他，她如此吼叫，現在她嫁了個一窮二白的男人。她讓孩子染上猶太血統，卻什麼都拿不到。

一開始，她的憤怒令他稍稍振奮——憤怒是實在眞確的情緒，他可以深入憤怒，找出更多頭緒。總比讓他絕望的冷淡疏離還要好。

過了好幾分鐘、好幾個小時、好幾天，他才漸漸聽懂她說的話。然後變成眞實。

從此以後，若非必要，他們再也沒有交談過。

那麼他又爲何要進她的房間？

他的行動解釋了他不願付諸言語的意念。儘管有些羞慚，一股莫名的力量催促他將房間徹底搜過一遍，只有在對付洩露國家機密的嫌犯才會使出這般手段。

沒能在她的房間裡找到半點線索，他把注意力轉到自己的書房裡，知道有時候她會趁他不在家時借用。這裡也是毫無斬獲——可惜打字機色帶上看不出前一次打出的文字。女僕定期替書本撢灰，但這並非她們每日的家務，應該能看出最近哪本書曾經被人動過。

毋庸置疑，近日有人翻閱過的第一本書——上頭的灰塵被人拍掉了——是婚姻法的專書。

他對法律沒有特別的興趣。這套法學書籍是別人送的禮物——他連收禮的場合與送禮人都想不起來了。除了提及解除婚姻的章節，書頁毫無翻動的痕跡。

她有什麼打算？難不成她最近一直偷偷地研究離婚？

第十九章

星期一

「福爾摩斯小姐，哈德遜太太，眞是驚喜啊。」史汪森醫師起身，與夏洛特和華生太太熱情握手。「克萊麗莎至少還要半個小時才會回來——她每天早上都要去公園散步。希望在這段空檔內，我不會讓妳們太過無聊。」

福爾摩斯小姐微微一笑。「有你的陪伴，肯定是妙趣橫生。」

「要我請人送咖啡上來嗎？伯恩斯太太今天在家，我們可以享用她沖煮的完美咖啡。」

「當然沒問題。」

三人閒聊一陣，一名女僕送上咖啡。史汪森醫師仔細地倒咖啡，她們也毫不吝嗇地稱讚香氣與滋味。

福爾摩斯小姐加上大量的砂糖與奶精，盡情享受咖啡的美味，接著放下杯子開口道：「史汪森醫師，請原諒我們——以及令嬡——在前次見面時沒有對你完全坦承。莫利斯太太和我們並不是在編織團體認識的。不久之前，她上門拜訪，尋求家兄夏洛克．福爾摩斯的諮詢，因爲她默默煩惱了許久，生怕會在自己家中被人毒死。」

聽到夏洛克．福爾摩斯的名字，史汪森醫師眨眨眼，毒死這個詞令他整個人瑟縮了下。「可憐的孩子──我都不知道她竟然苦惱至此。這裡是倫敦，連空氣都有毒，大部分的人都習慣了，但偶爾有些人對於他們吸入的有害物質敏感到無法忍受的地步。」

「莫利斯太太可不是這麼想的。她認爲伯恩斯太太想要除掉她，好得到追求你的機會。」

史汪森醫師瞠目結舌。「太荒謬了，伯恩斯太太絕對不是這種女性。老天爺啊，這個想法太過偏離現實，我完全不知道該說什麼。」

福爾摩斯小姐稍稍湊上前。「你只能告訴莫利斯太太眞相。」

史汪森醫師瞪著她看。「我──恐怕──」

「醫師，恐怕你很清楚我在說什麼。令嫒相信你的管家在餅乾裡放了讓她不適的東西。但其實不是餅乾，是她喝的咖啡，而且是你動過手腳的咖啡。」

「我沒有在咖啡裡放任何毒藥。」

「沒錯，你不會對她做這種事。可是你希望她極度不適，離開倫敦。然而依照現在的情勢，莫利斯太太的敵意可能會導致伯恩斯太太提出辭呈，這是你最不樂見的結果。」

史汪森醫師吞吞口水。

「令嫒向我們宣稱她極度厭惡熱帶水果。有時候討厭某種食物是因爲無法接受它的滋味，有時候則是因爲只要極少的分量就能造成劇烈反應。」

「家兄認爲她有可能對某些熱帶水果過敏，可是她一向乖乖避開──就連不是來自熱帶的果乾都不碰。那要如何在她的飲食裡加入這類過敏原呢？」

「他腦袋打結了好一陣子，直到我回想起食品儲藏間裡放著椰子纖維揉成的細繩，而你對那個地方很熟悉，因爲你以前都是自己煮咖啡。剪下或是磨下少量的纖維，混進咖啡粉裡應該不會太難。食品儲藏間照明不佳，莫利斯太太也沒理由懷疑她自己稍早磨好的咖啡裡加了什麼料。」

史汪森醫師雙手握住椅子扶手。「妳、妳會和克萊麗莎說嗎？」

「我們不該說嗎？」

「拜託，請別說出去，她會崩潰的。我發誓我絕對無意傷害她。正如妳所說，我只是希望她離開倫敦。」

「你都看到她受了多大的苦，卻還是下了第二次手。」華生太太再也忍不住了。「這是哪門子的父親？」

「請妳們一定要了解，在我妻子過世後，我開始覺得自己的人生快到盡頭了。我已經老了，失去對任何事物的興趣，不再看報紙，得要逼自己回覆信函，以前我總是在最短的時間內回信。」

「接著，前任管家退休，伯恩斯太太來了。然後……突然間我覺得自己又恢復青春，以往只看得到結束，現在我能看見未來。她既美麗又有教養。我們可以一起去看戲、聽演講，我們可以環遊世界。」

「我把診所賣了，才有更多時間追求她，然而她是那麼的拘謹又難以捉摸。後來我想她漸漸對我有意思了，這時克萊麗莎來看我——就這樣住下來了。我覺得自己有些瘋狂。伯恩斯太太是美麗的寶石。要是有工匠上門，要是哪個人奪走她的芳心呢？然後——然後我想到克萊麗莎的過敏……」

一臉懇求地望著福爾摩斯小姐和華生太太的，只是個再普通不過的老人。

華生太太揚起下巴。「史汪森醫師，你得知道兩件事。首先，你永遠無法贏得伯恩斯太太的青睞。她心裡已經有人了，等到對方也脫離幫傭的身分，他們準備好要共度餘生。」

「第二，令嬡不會回到她丈夫身邊了。夏洛克·福爾摩斯懷疑一個可能性。於是福爾摩斯小姐和我昨天照著他的指示，到丹佛港一趟，得知莫利斯上校帶了別的女人回家。莫利斯太太顯然選擇不接受這樣的安排。」

「那個——那個混帳！」

「她這輩子的男人運真的不太好。」華生太太酸溜溜地說道。

史汪森醫師一臉苦澀，但沒有與她爭執。「我會好好照顧她的，請不要和她說。」

「不會的。你很清楚這件事會狠狠打擊她——我不確定到了這個節骨眼，她還能承受多少打擊。可是我們需要你簽署一份聲明，未來會鎖進英格蘭銀行的保險櫃。之後我們打算定期來訪，確保她平安無事。」

史汪森醫師吞了一大口氣，照著兩人的指示簽名。等到她們起身時，他問道：「妳們會告訴她什麼？」

「你可以說我們來過，向你報告了調查結果：這一批咖啡豆曾和椰子一起存放。你向我們證實她對椰子嚴重過敏，謎團就這麼解開了。」

□

「我還是覺得應該要向莫利斯太太說明眞相。」踏出史汪森醫師家之後，福爾摩斯小姐說道。

或許她是對的，但華生太太就是無法如此對待那個可憐的女人。她沒別的地方可去，眞相只會害她終生悲慘無比，遭到丈夫背叛後，期盼給予她庇護的父親到頭來也背叛了她。

「我繞去後門一趟。」華生太太說。

福爾摩斯小姐點頭，沒有反駁她的觀點。「我該去《泰晤士報》的編輯部了，先前約了時間要進檔案室查資料。」

和她道別後，華生太太輕嘆一聲，想起以往有幾次她們幫助客戶的同時也保護每一個人不致心碎——包括她自己。她有時候會害怕，但是這份哀傷比任何恐懼都還要難受。

妳這個蠢貨，她走向通往後門的階梯，一邊暗罵自己。這只是因爲妳現在沒有碰到任何危機。

老實說這不算眞話。福爾摩斯小姐提過馬伯頓姊弟到上貝克街十八號避難一事——也確定芬奇先生與莫里亞提有所牽扯。危機如影隨形，她只是刻意不去多想。

伯恩斯太太親自來應門。「華生太太？妳來這裡做什麼？」

華生太太傷感地笑了笑。「要是妳願意招待一杯妳的絕妙咖啡，我就告訴妳一切。」

伯恩斯太太聽著她的敘述，露出越來越難以置信的表情，不過她沒有打岔。

「就是這樣。理論上這件事只和那對父女有關，但我認爲妳應該要知道。」

伯恩斯太太沉默了好一會。「我是覺得莫利斯太太有點蠢，可是她不該受到這些傷害。」

「的確。」

「還有史汪森醫師，我永遠猜不到他會如此不講情分。眞是讓人不舒服。」

「幸好妳不覺得這樣很浪漫。」

「天啊，怎麼可能。這是最純粹的自私。」

「接下妳要怎麼做？」

「我想我要開始找新的地方了。」

「抱歉，我知道妳不希望如此。」

伯恩斯太太笑了。「華生太太，別爲我擔心。我知道要怎麼照顧自己。」她送華生太太到門外。

「謝謝，我很感激妳的付出。」

「我也很高興能幫上忙。」華生太太戴起手套。「對了，妳之前提到的朋友，後來他有沒有進過劇場？」

「誰？喔，小葛瑞維嗎？沒有，他姊姊嫁給有錢的爵爺，他只能放棄追求放蕩不羈的生活。」

□

想確認夏洛特挑出的報紙留言是解開莫里亞提密碼的關鍵字，唯一的方法就是一一檢驗。她已經從班克羅夫特爵爺那邊收到那組維吉尼爾密碼透過電報遞送的確切日期，終於能夠進行測試。

不過她得先及時找到特定的留言。她查了那個日期前後的報紙，因爲是十年前的密碼，登報留言用的是完全不同的加密系統。最後她解出一組代號：C 2 5 7。從十四天前的報紙留言版也找到另一組類似的代號：H 146 6 4。

她盯著字母與數字整整一分鐘，又跑去校對員的辦公室，問他們手邊有沒有莎士比亞作品集。架上擺了兩套，一套是近年的版本，另一套和莉薇亞的收藏一樣，是原版抄本。

她拿抄本來對照。喜劇，第二頁、第五行、第七個字。土壤（Earth）。這不是她解開的維吉尼爾密碼的關鍵字。歷史劇，第一百四十六頁、第六行、第四個字。巫師（Wizard）。也不是這個。

她完全搞錯了嗎？

她的理論是莫里亞提和黨羽——以及黨羽之間——的通訊幾乎都是透過密碼。這種做法有優點也有缺點——同樣的密碼用過太多次就容易被其他人逮到；只要有人洩密，所有祕密就只能全面曝光了。

解決之道便是採用極度複雜的密碼，不斷改變給原文加密的關鍵字。問題來了——要如何公布關鍵字，讓組織的每一個人大致在相同的時間得知。

報紙能發揮這個功能。然而接收端還是需要共通的參考資料，必須是不難找到的文本。比如說《聖經》、《大英百科全書》、《威廉·莎士比亞先生的喜劇、歷史劇、悲劇》——也就是所謂的

《第一對開本》。

若是出現叛徒，組織高層只要改變參考書籍就可以解決。洩密者還是能看到報紙留言，但要找到關鍵字就等同於大海撈針。

複雜的系統。可行的系統。如果她是莫里亞提，隔著被害妄想以及自戀的鏡片，必然會認定這是接近完美的系統。

那爲何這回用的不是那套系統？

她一拍前額，引來身旁校對員困惑又帶了點不以爲然的眼神。當然了，就算是設計最精巧的系統都會被人爲操作捅出漏子。要是負責刊登線索的黨羽出了錯呢？要是發生了不幸或是預料之外的狀況，延誤了解密關鍵字的刊登呢？

她回到檔案室，找出接下來幾天的《泰晤士報》。兩天後的一則留言解密後得出T 44 7 9。悲劇的第四十四頁是《泰特斯．安德洛尼克斯》（*Titus Andronicus*）。她的食指滑向第七行。這一行的第九個字同時也是最後一個字是……眞相（truth）。

這正是那份維吉尼爾密碼的關鍵字。

□

福爾摩斯小姐在午餐時間後回到家，華生太太立刻向她報告方才得知的情報。「伯恩斯太太曾在英古蘭夫人的家裡幫傭——好吧，該說是她雙親的家，就是他們住在牛津那陣子。」

福爾摩斯小姐只稍微停下腳步摘下帽子。「一喝完午茶我就要出門了，女士。介意一邊練習棍術，一邊說這個故事嗎？」

華生太太嚇了一跳。以往總是她和潘妮洛提醒福爾摩斯小姐該來鍛鍊自衛技巧了，這是偏好坐著不動的福爾摩斯小姐第一次主動說要練習。

「當然。」

兩人換好衣服，在體育室集合，華生太太指示福爾摩斯小姐做點暖身運動。

「今天可以嚴格一點。」福爾摩斯小姐說：「請繼續告訴我從伯恩斯太太那裡得到的資訊。」

華生太太使出更大的力道揮舞手杖，福爾摩斯小姐一個踉蹌。

「少來了，別被我這個老太婆比下去啊。我說到哪了？啊，對，伯恩斯太太曾經替英古蘭夫人母親的表親服務。那個表親計畫和姊妹一起出國六個月，她們只想帶一名女僕隨行，就把伯恩斯太太借給葛瑞維太太做個人情，畢竟葛瑞維一家沒把僕役帶到牛津——他們不希望自己住在附近破房子的風聲走漏，被人發現他們其實不是去歐洲渡長假。」

福爾摩斯小姐用力格擋，矮身躲過華生太太的下一波攻勢，華生太太很少在這名年輕女士身上看到如此敏捷的行動。「很好！雙腳動起來！」

「我的腳有動，是身體其他部分跟不上。」

「於是伯恩斯太太遇上了這古怪的一家人。」華生太太回到正題。「男孩們該去上學了，家裡卻沒錢繳學費。他們的父親盡力教導，可是他也把拉丁文和希臘文忘得差不多了。她說男孩們沒有接受教育。小的那個毫不在意，大的那個對此感到不安。」

「他們的姊姊呢？妳一定有向伯恩斯太太問起她吧。」

「伯恩斯太太說她對那個年紀的英古蘭夫人最深的印象就是充滿挫折感。」華生太太稍稍遲疑，持杖的手差點遭到福爾摩斯小姐攻擊——這女孩或許毫無實戰經驗，但知道要如何找破綻。她勉強閃過福爾摩斯小姐的手杖。「那股挫折感不時會醞釀成憤怒。」

「英古蘭夫人當時十六歲，還是十七歲？」

「大概是十七歲吧。伯恩斯太太到他們家的時候是冬季。」

福爾摩斯小姐竄向一旁，推牆改變方向，不讓自己被逼進角落。「得知家父的第一任未婚妻因爲他有個非婚生兒子而拋棄他，我還以爲私生子是導致這個結果的主因——即使大多數男性都不會對這種事件負起責任。後來我才領悟到實情——他在追求艾梅莉亞・德魯蒙小姐期間，搞大了女僕肚子，因此她是鄙棄他的不忠。」

「他在原本要與艾梅莉亞小姐成婚當天娶了我母親，根據這一點可以推斷芬奇先生頂多比我家大姊漢莉葉塔年長一歲。那年冬天他大約是二十三歲。」

兩個年輕人，雙雙遭受家境擠迫。「妳認爲英古蘭夫人的挫折感是來自她無法與芬奇先生長相廝守嗎？」華生太太問道：「妳認爲芬奇先生任由莫里亞提徵召，也是出自無法娶英古蘭夫人的挫折感嗎？」

「我不知道芬奇先生是何時決定投身莫里亞提麾下，史蒂芬．馬伯頓對此了解不深。」福爾摩斯小姐往左一閃，可惜動作不夠快，華生太太的手杖擊中她的上臂。福爾摩斯小姐皺起臉。

「親愛的，妳一下就累了，得要增強體力——唯一的方法就是花更多時間活動。」華生太太心中調皮的一面想著要不要伸腿絆倒對手，可是富含同情心的那一面決定在這麼做之前，得先在房間裡鋪上更多軟墊。「對了，妳有沒有注意到近年來英古蘭夫人心底蘊藏著一股怒氣——她剛踏入社交界時還不會如此？」

「英古蘭夫人的憤怒一直都在——就和家姊莉薇亞一樣，只是英古蘭夫人僞裝得更好。」福爾摩斯小姐揚手示意她得要喘口氣，靠著牆面，肩膀垂落。「對了，夫人，妳手邊有沒有比較有分量的洋傘？或是類似的物品？」

□

「吉雷斯比先生外出見客戶了，今天應該不會回來。」律師祕書是個年輕人，臉頰微微泛紅。

夏洛特沒有直接指出吉雷斯比先生的手杖就擱在玄關傘架上，頂端還印著他的名字縮寫。她笑道：「我不用見吉雷斯比先生。相信你身爲他的左右手，該怎麼稱呼——」

「帕森斯。」

「是的，帕森斯先生，相信你能幫我這個小忙。」

「小姐，恐怕我無能爲力。我——律師允許我今天提早關門——其實就是現在——去接我、我母親。她搭火車來城裡遊覽，我不希望把她一個人丟在滑鐵盧車站。」

不到一分鐘內，他的臉色從粉紅變成緋紅。夏洛特對於人在撒謊時面容暴露的祕密驚嘆不已，而且她早就看到打字機上完成一半的信件，加上他辦公桌上的其他線索，足以判斷他今天的工作還沒結束。

「你當然不想讓她獨自等候。」她柔聲道。

「沒錯。小姐，如果妳明天回來，大概、呃、早上十點，我保證到時候就能協助妳。」

她又對他笑了笑。「我會的，謝謝。」

□

證實她對莫里亞提組織傳訊加密與解密系統的推測後，夏洛特馬上派人傳信給班克羅夫特爵爺，要求見他一面。現在兩人再次來到波特曼廣場附近的屋子，坐在色彩繽紛的客廳裡。

她簡單報告先前在《泰晤士報》檔案室的發現。「相信我對於莫里亞提使用的系統沒有判斷錯誤，但目前爲止證據只有那份十年前的維吉尼爾密碼。爵爺，如果您手邊有更近期的加密文件，推測是來自莫里亞提的組織，我想借來驗證是否已經掌握到眞正的脈絡。」

班克羅夫特爵爺嘆息。「福爾摩斯小姐，我得說我挺失望的。收到妳的短信時，我還希望妳終於要對我的求婚做出企盼已久的回應。」

「啊。」

「是的。已經過了兩個禮拜，我們也認識超過十年了。相信妳對於我的人格、財務狀況、對情感的忠誠沒有任何疑慮。」

「確實沒有。」

其實理論上來說，他們幾乎可說是天作之合。他早已證明兩人同樣離經叛道、性情冷靜。

「說完我對於這次來訪的第一反應，接著來談談妳的請求。」他往後靠上椅背。「恐怕妳有些誤會，福爾摩斯小姐。假如妳破解了莫里亞提的密碼系統，是妳有義務向我提供妳的研究成果，我再派下屬確認妳的發現是否派得上用場。」

這並不是她預期的回應。班克羅夫特爵爺的意思很清楚——要她知道沒打算嫁給他的話，就無法繼續插手他的工作。「您會將結果告知我嗎？要多少時間？」

「只有替王室效命的探員能得知結果，不過有個例外狀況。」

她很清楚他即將提出的條件，她微微歪了歪腦袋。「請說明。」

「我可以提供妳想要的一切，前提是妳承諾將在短時間內成爲班克羅夫特夫人。」

要是他知道在她腦袋裡漸漸融會貫通的各種理論，他就不會拿關鍵資訊玩遊戲。問題在於她還沒準備好讓他知道這些理論。

事實上，確保他對這些一無所知才是第一要務。

她眞的能答應他任性的要求嗎？她眞的得要勉強踏入婚姻——婚姻——只爲了換取需要的情報？他們的天作之合就是在這裡出現分歧。夏洛特也不是沒有無情的一面，但要是說她血管裡流動的是冷水，那麼班克羅夫特爵爺就是冰河了。重點在於她深信他會確保她信守諾言，即便是受到逼迫做出的協議。

和某個不是她自己選擇的男人共度數十年光陰，光想就覺得自己的肺臟被水從四面八方壓迫。然而……會不會有更惡劣的選擇？

「我同意。」她直視他的雙眼。

人總要付出代價——她的虧欠太深太廣了。

班克羅夫特爵爺勾起嘴角。他自然是有些訝異，同時也相當愉悅。

「不過，」她補充道：「您提供的資料得派上用場，我們的協議才會生效。」

「我怎麼會知道？」

「喔，您會知道的，爵爺大人。」她回應他的微笑，有時候她的血管裡也會流過一兩座冰山。

「既然您對我提出這麼多要求，我也得要向您借個您完全信任的人手。」

□

班克羅夫特爵爺交給夏洛特一份攔截下來的電報——或者該說是副本，她對著原件確認三次，爲的就是不想抄錯任何一處——發送日期是她發現豪斯洛那棟屋子裡的祕密後的兩天。

也就是說她不用再去《泰晤士報》的檔案室查閱舊報紙，甚至不用額外解開留言版的密碼：爲了英古蘭夫人的委託，夏洛特已經把那段日子的留言收集起來解密，記在筆記本內。

解碼後的電報內容裡有一組日期，進一步支持她的理論：收到加密訊息的人得知道密碼是在何時撰寫，才知道要用哪個關鍵字解碼。

利用《大英百科全書》或是《第一對開本》的留言可以明確地指向特定字眼。可是面對聖經內文，她不太確定要如何下手。既然這些文字沒有加密，根據莫里亞提組織神祕兮兮的特質，關鍵字絕對不會在刊登出來的句子裡頭。

如果這段內文只是暗示，它是在暗示什麼？

許多人必在其上絆跌、仆倒、跌碎，並且陷入網羅被抓住

《以賽亞書》八章十五節。

她試著用那一章的第一個字和最後一個字，接著是《以賽亞書》的第一個字和最後一個字，全都不是解碼的關鍵字。

這部經書的標題？還是不行。

她揉揉太陽穴。她一定是找錯方向了——這是維吉尼爾密碼。過去十年來，隱藏關鍵字的書籍至少換了兩次，她卻依然以爲基本的密碼形式沒有更動。

可能會變更成什麼模樣？既然尋找關鍵字的線索明朗許多，那麼就是加密文字本身又提昇到新的層級，更難破解。

惠斯頓發明的普萊費密碼？要是不知道關鍵字，這種密碼基本上無法解開。不過她確實掌握了關鍵字——至少有幾個備選，前提是她的思路沒有出錯。她畫出五乘五的矩陣，將加密文章的字母兩兩湊成對，開始動工。

到了深夜，她證實「以賽亞」（ISAISH）確實是那十天的關鍵字，接著將腦袋靠上桌面。

然後她嘆了口氣，再次對照筆記本，抽出一疊白紙振筆疾書。

第二十章

星期二

莉薇亞再次對自己的傑作讚嘆不已。

上週五，得知自己並沒有犯下亂倫大罪——即使她事先毫不知情——的狂喜消退後，她開始擔心先前的作品只是自己陷入情緒深淵的產物。要是她恢復平常的自己——這並不是值得羨慕的事情——說不定她就再也寫不出半個字了。

然而故事發展得很順暢，凶手派一名老婦人前去取回他掉在犯罪現場的關鍵物品。她躲過了夏洛克·福爾摩斯的跟蹤，現在蘇格蘭警場的警官前來向福爾摩斯告知他們根據間接證據逮捕了某個人——顯然他們抓錯人了。

她放下筆，伸展手指。她偶爾會懷念夏洛特的打字機，但其實那對莉薇亞來說沒多大用處。打字機太吵了，而莉薇亞的最佳——至少是最不受打擾——寫作時段又是清晨雙親起床前的空檔。

女僕走進早餐用餐室，帶來清早的第一批郵件。莉薇亞隨意瞄了一眼，不抱多少期待，然而最頂端的一封信上印著清清楚楚的打字字跡：莉薇亞·福爾摩斯小姐。

她拆開厚實的信封，發現裡頭裝的不是信件，而是一張手繪書籤，上頭畫著身穿白衣的年輕女子，坐在公園長凳上看書。

□

夏洛特在祕書帕森斯指定的時間抵達吉雷斯比先生的事務所。帕森斯的臉已經紅到要冒出熱氣，他催促她進入吉雷斯比先生的辦公室。

「我不是來找吉雷斯比先生的。」她低聲道：「我只有一個小問題，在你那本日誌裡就有答案。」

「可是吉雷斯比先生指示我帶妳進去。」

夏洛特雙手握住洋傘傘柄。「是嗎？既然吉雷斯比先生急著見我，他可以到外頭來。請你向他轉達。」

「妳……妳會留在這裡？」

「當然了。你還沒回答我的問題呢。」

帕森斯眨了好幾下眼，側身走向辦公室，每走幾步路就回頭看夏洛特一眼。他沒多久就回到原處，跟在他背後的不只吉雷斯比先生一個人，還有夏洛特的父親亨利爵士，以及馬夫莫特。

「夏洛特，妳也鬧夠了吧。」亨利爵士大吼。「現在就跟我回去。」

「啊，父親。你近來可好？吉雷斯比先生。莫特。」她把洋傘握得更緊一些。她不太確定莫特究竟會聽哪邊的話，不過就算他保持中立，她還是得面對三個大男人。華生太太的特製洋傘無論有多堅固，都無法充分守護她的自由。「父親，眞是不巧，我今天挺忙的，不得不拒絕你的邀約。」

「夏洛特。」她的名字成了一聲怒吼。

「是的，父親？」

「一定要我清清楚楚地說出妳如果不乖乖回家的下場嗎？」

「我很有興趣，但我難以相信一個毀約成性的男人。」

吉雷斯比先生和祕書一同望向亨利爵士，表情驚愕，她無法分辨他們是被這指控嚇到，還是因爲有人把這樣的指控說出口。莫特似乎正努力憋住緊張的笑聲。

她的父親臉色變得幾乎和祕書一樣紅。「如果妳不跟我走，我就把妳打出去。」

「我可不這麼想。」

她從手提袋裡摸出一把德林傑袖珍手槍，按下擊錘——她不會把自己的安全寄託在一把洋傘上。

亨利爵士瞪大雙眼。吉雷斯比先生和帕森斯同時後退一步。

「妳要對自己的父親開槍？」

「我會先射吉雷斯比先生——別擔心，我只打腳。接著就輪到你，同樣也是往你腳上射。如此一來，我不認爲還會有人特別想違背我的心意，帶我到任何地方。」她微微一笑。「父親，是你教我怎麼用槍的。你知道我的準頭有多好。」

外頭有人敲門。四名男子不安地面面相覷。又是一記敲門聲，他們依舊無法動彈。

門一開，英古蘭爵爺走了進來。他看了屋內一眼，忍不住咋舌。「福爾摩斯，妳打算把這些人當成人質嗎？」

「算是吧，爵爺大人。早安。」

「是你窩藏她嗎？」亨利爵士的嗓音尖銳嘶啞。

英古蘭爵爺朝他露出無辜的訝異表情。「爵士，我已經有家室了。不像某些人，我從沒背叛過婚禮上的誓言。就我所知，福爾摩斯小姐是以値得敬佩的方式照顧自己。」

「我不相信。」

「爲什麼？我和這房間裡的某些人不一樣，從未出爾反爾過。」

吉雷斯比先生和祕書同時嘸嘸口水。莫特一陣狂咳。亨利爵士從未在五分鐘內被人兩度指控信用有重大瑕疵，眼神茫然，彷彿無法相信正在發生的一切。

「那你來這裡做什麼？」他終於擠出下一句話。

「我是照著家兄的指示前來。他已經向福爾摩斯小姐求婚，強烈希望她留在倫敦，直到獲得她的回覆。」

「班克羅夫特爵爺想要娶她？」

「是的。」

亨利爵士轉向夏洛特，一副極想掐住某個人的模樣。「妳這個蠢蛋，怎麼不趕快答應？」

「理由和我上回沒有答應的那次一樣，我無意嫁給班克羅夫特爵爺。」

「就算妳可以——」

「就算我可以讓你這個毫不尊重我的期望的人高興?」

「妳就是這樣尊敬把妳養大的人?」亨利爵士口沫橫飛。

「不，我對你的敬意不只如此。事實上，我打算每年給你，還有母親一百鎊。」

「妳永遠無法彌補對我們造成的不幸!」

夏洛特挑眉。「那麼就當作你不想要這個一百鎊了。」

「我、我可沒這麼說。」

「你要拿還是不要拿?」

「呃、要。」

「很好。不過請你要知道這筆錢不是什麼善款，我會要求一些回報。」

亨利爵士一手抹過額頭。「什麼?妳要什麼?」

「到時候就知道了。別擔心，你不會有多少損失。」她笑得更燦爛一些。「好了，各位紳士，我來這裡是要向帕森斯先生請教一件事，希望他能盡快回覆。剛才也說過了，我今天忙得很，不能繼續浪費時間啦。」

□

「謝謝你，爵爺大人。」夏洛特讓英古蘭爵爺扶她上馬車。

他搖搖頭，笑出聲來，又搖搖頭。「有時候我還眞想揍令尊一拳，但我不確定我能開槍射他。」

「我只瞄準腳。」她再次強調。「而且前提是他拒絕講道理。」

「那個可憐的律師呢？」

「可憐的律師是綁架計畫的幫凶。」她嘆道。可以預期吉雷斯比先生會同意合作，但這整件事還是令她後背一涼。「問題在於他相信自己是在做好事，逼著成年女性在幽閉中度過餘生以盡到對她父親的職責。」

英古蘭爵爺傾身握了握她的手。「妳知道我不會袖手旁觀，放妳在鄉下終老。」

兩人戴著手套的雙手只接觸了半秒——一股電流直竄上她肩膀。「我知道，有你這個朋友實在是太幸運了。」

聽完她要說的話之後，他還會不會認她這個朋友？

那股熟悉的沉默蠢蠢欲動，換作是其他日子，她會任由沉默降臨。但她今天決定打開話匣子。她問他社交季即將結束，他打算重訪哪個考古遺跡。她甚至問到他們家即將舉辦的英古蘭夫人生日舞會，這應該是社交季最後一場大型活動。她也和他提起手邊最近的案子——還有華生太太想把她訓練成倫敦首席女劍士的野心，把他逗得哈哈大笑。

當出租馬車即將抵達上貝克街十八號，她說：「幸好班克羅夫特今天是派你過來，我本來就要和你說幾件事，方便進來喝杯茶嗎？」

他小心翼翼地端詳她，最後只說：「當然。」

兩人在夏洛克．福爾摩斯的客廳落坐。她泡好茶，端上一盤馬卡龍。這是葛斯寇最近的代表作，輕盈如空氣的蛋白霜餅乾中間夾著美味的奶油霜。

現在是眞相大白的時刻了。

「先前我曾請你原諒，你即將知道我爲何會這麼做。」

他不停攪動茶水，沒有喝半口就放到一旁去，也顧不得假裝對點心感興趣。「我已經不太想聽了。」

可是他別無選擇。她也別無選擇。

「兩個多禮拜前，英古蘭夫人來找我。她相當苦惱，說她在嫁給你之前曾經愛過某個人，他們約定每年在他生日前的星期日當天，到艾伯特紀念廣場遙遙相會。」

他臉上毫無表情。

「今年對方沒有赴約。她不知該如何是好，因爲她不知道要怎麼找到他。這時她在報紙上看到夏洛克．福爾摩斯的報導，決定請他幫忙。得知她要找的人正是馬隆．芬奇先生，我的同父異母兄長，我不得不持續調查，直到確認他的安危爲止。」

他凝視著她。「妳答應見她之前就知道她是誰了？」

她嘆息。「是的。」

「我想也是。」他的聲音輕柔得幾不可聞。如此輕巧的話語，竟能乘載那麼深重的譴責。「繼續說吧。」

接下來的一個小時，他半句話都沒說。

經歷了比百年戰爭還要漫長兩倍的沉默，等他再次開口，他只說道：「我永遠想不到我會說出這句話——甚至是生起這個念頭，夏洛特．福爾摩斯。我眞希望上帝沒有讓我遇見妳。」

□

夏洛特說今天諸事繁忙並非謊言。英古蘭爵爺離開後，她搭火車到牛津拜訪芬奇先生以前的寄宿學校，不是什麼名校，只在地方上小有名氣。

上禮拜聽過格洛薩普太太的一席話之後，她與芬奇先生以前的學校書信往來幾回。她捏造了一個婦女慈善團體，其中幾位最德高望重的成員的孩子就是讀那所學校，都是板球隊的隊員。這個團體打算在會員通訊報裡寫一篇關於球隊輝煌戰果的報導，給那幾位成員一個驚喜。她身爲這篇文章的負責人，可否親自到學校一趟，看看校方收藏的照片呢？

校方的回答相當篤定：當然可以，我們很樂意分享檔案照片。

現在，十五年前的照片裡上百名身穿長大衣與條紋長褲的男孩嚴肅地盯著她。「這是瓊斯。」校長傷心地指著一名男孩。「我還記得他，亞契伯德．瓊斯。校史上最優秀的擊球手之一。可惜他父親不讓他繼續受教育，不然他肯定是學院隊伍的頂尖人物——甚至能進大學校隊。」

夏洛特忙著掃視照片下方細小的印刷字，列出每個男孩的名字。有了，M・H・芬奇。第四排左邊數來第九個。她還來不及從合照中找到他，校長又往她面前塞了一張照片。

「這是另一張瓊斯的照片，在他擔任校隊隊長那年拍的。」

照片裡擠了全隊十一個男孩，其中一張臉在夏洛特眼中格外清晰。下方沒有名字，她翻到背面，這裡留了幾個鉛筆字：後排左起，T・J・皮爾森、M・C・克瑟斯、O・A・莫瑞、G・G・巴伯、M・H・芬奇。

她胸腹間的結鬆開了。

看來她哥哥還活著，平安無事。

□

英古蘭夫人離開裁縫店，幾乎站不直。最後一次的試衣簡直是沒完沒了，裁縫師把她當成掛衣服的人台，現在她的後腰像是深深插了一把長矛。

她對流行時尚沒太大興致——更不喜歡在無謂的裝飾上花太多錢。可惜其他人期望她至少在自己的生日舞會上穿著嶄新的禮服亮相，因此她不得不耗費時間與金錢來滿足社交界的要求，但她倒寧可——

一只信封擱在馬車座位上，她瞄向車夫，看他滿懷敬意地垂著眼等她上車。她上了車，痛得皺起臉，背上的肌肉緊繃到差點扯著她往後倒。

生第二胎時產程又快又輕鬆，她以爲自己很快就能恢復，然而背痛就是不肯消退。換了十多位醫生，沒有人能幫上半點忙，只能開鴉片酊和嗎啡給她——彷彿把她當成會沉溺於藥物的軟弱女人。

等到馬車駛離人行道旁，等到她放下窗簾，她才拿起那封信。

沒有封口，正面沒有住址，裡頭只有一張打字紙條。

有可能嗎？

她把紙條按在胸前。過了這麼久，他終於聯絡她了。她從手提袋裡翻出鉛筆，在左搖右晃的馬車裡忙著解碼。

對他的信任使得她露出笑容：他想在她的生日舞會當晚見她。她才不在乎那些煩人的傢伙。

她只想見他一面。

第二十一章

星期四

凌晨一點，在史特勞斯熱情洋溢的華爾滋樂音中，英古蘭夫人從後門離開擠滿賓客的屋子。同一時間，一輛輕便四輪馬車從屋後的馬車專用道駛近，車外沒有任何標記，除了一張畫了鳥兒的紙夾在車窗內側。

不是普通的鳥，那是一隻燕雀。

她心跳加速，鑽進車廂，滿心期盼會見到他。然而車內空蕩蕩的，只在座位上放了一只信封，正面寫著數字，裡頭裝了把鑰匙。

馬車把她載到一間飯店，此處專門提供給不想在社交季期間大費周章租房子的鄉紳夫婦暫住。裡頭規畫了寬敞的公寓，正門直接對著街道，房客可以當成私人住宅般進出。

馬車停在與信封上數字相符的門板前。她的心跳得好沉，背痛全都拋到腦後。她奔上門前短短的階梯，急切地將鑰匙插進鎖孔。

公寓裡的燈似乎都亮著，把每個房間照得清清楚楚——從玄關往內看，每個房間都空無一人。她獨自站在客廳，一手扶著爐架，另一手撐著再度抽痛的後腰，皺起眉頭。

這時，前門開了，她迅速迴身，對著進門的男子展露笑靨。

她的笑容凝結。

不是他，是她的丈夫。

「你來這裡做什麼？」

他跟她一樣，還穿著晚宴的上好禮服。他的表情令她頸後寒毛豎立；她從未看過他露出這種眼神，不是空虛，不是茫然，就只是……什麼都沒有。

「我來道別的。」

「什麼道別？」她的嗓音拔尖，無法控制音量。「你要去什麼地方嗎？」

「不是，是妳要離開。」他在門邊的小桌子上丟了一個絨布袋。「我把妳的珠寶首飾拿來了。」

領悟漸漸滲透她的麻木。他知道了，他知道一切了，全都結束了。「你怎麼會知道？」

「妳應該要更小心謹慎。」他漠然道：「妳以爲我絕對不會懷疑妳。」

「多久了？你懷疑我多久了？」

她的嗓音還是降不下來，他則是一貫的平靜低沉。她恨他的冷靜，正如她恨被他戳破一切。

「這很重要嗎？我知道事實，至少有三個人因爲妳而死。」

她聽見自己的笑聲。「他們會死是因爲做了危險的事，選擇涉險的人有時候無法活著脫身。」

他僵硬地坐下，像是也爲背痛所苦一般。「有幾次我在海外差點回不來，妳希望我不會回來嗎？」

「現在說這個有用嗎？」

他眼中閃過一絲悲哀的陰影。「是啊，妳說得對。現在說什麼都沒用了，妳走吧。」

走？他是第一天認識她嗎？她從手提袋裡掏出手槍。「如果我走了，你永遠不會讓我再見到孩子。我最好現在殺了你，成爲悲痛欲絕的寡婦。」

看到瞄準自己額頭的槍口，他似乎毫不訝異，面無敗相。「沒有人會相信妳的。要是槍聲響起，除非是遭到逮捕，否則妳無法離開這個地方。街上及通往旅館的後門都有人馬駐守，沒有其他的出口了。妳殺了我，我們的孩子就會失去雙親。」

她咬住下唇內側。

「更別說班克羅夫特已經在路上了。只要落入他手中，妳不會接受公開的謀殺審判——妳會寧可受審處死。換作是我，不會浪費此時此刻。」

手槍不斷抖動。眞的已經結束了嗎？她如此努力、忍受了這麼多，卻換得這般結果？「我一直瞧不起你。誰都知道社交界的婚姻是怎麼一回事，可是你，非得要奉上眞心才肯善罷甘休，對吧？很好，我已經受夠了你那些『紳士風範』了。去死吧。」

「外頭的馬車任妳處置。」他的音調依舊和緩。「但我絕對不會選擇回家綁架孩子，他們已經送到別處去了。」

她扣在扳機上的手指縮緊，只要再添上最後一絲力道。

他紋風不動。「記住班克羅夫特，這是妳唯一逃脫的機會。妳一旦落入他手中，我就無法爲妳說情了。」

顫抖延伸到她的整條手臂。子彈打碎厚實顱骨的景象一定很美。爲了親眼欣賞，她還有什麼是無法捨棄的呢？

一聲尖叫從她唇間逸出。

他只是凝視著她。

她把手槍塞回手提袋，抓起那包珠寶，奔出門外。她不能乖乖落入班克羅夫特手中，就是不能，那才是眞正的末日。只要她還擁有自由，今天這一幕就只是暫時的退卻。

全面勝利之前的微小挫敗。

□

英古蘭爵爺緩緩鬆手，放開口袋裡的左輪手槍。

他現在也開始顫抖。

孩子已經離開倫敦的宅邸，這是眞話。可是屋外沒有隨時會衝進來的救兵，他也不會在二十四小時內向班克羅夫特通報她的動向。

她替他生了兩個孩子，這是他欠她的。

第二十二章

星期五

夏洛特坐在梳妝台前，往髮髻裡插髮針，數了數下巴肉有幾層。門鈴響起。夏洛特今天提早一個小時起床，就是爲了迎接班克羅夫特爵爺。看來她低估了他的不耐。

「請帶他到上貝克街的客廳。」她向前來通報訪客的麥斯先生指示道：「和他說我十五分鐘內過去。」

等她抵達夏洛克．福爾摩斯的客廳，班克羅夫特正站在敞開的窗邊抽菸。

「我還不知道現在已經可以在女士的客廳抽菸了。」

「抱歉。」他把菸蒂丟往窗外，關上窗戶——但他的語氣裡沒有多少反省之意。「要喝茶嗎？妳的僕役長堅持要泡茶。」

「相當有教養的待客之道。也感謝他堅持送上瑪芬，如此一來我就不至於被迫在這個不人道的時間起床挨餓。」

班克羅夫特爵爺伸手扒梳頭髮——夏洛特這輩子第一次在這對兄弟身上看到些許相近的行爲。

「既然妳有茶也有瑪芬了，可以請妳告訴我這究竟是怎麼一回事嗎？」

「英古蘭爵爺和您說了什麼？」

「只說妳會解釋一切。」

「一定不只這句。」

「很好。目前爲止，我無法告訴你任何妳還沒猜到的事情。」班克羅夫特爵爺坐下，灌下一杯麥斯堅持端上的茶。夏洛特察覺到他希望杯裡裝的是威士忌。「最近我們失去了優秀的探員，兩男一女。顯然我們之間有叛徒，可是完全無法確定是誰。今天早上天剛亮，我弟弟猛敲我家的門，和我說叛徒不在我們的部門裡，而是在他家。他的妻子在舞會當晚消失無蹤，已經超過二十四個小時。」

「他只說了這些？」

「然後他就走了，我不知道他跑哪去。」

當然是陪著他的孩子，這天他們失去了母親。

班克羅夫特爵爺期盼地盯著她。夏洛特一顆瑪芬吃到一半，感覺要是不向爵爺報告一切，她沒辦法吃完這顆瑪芬。她想這位男士已經等得夠久了。

「好吧。不久之前，夏洛克．福爾摩斯的名字登上報紙，以相當輕蔑的語氣暗示他現在只接無關緊要的瑣碎案子。正是我有幸受到您求婚那天。」

「原來如此。」

「您離開後不到一個小時，跑腿的信差把一封信送到這個住址。我認得信封和打字機都是英古蘭爵爺家的——但他不用寫信和夏洛克・福爾摩斯約時間，因此這封信必定是來自他的妻子。於是我知道她要處理的是極度私人的問題——很有可能與男人扯上關係。」

「妳答應見她？」

「是的。或者該說是由里梅涅小姐出面。英古蘭夫人訴說了一對年輕戀人的揪心故事——她是主角之一——說他們因爲社會對於大家閨秀的期待而無法相守，遭到貪婪的雙親拆散。現在她的情人失蹤了。」

「她說他名叫馬隆・芬奇，是以會計爲業的私生子。我剛好認識這樣一個人，就是我素未謀面的同父異母兄長。根據他在社交季初期寫給家父的信件，我也剛好知道他的住址。似乎是個輕鬆至極的案子。我只要去一趟他的住處，就能知道他究竟眞的是失蹤，還是單純厭倦了英古蘭夫人，即便兩人只是在公開場合一年見一次面。」

「然而打從一開始我就覺得哪裡不對勁。仔細思考英古蘭夫人的故事，思考她是不是隱瞞了什麼。這時家姊告知她曾看到芬奇先生——或者是我們以爲是芬奇先生的男士——與英古蘭夫人在同一處出現，兩人可以輕易見到對方，卻形同陌路。至此，我認爲英古蘭夫人的說詞有可能是一派胡言。」

「我沒有繼續懷疑下去是因爲那位芬奇先生其實是個冒牌貨，她自然不認識他。他也自然不知道兩人每年會在艾伯特紀念廣場深情相望。」

「不過呢，我一直無法完全信任英古蘭夫人。打從一開始，我總覺得她不像是會深愛某個人的個性——她缺乏那股浪漫情懷。所以我對她性格的判斷與她口中無望愛情的故事總是格格不入，充滿矛盾。」

「接著是她選擇私家調查員的理由。她沒去找別人，而是找上夏洛克．福爾摩斯。他最近曾與崔德斯探長密切合作偵辦那起不光彩的命案，這位探長又是她丈夫的熟人。我要如何肯定她不知道我就是夏洛克．福爾摩斯，馬隆．芬奇就是我同父異母的兄長？」

「若她確實知道此事，那就代表她是因爲這一串關係特別選中我。如果她知道這層關係，那就代表她對於馬隆．芬奇的了解超出她陳述的一切。不過她有所隱瞞不等於她別有動機，說不定她只是怕我知道的話就不會幫她。說不定她無法面對其他人的批判，無法坦言她這個已婚女性竟然如此大費周章、四處尋找不是她丈夫的男人。」

「等到我們試著釐清馬伯頓先生假扮芬奇先生的原因時，我暫時放下對英古蘭夫人的疑慮。直到里梅涅小姐和我找上家父的律師，得知英古蘭夫人曾見過他。也就是說她很清楚他的出身——說不定不只如此。但是等到馬伯頓姊弟在伍茲太太家遇襲後來此避風頭時，我對英古蘭夫人的疑心漸漸成形。」

「英古蘭爵爺提醒我華生太太家遭到監視。我原本以爲是莫里亞提想從我們的動向尋找機會，看能不能找到逃離他魔掌的妻子。但現在我開始懷疑監視者可能與英古蘭夫人有關，想看看是否能藉由跟蹤我直接找到芬奇先生。」

「發現被人跟蹤的那一陣子，我們格外謹慎。過了幾天，我們又鬆懈了。我們提高警覺、行蹤難以捉摸的期間，監視者很可能暫時撤退，等到我們降低戒備再捲土重來。因此我在無意間把英古蘭夫人引到馬伯頓先生的住處。」

「您一定記得我對於馬伯頓姊弟冒充芬奇先生的推論：接近福爾摩斯一家，找出我們碰巧知道的某些情報——而眞正的芬奇先生是在豪斯洛遇害的男子。我把馬伯頓一家與莫里亞提牽在一塊，因爲他們使用類似的密碼，但是我的論點遭到英古蘭夫人推翻，她斬釘截鐵地確認死者不是芬奇先生。」

「不過這時史蒂芬·馬伯頓證實我至少說中了一部分——也就是芬奇先生曾爲莫里亞提效命。豪斯洛的死者是他在莫里亞提麾下的同僚，兩人同時叛變，從莫里亞提身邊帶走某些重要文件。」

「認爲英古蘭夫人或許是爲了莫里亞提而追查芬奇先生的下落，這個假設可能跳了太多步。但換個角度來看，她的身分非常適合這個任務。您身旁沒有親近的人，所以一時之間她是贏面最大的棋子，極度聰穎的女子，厭倦了社交季的紛擾，又與她的丈夫對立，而她的丈夫剛好是您弟弟，也是您最信任的盟友。」

聽到這邊，班克羅夫特爵爺又灌下一杯茶。

英古蘭爵爺口風很緊，做事小心謹愼。不過他的妻子就算與他相敬如冰，畢竟還是住在同一個屋簷下。他有一本日記，即便內容都是密碼，重要人名都用了代號……嗯，密碼就是用來破解的，常用的密碼更是容易拆穿。就算他遠行時日記不會放家裡，他也常常寫信給孩子，從信封就能看出許多端倪，比方說他執行任務的地點。

當他不再對她投注愛意，他以爲這足以保護自己。

夏洛特攪拌茶水。「第二次拜訪家父的律師是爲了查出英古蘭夫人前去見他的日期。答案是她來找我之前三個禮拜。差不多是那一陣子，一名男子到芬奇先生以前住過的村莊問起他的消息。我推測是她把情報轉給莫里亞提，由他派人調查。但這也只是臆測。」

「我原本計畫找艾佛利夫人和桑摩比夫人談談，確認英古蘭夫人曾經有過身分懸殊的情人的謠言是從何時開始。但就算問出最近才出現這類謠言，我也只是拿到更多間接證據。」

「可是呢，有個辦法可以測試她是否爲莫里亞提效命：如果是的話，她會知道如何解開他的加密訊息。」

「我找英古蘭爵爺談過了。不用說，他對我非常不滿——我先是坦承原本是想幫英古蘭夫人找到她的往日舊愛，最後提議他能以什麼方式確認她是否向王室的敵人與威脅效忠。」

這也難怪。上回他對妻子設下測試的結果是發現她只是爲了金錢才嫁給他。

夏洛特又拿了一顆瑪芬。「其餘的您都知道了。」

班克羅夫特爵爺勾起沒有笑意的笑容。「福爾摩斯小姐，妳是否想過在上回見面時向我透露這些情報？」

夏洛特迎上他的視線。「我欠英古蘭爵爺天大的人情，我不認爲他會樂見由您來處置他孩子的母親。」

「他孩子的母親現在是我們的威脅。」

「相信他也考慮到這點了。」

班克羅夫特爵爺起身，移到餐具櫃旁，拿起夏洛克・福爾摩斯最好的威士忌，灌下合理的分量。

「我並不知道其他訊息，比如說我眞的不知道芬奇先生目前的下落。」

夏洛特秀氣地喝了一小口茶。「關於這點，我也是毫無頭緒。」

英古蘭爵爺總說她是他見過最厲害的騙子，擁有萬中選一的才能。或許她散播的一切謊言都是爲了這一刻。

「但我能告訴您一件事：我相信莫里亞提已經取回遭竊的卷宗。還記得死者的表情嗎？那是聽到只要交出某樣物品就能逃過一劫，到頭來還是遭到勒斃的表情。」

「更何況上回見到英古蘭夫人時，她說她改變心意，不想繼續尋找芬奇先生了——先前她還發瘋似地哀求我們呢。也就是說莫里亞提對芬奇先生不再感興趣。或許芬奇先生仍然是他們追殺的對象，不過現在卷宗回到莫里亞提手上，他也不急於使出凶狠手段懲罰叛徒。」

這自然是謊話。英古蘭夫人二度確認死者照片時，看到了寫在背面的死亡時間與地點，因此得知死者的身分。有意無意間，夏洛特把芬奇先生與莫里亞提連在一塊。因此她才突然回心轉意，放下對芬奇先生的一切關注。

至於死者的表情，他也可能是說出眞相，表明卷宗其實是在朋友手上，之後遭到滅口。

班克羅夫特爵爺打量她好半晌。夏洛特沒有避開他的目光，祈禱她能撐住平時甜美純眞的表情。

「有時候人得要爲國家做出犧牲。」班克羅夫特爵爺終於開口。「既然我弟弟都做到這一步——我可不能輸給他。」

她挑眉。

「根據我們的協定，要是今天我重申求婚的提議，妳得要給予肯定回覆。可是妳的價值不該浪費在婚姻上。我不會讓班克羅夫特夫人掛記我的公務——但是呢，我需要妳的能力。福爾摩斯小姐，妳可以當作我收回求婚。」

他就此告退。等到房裡只剩她一人，她忍不住嘆息。不用嫁給班克羅夫特爵爺的原因是他無法想像是自己的妻子破解了他的叛徒危機。

又或者是他察覺她有辦法若無其事地直視著他的雙眼撒謊。

□

得知上層宣布理查·海沃命案終結調查已經過了大半天了，崔德斯探長依然不知道該有何感想。

一方面他覺得那些插手的大人物真該死，但另一方面他再也不需要做個用謊言妝點門面的膽小鬼。

再換個角度來看——任何物體都有好幾個面向，不是嗎？——夏洛克·福爾摩斯是否與這個案子有關？他只在豪斯洛見過福爾摩斯小姐一次，也沒有英古蘭爵爺的消息。但是他起了莫名的疑心：他們像獵犬似地鼻子貼在地上偵辦這個案子，他們是不是在更高處進行調查？

他過了好一陣子才發覺妻子不在他身旁的床鋪上。兩人以往總是擠在一起睡，宛如籃子裡的兩隻小貓。但最近他一直背對著她，藉口是翻到另一側就會害他鼻塞，無法呼吸。

他在她進房時起身，她已經換好衣服，戴上帽子，神情肅穆。

「巴納比今晚過世了。我要去看看艾琳諾，然後繞去買一些喪服。」

他直盯著她，一點也不想理解這句話。「這是說——所以說——考辛營造公司——」

「是的，公司由我接管。可是我現在沒心思想公事——要做的事情太多了。」她彎腰親吻他的臉頰。「探長，祝你今天一切順利。晚上見。」

他在床上愣了好一會，垂頭掩面。她長久以來的心願達成了——而他從未覺得自己是如此渺小孤單。

□

見到夏洛特．福爾摩斯走上通往他在德文海岸的渡假別墅門口小徑，英古蘭爵爺心裡沒有絲毫訝異。在花園裡玩耍的孩子開開心心地向她打招呼。她笨拙地拍拍兩人，等他們接過她送出的甜點，蹦蹦跳跳地躲進祕密基地享用，她似乎鬆了一大口氣。

「恐怕我只能端奶油吐司來配茶。」他說。

「今年夏天的某個時刻，奶油吐司曾經是最奢華的享受，若我買得起的話。」她愉快地回應。

「有奶油吐司就很足夠了。」

他暫時離席，向別墅管理員交待幾句，回過頭發現她站在花園邊緣，雙手扶著欄杆，欣賞吊人崖的景色。

「很美的風景。」

「是啊。」

她瞥了他一眼。「孩子還好嗎？」

「看起來沒事——目前是如此。」

「你怎麼和他們說？」

「我說她生病了，醫生建議她立刻住進瑞士的療養院。」

「他們有沒有問能不能去探望她？」

「有。不過現在他們接受爲了自己的安全，不該接近她——感染的風險之類的。」

她點點頭。

浪花在山崖下沙沙拍打，海鷗在他們頭頂上盤旋鳴叫。微風徐徐，在他的鼻腔裡灌滿海水、青草、野花的氣味。在這片小海灣的遠端，綿羊漫步於延伸向汪洋的青翠草地上，活像是小小的白色毛球。

她的視線再次掃向他。「你呢？」

他輕輕搖頭。「不知道。有時候我很慶幸一切的欺瞞都結束了，有時候我又希望能永遠蒙在鼓裡。接著又想到現在她已經遠走高飛……」他闔上雙眼好一會，彷彿這樣能阻擋所有的騷動，所有的內疚。「我身旁還有兒女、兄長、朋友、舒適的生活——除了對她的最後一點幻想，我沒有失去任何事物。可是她，她得要放棄一切才能保有自由。而且爲莫里亞提這種人效命，那算得上什麼自由？」

「沒有任何顧忌的女人是很危險的。」

「我做好準備了——她很有可能會來找孩子。」

她握了握他的手。然而在她要鬆手時，他卻一把抓住。「我之前說希望沒有遇見過妳，妳懂我的意思吧？」

「大概了解。我向你預告了你這輩子最不堪的消息，對你說你的孩子將會失去他們的母親。」

她很善良，沒有提到她也讓他看清自己的妻子導致他與可敬的同伴漸行漸遠。娶了她是他完全無法想像的天大錯誤。

「我道歉。」他說。

「我接受。」

他放開她的手——管理員正把熱茶和奶油吐司端來。

「對了，感謝你明明什麼都不想聽，卻還是願意聽我說話。」她說。

只要她有話要說，他總是會聽的。他沒有說出口，因爲她早就知道了。

茶席安排在高大的白面子樹下斑駁的陰影裡，論誰都能看出此處樸實的美感。方格桌布蓋著老舊的野餐桌；沒有花俏裝飾的圓潤茶具；插在瓶裡的野花，紫色、白色、淺淺的粉紅色。

他希望自己能盡情享受這幅情景，他希望自己未曾如此盲目。他希望明天早上起床，腦中唯一的煩惱是暗潮洶湧的冷淡婚姻。

他替福爾摩斯倒茶，爲了忘卻自己搖搖欲墜的人生，他挑了別的話題：「妳眞的會因爲班克羅夫特交出妳需要的密碼樣本就答應他的求婚嗎？」

「這是賭博。我賭有辦法證明我的論點，替班克羅夫特的組織解危。如此一來，他會掛念著欠我的人情，沒有立場逼我履行那個荒謬的協議。」

她的語氣平靜無波，但他察覺到她並不是百分之百的篤定。他聽出她鬆了一口氣，如同抓著繩子爬上山谷，還緩不過氣的登山客。

「不過已經解決了。」她繼續道：「班克羅夫特撤回了他的求婚。」

「是嗎？」他還沒聽說此事。「爲什麼？」

「顯然我的價值不該浪費在婚姻上頭——而且我對婚姻的觀感極糟。」她選了一片奶油吐司。「現在我想問你一件事。是你建議班克羅夫特再次向我求婚的嗎？」

「完全相反——我建議他別這麼做。」想起那件事，他露出些許笑意。「當時班克羅夫特說他想再碰碰運氣，我說他可以追求妳，但是別向妳求婚。」

「爲什麼？」她往吐司上塗果醬。

「向妳求婚是無濟於事的。等妳準備好要結婚，妳會拍拍對方的肩膀，直接提出要求。」

她抹果醬的湯匙停住了。「現在我稍微領悟被人看得如此透徹時，爲何會感到不安了。」微風吹起她垂落的髮絲，落到她唇間。她吹掉惱人的細髮。「可是我很高興某人如此了解我。」

他挑眉。「某人？」

她望向粼粼波光，海面幾乎與天空一樣湛藍，接著對上他的目光。「好吧，我很高興你如此了解我。」

□

莉薇亞說起她的作品，話匣子就關不了。「然後夏洛克．福爾摩斯——我的夏洛克．福爾摩斯——他獨自過活。我不覺得他會吃東西，我不覺得他會睡覺。他是個超級沒禮貌、超級聰明的傢伙。至於我呢，無論寫了多少他說其他人是白痴的橋段都不嫌多。」

「我就認識一個喜歡和很多人說他們是白痴的人。」夏洛特說。

「我嗎？」莉薇亞努力憋笑，卻無法抑制在體內擴散的愉快暈眩感。「天啊，我想妳說得對。」在馬車昏暗的燈光下，夏洛特笑了。「而且妳也不怎麼需要食物或睡眠。」

這是莉薇亞在倫敦的最後一晚。她使出千方百計，終於說動雙親讓她參加一場晚間演講。演講不是重點，她眞正的目的是來見夏洛特，向她親愛的妹妹道別。

兩人坐在開到晚上的茶館裡，直到再也無法假裝演講還沒結束。現在莫特駕車送她們回家。莉薇亞害羞到——還有害怕，還有狂喜——不敢提起那位不是她兄長的男士送她一張美麗的書籤，於是她問道：「妳離家這麼近沒關係嗎？」

「啊，對了，我還沒告訴妳之前在吉雷斯比先生的事務所遇到父親那件事。」

夏洛特說起當天的種種，莉薇亞一會倒抽一口氣，一會又咯咯輕笑。「妳學了那麼多棍術，最後還是要用到德林傑手槍。」

「人總要隨機應變。」

「妳究竟要用一年一百鎊從父親那邊換來什麼？」

「當然是妳。」夏洛特柔聲道：「妳和貝娜蒂。」

聽到這句話，莉薇亞眼眶濕了。她一把抱住夏洛特。「抱歉。我知道被人抱著太久妳會渾身不舒服，可是我好想念妳。眞希望妳的計畫能成功——我好怕自己期望過大！」

夏洛特拍拍她的背。「沒事的，我們總能想出辦法。」

莉薇亞逼自己鬆手。馬車停了下來。她擦去眼角的淚水，握起夏洛特的雙手。「我相信妳，我相信我們能找出辦法。」

□

夏洛特對莉薇亞說莫特會送她回家。莫特卻把馬車駛向馬房，打開車位的門，點亮油燈，將馬車停好。

正如他扶她上車時，她往他掌心塞的那張紙條上的指示。

馬房的門關好，上了鎖。莫特脫下手套，打開高級馬車的門。「夏洛特小姐。」
她讓他扶著下車，彷彿是第一次見到他似地細細打量。「哈囉，哥哥。」

《福爾摩斯小姐2 莫里亞提密碼》全書完

Lady Sherlock

致謝

Kerry Donovan、Roxanne Jones、Sara-Jayne Poletti、美術部門，以及Berkley出版社內的每一位卓越人士。

Kristin Nelson，總是冷靜地處理一切事物。

Janine Ballard，天底下最吹毛求疵的夥伴。

Jeff Lord，慷慨分享他對古典武術的知識。

我的丈夫，他向遇到的每一個人宣傳「福爾摩斯小姐」系列。

每一位對前作充滿熱情的讀者。

還有你，如果你正在讀這段文字，謝謝。感謝你付出的一切。

Lady
Sherlock

福爾摩斯小姐

本書提及之美食中英文對照表

依照出現順序排列

瑪芬　muffin
磅蛋糕　pound cake
查弗蛋糕　trifle
（加了大量葡萄乾的）水果蛋糕　plum cake
炒蛋　scrambled eggs
咖啡歐蕾　café au lait
蘋果塔　apple tart
梨子塔　pear tart
迷你甜點綜合拼盤　miniature concoctions
閃電泡芙　éclair
糖果　boiled sweet
薑汁啤酒　ginger beer
瑪德蓮　madeleine
杏仁瓦片　tuiles
司康　scone
德文郡奶油　Devonshire cream
維多利亞三明治　Victoria Sandwich
切達起司　cheddar
水波蛋　poached egg
波爾多葡萄酒　claret
香檳　champagne
小牛肉排　veal cutlets
羊肉　mutton
草莓塔　strawberry tart
瑞士卷　Swiss roll

（加入果乾或蜜餞的）水果蛋糕　fruitcake
檸檬餅乾　lemon biscuits
肉醬三明治　pâté sandwich
烤鬆餅　crumpet
小牛肉火腿鹹派　veal-and-ham pie
水果冷布丁　cold plum pudding
香腸配馬鈴薯泥　sausage and mash
牛排腰子布丁　steak and kidney pudding
新鮮淡麥酒　ale
夏季水果鬆糕　summer trifle
果醬布丁捲加熱卡士達醬　jam roly-poly in hot custard
奶油吐司　buttered toast

Lady Sherlock

福爾摩斯小姐

下集預告

The Hollow of Fear

利用「私家偵探夏洛克・福爾摩斯」的偽裝，夏洛特・福爾摩斯妥善運用她過人的能力。在華生太太的協助下，她透過驚人的洞察力幫助了那些需要她的客人，並且以這門獨門生意養活自己。

但莫里亞提的陰影漸漸逼近。首先，夏洛特的異母哥哥失蹤。接著，英古蘭夫人被發現死在英古蘭爵爺的房子裡，所有線索都指向凶手是英古蘭爵爺。

夏洛特試圖找出眞相，但揭發眞相也代表著她可能會過度接近英古蘭爵爺，以及陷害他的幕後邪惡勢力。

即將出版。

福爾摩斯小姐2 / 雪麗．湯瑪斯(Sherry Thomas)著；
楊佳蓉 譯. -- 初版. -- 臺北市：蓋亞文化, 2020.02-
冊；　公分（Light；13）
譯自：*A Conspiracy in Belgravia*
ISBN 978-986-319-462-0（第2冊：平裝）

874.57　　　　　　108022509

Light 013

福爾摩斯小姐2　莫里亞提密碼

作　　者　雪麗・湯瑪斯（Sherry Thomas）
譯　　者　楊佳蓉
封面設計　莊謹銘
編　　輯　章芳群
總 編 輯　沈育如
發 行 人　陳常智
出 版 社　蓋亞文化有限公司
地址：台北市 103 承德路二段 75 巷 35 號 1 樓
電話：02-2558-5438　傳眞：02-2558-5439
電子信箱：gaea@gaeabooks.com.tw
投稿信箱：editor@gaeabooks.com.tw
郵撥帳號 19769541　戶名：蓋亞文化有限公司
法律顧問　宇達經貿法律事務所
總 經 銷　聯合發行股份有限公司
地址：新北市新店區寶橋路二三五巷六弄六號二樓
電話：02-2917-8022　傳眞：02-2915-6275
港澳地區　一代匯集
地址：九龍旺角塘尾道 64 號龍駒企業大廈 10 樓 B&D 室
電話：+852-2783-8102　傳眞：+852-2396-0050
初版二刷　2022年01月
定　　價　新台幣 340 元
Published and Printed in Taiwan

GAEA
ISBN／978-986-319-462-0